ABDULRAZAK
GURNAH

Abdulrazak Gurnah
古 尔 纳 作 品

By the Sea

海边

〔英〕阿卜杜勒拉扎克·古尔纳 —— 著

黄协安 —— 译

上海译文出版社

致丹尼丝

遗物

1

她说她会打电话，有时候，她说会打就会打。瑞秋。她给我寄了一张卡片，因为我公寓里没有电话，我拒绝装电话。她在卡片上说，如果她没有来，我就给她打电话，但我没有。我没有这个冲动。现在很晚了，所以我想她不会来了，今天是不会来了。

不过，在卡片上，她的确是说她今天六点以后来。也许这只是一个姿态，表明她想到了我，她经常做这种姿态，她肯定以为这样能让我得到安慰。诚然如此，我内心很平静。没关系的，我只是不希望她在深夜突然出现，说一大堆解释的话，表达各种遗憾，这样会搅乱我的平静，搅乱我的思绪，然后，她还可能随口告诉我各种计划，让剩余的黑夜也不得安宁。

我很惊奇地发现，黑夜对我来说是非常珍贵的，夜晚的宁静适合喃喃自语，而在此之前，黑夜寂静得让人害怕，让人紧张，不可思议地让人不敢言语。来到这里生活，仿佛关上了一扇狭窄的门，再打开了另一扇门，面向宽阔的广场。在黑暗中，我失去了空间感，而就在混沌之中，我更切实感觉到了自己的存在，更清晰地听到了各种声音，好像是第一次听到似的。有时候，我可以听到远处的音乐，露天演奏的音乐，飘到我的耳边，也像喃喃细语。每个无聊乏味的日子，我都盼望黑夜，尽管我害怕黑暗，黑暗中，在哪个房间里都似乎无边无际，阴影飘忽。有时候，我觉得我就活该生活在摇摇欲坠的房子里，面对着杂乱的废墟，这就是我的命。

不太清楚是怎么走到这一步的，很难胸有成竹地跟人家说，事情首先是这样的，然后是那样的，再接着是另一个样，最后就成现在这样子了。那一个个瞬间，都记不清楚了。自己讲给自己听的时候，我能听到我藏在心底的声音，好像提到了一些事情，但后来又记不得了，这样一来，要讲清楚自己的故事真的很难，我也不希望如此。但是，讲点什么还是可以的，我有讲一讲的冲动，我想讲一讲我所目睹的和参与的那些小情节，不过，这些情节的结尾和开头似乎都离我很远，越来越远。我不认为这是什么高尚的冲动。我的意思是说，我并不掌握什么我渴望传授的伟大真理，我也没有什么值得借鉴的经历，可以帮助人们更深刻了解我们的生活和我们的时代。虽然我活了这么久，但也只能说我活过了这么久。这里大不相同，似乎一辈子已经过完了，而我现在过的是另一辈子。所以，也许我应该这样说，我曾经在别的地方生活过，但如今那种生活结束了，换成了另一种生活。然而，我知道，前一种生活始终围绕在我的身前和身后，非常健康，活蹦乱跳。我手上有时间，但我也掌握在时间的手中，所以，我不妨自己讲一讲自己的过去。这件事，我们是迟早要做的。

眼下，我住在一个海边小镇，我一辈子都住在海边，尽管那片温暖的绿色大海总是离我很远。我算是半个陌生人，要透过电视屏幕窥探里面的生活。散步的时候，我看到人们被不知疲倦的警报声折腾得够呛，就琢磨着究竟是怎么回事。我对他们的烦恼一无所知，尽管我睁大眼睛，尽我所能去观察，我感觉，对于我所看到的一切，我都不知道是怎么回事。不是说他们很神秘，而是因为他们都很陌生，我想探听也无从着手。他们始终忙忙碌碌，但我不知道他们在忙什么。他们看起来都很疲惫，心不在焉，他们干的活我也无法理解，我只看到他们的眼神透着痛苦。也许是我夸张了，或者是我太在乎我与他们的差异，我们之间的对比太强烈了。也许，他们只是奋力抵抗着从灰蒙蒙的海面上刮过来的寒风，而我太着急去理解眼前的景象。这么多年过去了，要学会不去看、不去探究我看到的东西是什么意思，那并不容易。我一直盯着他们的脸。他们嘲笑我。我认为他们是在嘲笑我。

　　街道让我很紧张，有时候，即使是在公寓里，门窗紧锁，我也无法入睡，常常坐立不安，因为沙沙的风声和喃喃的人声搅动了低层的空气。上层的空气同样很不平静，因为上帝和他的天使住在那里，他们高谈阔论，也常有背叛和叛乱发生。他们不欢迎随便听听的人，或者喜欢传话的人，或者只顾私利的人，而且，他们都很关心宇宙的命运，这使得他们的眉毛变黑，头发变白。天使们会时不时地洒一阵腐蚀性的雨水，淋到这种雨水，就会皮破肉烂，这是要防止有人恶意窃听。中层的空气是争论的舞台，在那里，一帮职员和休息室的魔鬼和啰嗦的精灵和绵软无力的毒蛇扭动着、扑腾着、冒着烟，都在争取得到上司的指点。你听到他说什么了吗？是什么意思？在昏暗的低层空气中，你会发现苟且偷安

的人和耽于幻想的人，这些无趣的人什么话都信，什么话都
听，很容易受骗，简直是行尸走肉，他们聚集在一起，污染
着那个狭窄的空间，而我就待在这样的地方。别的地方都不
怎么适合我。也许我应该说，从前也没有别的地方像这里适
合我。盛年时期，意气风发的时候，我就待在这个地方，自
从我来到这里，在这个城市的空气中和小巷里，我感受到了
忧虑和焦虑，我始终无法回避。不过，并非所有的地方都是
如此。我的意思是说，我并没有在任何地方、任何时候都感
受到这种焦虑。早晨的家具店是安静的、宽敞的，我心平气
和地在里面漫步，只有人造纤维的微小颗粒弥漫在空气中让
我难受，它们腐蚀着我的鼻孔和支气管黏膜，最终迫使我离
开了一会儿。

　　我是偶然间发现这些家具店的，尽管我一直都对家具很
感兴趣，那时，他们刚把我弄到这里来。至少，家具店将我
们压在地面上，免得我们爬上树，赤身裸体地在上面嚎叫，
特别是我们觉得人生无望而感到恐惧的时候。我们也不至于
在无路可走的荒野中漫无目的地游荡，在森林里的空地和滴
着水的洞穴里面想着怎么吃人。我在为我自己说话，尽管我
也冒昧想为那些未说话的人说一说。反正，难民们为我找到
了这套公寓，把我从原来待的地方弄到这里来，我原先待在
西莉亚的家庭旅馆。从那里来到这里，路途很短，但充满了
曲折，我穿街过巷，每条街道都很短，两边的房子都差不多
一个样。我觉得他们像是要带我去一个地方躲藏起来。街道
都十分寂静，也笔直，除此之外，我感觉好像还在我原来生
活的那个小镇。不，不可能。这里太干净了，既明亮，又宽

敞。太安静了。街道太宽敞了，路灯太整齐了，街道两边的路缘完整无缺，一切都井然有序。不是说我原先居住的那个小镇有多么肮脏和黑暗，但那里的街道蜿蜒曲折，一圈又一圈，紧紧缠绕着亲密关系发酵后的残渣。不，这里不可能还是那个小镇，但也有相似之处，因为我感觉我处在人家的包围圈里面，就在人家的眼皮底下。所以，他们刚离开，我就出去了，看看我到底在什么地方，看看我还能不能找到大海。所以，我拐了一个弯就发现那些家具店，有六家，都像一个大仓库，围成一个广场，广场上画着停车位。这里人称"中央广场公园"。这里的早晨基本都很安静，空荡荡，我在床和沙发等家具之间穿梭漫步，直到人造纤维微颗粒把我赶出去。我每天逛一家不同的店，逛了第一次或第二次之后，店员就不再跟我进行眼神交流。我在沙发和餐桌之间，在床和餐边柜之间来来回回，有时会在床或者沙发上面躺几秒钟，我也试了试机器，看了看价格，比了比这件和那件的面料。不用说，这有些家具很丑，过度装饰，但也有些很精致，款式新颖。在这些仓库里面，我找到了片刻的满足感，感受到了仁慈和宽待的可能性。

　　我是一个难民，来寻求庇护的。"难民"和"庇护"这两个词都不那么简单，即使人们都听习惯了，习以为常了。我是去年 11 月 23 日傍晚抵达盖特威克机场的。这是我们的故事中一个耳熟能详的小高潮，我们常常离开已然熟悉的环境，带着一点乱糟糟的行李，藏着一点秘密和一点没有头绪的野心，来到一个陌生的地方。对某些人来说，对我来说也一样，这是第一次乘飞机旅行，也是第一次到达机场这样具有里程碑意义的地方，从前，我走过海路和陆路，也在想象中飞翔过。我慢慢地走过空荡荡的"隧道"，我感觉里面的灯光冷冷的，十分寂静，现在回想起来，我才意识到那不是隧道，我穿过了一排排座位，两边是大片大片的玻璃窗，还有不少标识和指示牌。外面一片漆黑，下着小雨，而"隧道"里面灯火辉煌，这就把我吸引了进去。我们知道得越多，就让我们觉得越无知。看着眼前的这个世界，我们就感觉仿佛还泡在那个水不冷不热的浅池子里，我们从小时候就要面对恐怖，我们都知道那是个温水池子。我走得很慢，每到一个拐弯的地方，就有指示牌等着告诉我要往哪里走，我感到很惊讶。我之所以走得很慢，是因为我不想错过一个转弯或者误读一个标识，这样，我就不至于陷入慌乱而过早引起注意。他们在检查护照的柜台把我带走了。"护照。"那个人说。我在他面前站了很久，等着被识破，等着被逮捕。他的表情很严肃，但他的眼神并没有透露什么信息。之前就有人告诉过我，在这种时候最好什么也不要说，假装我完全不懂英语。当时我不明白那是为什么，但我知道我会听从他的建议，因为这个建议听起来有点耍赖，耍赖是弱者的常用伎俩。他们会问你的名字和你父亲的名字，以及你一生中做过什么好事，你什么也别说。他第二次喊"护照"的时候，我把护照递了过去，然后畏畏缩缩地等着谩骂和恐吓。当官的会为了一丁点儿小事就瞪着眼睛大喊大叫，我早就习惯了。他们会耍你玩、羞辱你，那纯粹是在享受行使神圣权力而获得的乐趣。所以，我等着柜台后面的那个"移民搬运工"发现什么，然后要么面目狰狞，要么摇头晃脑，再然后慢慢抬起头来，用幸运儿面对乞求者的自信盯着我。但是，他翻了翻我的假文件，抬起头来，眼里有一种抑制不住的喜悦，就像一个钓鱼的感觉到有鱼在拽他的钓线。没有入境签证。然后他拿起电话，对着话筒说了一会儿话。然后他笑容可掬，叫我到旁边等着。

　　我一直垂着眼睛，所以我没有看到有个人来带我去问话。他喊了我的名字，我抬起头，他微笑着，那是一种友好的微笑，通人情的微笑，然后他很平和地说："你跟我去吧，这个小问题可以解决。"他快步走在我前面，我看到他超重了，不是很健康，走到讯问室的时候，他喘着粗气，拉了拉衬衫。他在椅子上坐下，但好像浑身不自在，我觉得他正汗流浃背，却还要穿戴整齐，肯定很不舒服。我很担心他自己不舒服也会让我不舒服，但后来他还是笑容可掬，说话温和，彬彬有礼。那个房间没有窗户，地板很硬，中间有一张桌子，靠墙有一条长板凳。青灰色的墙上贴着刺眼的荧光条，我不敢用正眼看墙壁。他指着别在外套上的胸牌告诉我，他叫凯文·埃德尔曼。愿上帝保佑你健康，凯文·埃德尔曼。他又笑了，笑得很灿烂，也许是因为虽然我尽了最大的努力克制自己，他还是看得出来我很紧张，他这样笑是想让我放心，也可能是因为他的工作使然，面对他的人总会很不自然，他看到了就会习惯性地感到开心。他面前放着一本黄色的记事本，他在上面写写画画，记下了我的假护照上的名字，再跟我说话。

　　"我可以看看你的机票吗？"

机票，哦，当然可以。

"你有行李。"他指着机票对我说，"这是你的行李识别标签。"

我装傻，没有回答。你不懂英语也知道那是机票，但行李识别标签似乎有点太先进了。

"我会叫人帮你取行李的。"他说着把机票放在记事本的旁边。接着，他又笑了，没有再说什么。他的脸狭长，太阳穴有点突出，尤其是在笑的时候。

也许，他之所以笑，是期待着检查我的行李，这也是他的乐趣所在，而且，检查过行李之后，他想知道什么自然都有答案，无论我是否配合。我想，这样的检查会产生一些乐趣，就像在房间还没有准备好，还没有装饰好就进去看，可以看到最真实的一面。我想，手里握有密码可以解开别人想掩藏的秘密，这也是一种乐趣，检查行李就像在考古，或者在地图上查找运输线路。我一直很安静，呼吸的节奏和他保持同步，这样，他要是心情不好了，我就能感受到。为什么要入境英国？你是游客吗？来度假吗？资金呢？你有钱吗，先生？用旅行支票吗？是英镑？还是美元？是否有人能做担保？有联系地址吗？在英国期间，你想和谁住在一起？哦，该死的，该死的蠢货！你在英国有家人吗？先生，你会说英语吗？先生，恐怕你的资料不符合要求，我不得不拒绝你入境。除非你能说明一些情况。你有什么资料可以帮助我了解你的情况吗？证件，你有证件吗？

他离开了讯问室，我静静地坐着，本想舒一口气，但还是克制住了，我从145开始倒数，刚才他和我说话的时候，我从头开始数到了145。我想去看他在记事本上写了什么，担心他看破了我的沉默，但我最终克服了冲动，我怀疑外面有人正透过门上的窥视孔盯着我，想因此抓住我的把柄。一定是刚才的情况有点反常，让我产生了怀疑。可能有人会关心我是在抠鼻子，还是把吃进肚子的钻石拉出来。他们想知道什么，迟早都会知道的。他们有专门的机器。有人提醒过我。他们的政府投入巨资，让这些官员受过很高级的培训，可以识破像我这样的人所编造的谎话，而且，他们见多识广，很有经验。所以，我静静地坐着，静静地数着数，时不时闭上眼睛，表明我很难受，在反思，是个温顺的人。凯文，你想怎么处置我，就随你的便吧。

他回来的时候手里提着一个绿色的小布袋，那就是我的行李，然后把袋子放在长板凳上。"请你打开这个袋子，可以吗？"他说。我坐立不安，一头雾水，我希望他能说得清楚一些，我等着他把话说明白。他瞪着我，指着包，于是，我笑着点点头，起身拉开袋子的拉链。他把里面的东西一件一件地拿出来，小心翼翼地，把每一件都放在长板凳上，好像在拆名贵衣服的包装。袋子里有两件衬衫，一件蓝色的，一件黄色的，都褪色了，还有三件白色 T 恤、一条棕色长裤、三条内裤、两双袜子、一件康祖长袍①、两件纱笼、一条毛巾、一只小木匣子。那只木匣子是他拿出来的最后一件物品，他拿出来的时候叹了口气，饶有兴趣地拿在手里转了转，接着又嗅了嗅。"红木的？"他问。当然，我还是一言

① 非洲人服装，通常为白色长袖。

不发，而那些生活的小纪念品摊在那间几乎不通风的讯问室里的长板凳上，让我唏嘘不已。不过，那些东西并不代表我的生活，而是一个线索，代表着我想要讲的故事。凯文·埃德尔曼打开匣子，看到里面的东西，显得很惊讶。也许他期待看到珠宝或者其他有价值的东西。例如毒品。"这是什么？"他问。然后，他仔细嗅了嗅打开的匣子。没有必要这样嗅，因为他一打开匣子，这小小的房间里就香气四溢。"是熏香吗？"他说。他盖上匣子，把它放在长板凳上，疲惫的眼睛里闪烁着愉快的光芒。他就像从热闹的集市淘到了好玩的物件。我按照他的指示坐在椅子上，看着他拿着记事本回到长板凳那边，记下他摊在那里的那些玩意儿。他回来又在桌子上写写画画，一共满满写了两三页，然后他放下笔，身子往后仰靠在椅背上，椅背碰到他疲惫的肩胛骨时，他微微收缩了一下。他露出洋洋得意的表情，很开心。我看得出他要宣判了，我不由得感到沮丧和恐慌。"沙班先生，我不认识你，也不知道你为什么要到这里来，你的开销等等，我都不了解。所以，我很抱歉，但恐怕我不得不拒绝你进入英国。你没有有效的入境签证，你自己没有资金，也没有人能为你做担保。我想你可能不明白我在说什么，但无论如何，在给你的护照盖章之前，我必须跟你说清楚。一旦我在你的护照上盖了被拒绝入境的印戳，下次你再想进入英国，你的申请会自动被拒绝，当然，如果你的证件很齐全，还是可以的。你听得懂我刚才说的话吗？算了，我觉得你听不懂。我很抱歉，但这些手续该办的还是得办。我们会去找一个会讲你们语言的人，让他跟你解释清楚。与此同时，我们会让你搭乘下一趟航班返回，还是送你到这里来的那家航空公司。"说完，他翻看着我的护照，找到一页干净的，然后拿起他回来时放在桌子上的小印戳。

"难民。"我说，"避难。"

他抬起头，我则低下头。他很生气。"你会讲英语！"他说，"沙班先生，你一直在耍我。"

"难民。"我原原本本又说了一遍，"避难。"说完我抬头看了一眼，想再说一遍，但是凯文·埃德尔曼打断了我。他的脸色变了，阴暗了一些，呼吸也变了，我们不那么容易同步了。他深深吸了两口气，做了一个动作，显然是想克制自己，但他的动作就像拉杠杆，让我下面的地板打开，让我的下方出现一个无底洞。我知道，早年，我自己也多次产生过这样的念头。

"沙班先生，你会讲英语吗？"他问。他的声音又变得柔和了，但是，这一次他没有那么客气，虽然轻声细语，那更像是在打官腔，很费劲。我也许会，也许不会吧。我的呼吸又跟他同步了。

"难民。"我指着我的胸口说，"避难。"

他冲我咧嘴一笑，好像是我在迫害他，他一直看着我，这次，我报以微笑，也看着他。他有气无力地叹了口气，然后缓缓摇了摇头，咯咯地笑了起来，也许是被我莫名其妙的微笑逗乐了。他的神态让我觉得他正在审问一个烦人又愚蠢的囚犯，那个囚犯就是我，而我无聊的文字游戏让他无言以对。我提醒自己要防备突然袭击，但这是多余的。根本用不着防备，因为他的选择很多，而我只有一个：确保凯文·

埃德尔曼不会暴怒，不考虑使用残酷的手段。一定是那个狭小的讯问室和他跟我说话时刻意的彬彬有礼，让我觉得自己是个囚犯，我们俩都知道，我想进去，而他却想把我挡在外面。他翻着我的护照，显得很疲倦，我又觉得我真是个讨厌鬼，给一个通情达理的人带来了不必要的麻烦和不便。然后他又走出去，估计是去咨询和征求意见。

我知道，他会得知英国政府已经做出决定，由于到现在我都不完全清楚的原因，来自我那个地方的人，如果声称自己的人身安全面临威胁，就可以获得难民资格。英国人想要向国际社会表明，他们认为我们的政府对本国公民构成了可怕的威胁，这是他们和全世界早就知道的事情。但是，时代变了，现在每一个自命不凡的国际社会成员都必须表明，他们知道，热带稀树草原上那些没有规矩、吵吵闹闹的乌合之众净是胡说八道，他们不再轻易相信。他们听够了。我们的政府有没有做什么比以前更坏的事情？他们操纵选举，向国际观察员伪造数字，而在此之前，他们只是监禁、强奸、杀害或以其他方式践踏本国公民。因此，英国政府要庇护任何声称面临生命危险的人，授予他们难民身份。这是表示严厉反对的廉价方式，我们人不多，只是一个小岛，而且大家都很穷，只有少数人能凑足路费。有几十名年轻人凑到了路费，他们逼着父母和亲戚拿出私藏的积蓄，或者去借钱，果不其然，到达伦敦的时候，他们跟移民官说他们害怕自己有生命危险，就被接纳为难民。我也害怕，已经担惊受怕了很多年，最近，我的担忧更是达到了危机的地步。所以，我听说英国允许那些年轻人入境，就决定去闯一闯。

所以，我知道再过几分钟凯文·埃德尔曼会带着另一个印戳回来，然后，我就会被送去拘留所或者类似的地方。除非在我坐在飞机上面的时候英国政府改变了主意，不想再开这个玩笑了。应该不至于，因为过了几分钟后凯文·埃德尔曼回来了，他的表情很复杂，一脸苦笑，他是既无可奈何，又觉得好笑。我看得出来，他终究不会把我送上飞机遣返回去，回到那个被压迫者不得不为生存而挣扎的地方。我松了一口气。

　　"沙班先生，你这个年纪的人，为什么还要这样？"他说。他坐了下来，动作很笨拙，表情看起来很难过，满脸忧虑，身体后仰靠在椅背上，然后耸了耸肩膀。"你到底有多少生命危险？你知道你在干什么吗？我告诉你，无论是谁叫你这么干，都不是在帮你。你也不会讲英语，你可能永远不会讲。老年人学习一门新语言是非常困难的。你知道吗？你的申请审查起来可能需要几年时间，最终你还是有可能被遣返。不会有人给你工作。你会孤苦伶仃、一贫如洗，生病的时候，没有人会照顾你。你为什么不留在你自己的祖国安度晚年？这是年轻人玩的游戏，所谓避难，其实就是想到欧洲找工作和发大财，不是吗？这里面没有什么道德不道德的，只有贪婪。也不存在所谓的生命危险，只有贪婪。沙班先生，像你这样年纪的人，应该不至于要走这条路。"

　　什么年纪的人不用担心生命危险呢？或者不想过无忧无虑的生活？他怎么知道我的生命危险不如他们放进去的那些年轻人大？为什么说想要生活得更好、更安全是不道德的？什么叫贪婪？什么叫游戏？不过，他的关心让我很感动，我希望我能开口说话，告诉他不用替我操心。我不是昨天才出生的，我知道怎么照顾自己。好心的先生，请您在护照上盖章，然后把我送到一个安全的地方。我垂下眼睛，以免让他发现我听得懂他的话。

"沙班先生，看看你自己，看看你的这些东西。"他显然很无奈，越说越带劲，伸手指向我那些摊开的行李。"如果你留在这里，这些就是你的全部财产。你觉得在这里你会得到什么？我跟你说吧。我的父母也是难民，从罗马尼亚来的。我们时间不多，我没办法跟你细说，但我要跟你说，我知道背井离乡是什么感受。我了解外来人和穷人的艰辛，我了解他们来到这里后的经历，我也知道他们得到了什么回报。我的父母不一样，他们是欧洲人，他们属于这个大家庭，名正言顺。沙班先生，看看你自己。跟你说了这么多，我自己也很难过，因为你听不懂，真他妈的希望你听得懂。像你这样的人纷纷涌进来，丝毫没有考虑到会造成什么伤害。你们不是这个地方的人，你们不会珍惜我们所珍惜的任何东西，你们没有经过几代人的付出，我们不希望你留在这里。在这里，你的日子一定会很艰难，你会承受各种羞辱，甚至会遭受暴力。沙班先生，你这是何苦呢？"

但愿这个坚实的肉体会融化，消散，化为露水。他说话的时候，我很容易和他的呼吸同步，直到他说完，因为他的语气一直很平静，好像他只是在背诵规则。埃德尔曼，这个是德国人的姓吗？还是犹太人的？还是虚构的？变成"露水"吗？还是说犹太人？或者是护符？护符的英文发音差不多。不管怎么说，那是欧洲主人的姓氏，他们了解欧洲的价值，世世代代珍惜这个价值，为此付出了代价。但是，整个世界都为欧洲的价值付出了代价，即使很多时候只是付出了代价，却没有得到什么好处。就把我当作欧洲的战利品吧。我想过要说几句像这样的话，但还是没说出口。我是一个难民，第一次来到欧洲，第一次待在机场，尽管不是第一次被审讯。我知道沉默是金，言多必失。所以，我只在心里说。你还记得吗？欧洲人带走了那么多东西，理由是这些东西太脆弱、太精致，不能留在当地人笨拙而粗心的手中。我也是珍贵而脆弱的，一件神圣的作品，非常精致，不能留在土著人的手中，所以，现在你最好也把我带走。玩笑，我是开玩笑的。

至于羞辱和暴力，我只能碰碰运气了，羞辱难以避免，暴力也随时可能发生。至于等到年老体衰的时候是不是有人照顾你，最好不要抱太大的希望。哦，凯文，但愿你的生命之舵永远不变，但愿冰雹永远不会砸到你的头上！但愿你对面前的这位乞求者不要失去耐心，但愿你能在我的假护照上盖下那枚印章，让我嗅一嗅欧洲世代维护的价值。感谢真主！我的膀胱急需释放。最后一句话我都不敢说出口，虽然那是真的。沉默会造成意料不到的不适。

他接着又说了一通，一边皱着眉头，摇着头，但我不再听了。这是我多年来养成的习惯，从小时候，我就要听刺耳的谎言，我渐渐学会了把人家说的话当成耳旁风，这样就能获得喘息的机会。我傻傻地盯着我的护照，这是在提醒凯文·埃德尔曼，他面前的这个人已经走神了，所以他就别再玩了，把戳子盖了吧。他突然停下来，他劝说我坐飞机回去、把欧洲留给合法主人的善意落空了，他感到很沮丧，所以他用手指夹起另一枚印戳，那枚"好"的印戳，匆匆翻着我的护照。然后，他可能想起了什么，笑了起来。他回去从我的包里拿出那只匣子。跟刚才一样，他打开匣子闻了闻。"这是什么？"他问。他的语气比刚才更加严厉，皱着眉头看着我。"这是什么，沙班先生？是熏香吗？"他把匣子举向我，然后拿回去深深吸了一口气，接着又伸出来。"这是什么？"他用平和的语气问，"这个香味很熟悉。这是一种熏香，对吗？"

也许他是个犹太人。我傻傻地看着他，然后垂下眼睛。我本可以告诉他那是沉香，然后我们就可以愉快地聊一聊他是怎么记住那个香味的，也许他小时候参加过一些仪式，那时，他的父母还希望他参加祈祷和一些宗教节日，可是，聊了这些事情之后，他可能不会给我的护照盖章，倒想知道我到底在热带稀树草原上面临多大的危险，甚至有可能以我假装不会讲英语为由，给我戴上镣铐，然后送上飞机，把我遣返。所以，我没有告诉他那是质量最上乘的沉香，我三十几年前买了一批，至今只剩下这个，我踏上奔向新生活的旅途时，我都舍不得抛下它。再次抬头时，我发现他有想把它偷走的意思。"我们得拿去检测一下。"他笑着说。他等了一会儿，看看我有什么反应，看看我是否听得懂他的话，然后拿着匣子回到桌子旁边。他把它放在身边，挨着那本黄色的记事本，然后他拉了拉衬衫，舒展一下身子，然后继续在本子上写写画画。

沉香木的香气时不时会出乎意料地浮现在我的脑海，就像一个熟悉的声音，或者是亲人的手臂搂在我脖子上的感觉。过去每个尔德节①，我常常拿着一个香炉在家里面走来走去，用手掌将袅袅的香烟朝最隐秘的角落里扇，我知道这么好的东西来之不易，它给我和我的家人带来了快乐。我一手拿着香炉，另一手拿着黄铜盘子，盘子里装满了沉香。在斯瓦希里语里面，沉香木叫做 ud-al-qamari，字面意思是"月亮上的木头"。可是，给我这些东西的那个人说，实际上那是讹传，在那个词里面，qamari 照说应该是 qimari，本意是柬埔寨的"高棉人"，因为柬埔寨是世界上少数几个能找到沉香木的地方之一。那个词的另一个部分 ud，是指香树被真菌感染刺激后分泌的树脂。香树没有被真菌感染过就不香，被真菌感染过后会产生浓郁的香味。那个人也有点意思。

给我沉香木的是一个来自巴林的波斯商人，他和千千万万来自阿拉伯、海湾地区、印度、信德和非洲之角的商人一样，会在合适的季节趁着信风来到我们这里。每年他们都会在那个季节来，这个传统至少已经延续了一千年。每年的最后几个月，风会稳稳当当地刮过印度洋，吹向非洲海岸，形成抵达非洲港湾的洋流。然后，在新一年的前几个月，风向会逆转，那就是商人回家的季节。这一切似乎都是天意，信风和洋流只会到达从索马里南部到索法拉的这段海岸线，就在莫桑比克海峡以北。再往南，海流状况就非常恶劣，海水

---

① 原文为 Idd，在东非地区可以写作 Idi 或者 Idd，原词应为 Eid（节日），专指伊斯兰文化中最重要的两个节日，也就是中国穆斯林俗称的"尔德节"，分别是开斋节和古尔邦节。

奇冷，船只在那里迷失了方向，就不会再有踪影了。索法拉以南的海面常常有雾，还有许多直径长达一英里的漩涡，夜深人静的时候，巨大的发光黄貂鱼会浮出水面，还有怪兽一样的鱿鱼，鱿鱼浮出水面的话会挡住地平线。

千百年以来，英勇无畏的商人和水手每年都会来到大陆东边的这段海岸，毫无疑问，这些人大多是野蛮的穷人，而这里在很久很久以前就形成了迎接信风的港湾。他们带来了他们的财富，他们的智慧，他们的世界观，他们的故事，他们的歌曲和经文，以及他们通过努力获得的学识。他们也带来了饥饿和贪婪，带来了幻想、谎言和仇恨，他们所留下的东西，在这里影响了一代又一代，同时带走了他们可以用钱买、可以交换或者抢夺的东西，包括购买或绑架本地人，这些人被他们贩运到各自的国家，最终沦为劳工甚至奴隶。过了那么久，生活在那片海边的人们几乎都不知道他们是谁，但他们有信仰，这让他们有别于他们所鄙视的人，包括本地的人们以及在内陆繁衍的人类后裔。

然后，葡萄牙人从浓雾弥漫的海面上突然冒出来，给非洲大陆带来了灾难，他们的船舰大炮将中世纪的地理概念打得粉碎。他们对岛屿、港口和城镇进行了疯狂的破坏，像信教那样疯狂。对待本地居民，他们手段残忍，并引以为乐。接着，阿曼人也来了，他们干掉了葡萄牙人，以真神的名义接管了这片土地，他们还带来了印度的钱，英国人紧随其后，而英国人的身后紧跟着德国人、法国人以及其他有钱有势的人们。

人们绘制了新的地图，很完整的地图，每一寸土地都不放过，现在，全世界都知道他们是谁，或者说他们是谁的人。地图改变了一切。渐渐地，非洲沿海的小镇一个个都出现在了地图上，连成一大片，深入内陆几百英里，而这里的许多人先前遭人鄙夷，在适当的时机会"知恩图报"。这些城镇因此遭受的严重损失之一，就是信风贸易被切断了。到了每年的最后几个月，再也看不到帆船成群结队进入港湾，从前帆船挤在港口里的时候，船与船之间的海水上总是漂浮着从船上扔下去的垃圾，那时，街上到处是索马里人、苏里阿拉伯人、信德人，他们要么在买东西，要么在卖东西，要么莫名其妙地跟人家打架，晚上他们会在空地上宿营，唱着欢快的歌，一边泡着茶，要么就是穿着肮脏的破衣服躺在地上，大声嚷着粗鄙下流的话。之后的一两年里，到了年底的几个月，街道和空地都静悄悄的，因为这些人都不来了，我们都买不到他们的东西，包括酥油、口香糖、布料、粗制滥造的小饰品、牲口、咸鱼、枣、烟草、香料、香水、熏香以及各种各样奇奇怪怪的东西。我们也见不到他们在镇上撒欢。不过，我们很快就忘却了他们，毕竟，他们这些人是与我们独立后最初几年的新生活格格不入的。也许他们是不会再来了。他们在富庶的海湾地区过着奢侈的生活，怎么还会不远万里漂洋过海来卖布料和烟草给我们呢？

这是给我沉香的那个商人讲给我听的故事。我就这么讲吧，因为我不知道谁还会听。他的名字叫做侯赛因，是巴林的波斯人，如果有人把他当作阿拉伯人或者印度人，他会马上给予纠正。他算是一个比较富裕的商人，穿着波斯湾才有的奶白色刺绣康祖长袍，总是干干净净的，身上散发着香味，彬彬有礼，和其他乘着信风来的商人都不一样。他的礼貌似乎是天生的，是一种天赋，在他的身上，一些客套的形式都变得那么潇洒，富有诗意。他的生意是卖香水和熏香，说实话，因为他的彬彬有礼、富裕的装扮和身上的香气，人们都觉得他很狡猾，好像有着不可告人的目的。不知道怎么回事，他和我交了朋友。我倒不是说我不知道他为什么会和我交朋友，侯赛因不是那种会多嘴的人，而我害怕我老是揣测会显得自以为是。我担心我到头来是一厢情愿，或者自欺欺人，糟蹋了侯赛因给我们俩培养起来的美好关系。

那是1960年的信风季节，我刚刚开了一家店。此前大约四年，我一边在财政部里任职，一边做着小生意。但是，英国人对行政官员经营副业很不放心，尤其是金融方面的副业。既然机遇落到我头上，我肯定要悄悄地抓住，暗地里积攒了资本。后来，1958年我爸爸去世，给我留下了足够的资本，从此我可以公开经商。经商的日子是残酷的，无情的，掠夺性的，也容易引起误解和流言蜚语。一开始我并不知道。不久之后，我的继母也去世了。我给他们俩办了后事，我觉得葬礼办得很风光，我算是对他们尽到了孝道，尽管有人在背后说了一些难听的话。认识侯赛因的时候，我三十一岁，那时，爸爸和继母刚刚相继去世，我一个人住着一大栋房子，许多人都羡慕我运气不错。我觉得，在我们那个小地方，有人对我说三道四，正表明我的地位提升了。虚荣心蒙蔽了我的双眼，我因此忽视了周围的恶意。

许多年前，英国当局从一大帮翘首以盼的本地学生中挑了我，让我去接受了他们的那种教育。我们这些小朋友都很想去，尽管我们可能都不知道去那里要学什么玩意儿。我们都很尊敬有学问的人，这是先知教导我们的，但他们学校教的学问不大一样，和现代世界的生活关系比较密切。我觉得我们暗地里都很佩服英国人，因为他们来到了这么遥远的地方，这么从容地发号施令，而且有这么多实用的学问。他们会治病，会开飞机，会拍电影。也许，用"佩服"这两个字来描述我们的感受过于简单化，因为"佩服"接近于屈服，任由他们控制我们的物质生活，在思想和实际行动方面都有让步，也就是被他们强烈的自信给镇住了。他们分发的教科书里讲到了我们的历史，说得很不客气，正因为说得不客气，我觉得似乎比我们自己讲的故事更真实。书里面讲到了折磨我们的疾病，讲到了摆在我们面前的未来，也讲到了我们所处的世界以及我们在其中的位置。他们俨然重塑了我们的前世今生，也许，我们只能全盘接受，关于我们的故事，他们讲述得非常完整，非常到位。我不觉得他们讲的故事里面有刻意贬低的成分，因为我认为他们自己也相信那些都是真的。其实，在自己的心目中，我们就是那样的，而他们对自己也这样坦率。在我们的现实生活中，几乎没有什么能拿来和他们争的，尤其是他们讲的故事很新鲜，还没有受到质疑。在被他们控制之前，我们对自己的了解，我们自己讲的故事，似乎都很古远，很奇幻，像神圣而秘密的神话，是礼拜和仪式的隐喻，一种截然不同的知识，我们绝对不会自卑，但我们的这种知识肯定比不过他们。在我的记忆中，这就是我小时候的印象，当时，我对外面的大千世界还没有很全面的了解。在学校里面，我很少有时间或者说根本没有时间听别的故事，只是用心读了他们发给我们的书，通过他们教给我们的语言，逐步积攒他们带给我们的真知识。

但是，他们留下了很多空白，也无法实质性地加以解决，于是，慢慢地，故事出现了漏洞。故事看起来是根本站不住脚，稍微一碰就要倒了，虽然还不至于土崩瓦解。后面还有苏伊士运河事件，刚果和乌干达发生了惨无人道的事情，其他一些小地方也流了血。所以，和我们所看到的暴行相比，英国人对我们已经非常好了。然而，他们的所作所为让人看不透。在教室里，他们告诉我们反抗暴政是高尚的，然后，太阳刚下山，他们就实行宵禁，将散发独立传单的人抓起来，以煽动暴乱的罪名关进监狱。无所谓啦，反正他们建了排水系统，改进了污水处理，带来了疫苗和收音机。他们的离去太突然了，很仓促，感觉有点任性。

不管怎么说，他们从一群眼巴巴的学生中挑了我，那年还有三名学生获得了麦克雷雷大学的奖学金，那时的坎帕拉和现在大不相同。我当时十八岁，现在回想起来，我真是非常幸运，可以打开眼界，看到了一个不同的世界，也从另一个角度看到了我们自己。我们是那么弱小，一副可怜相。

再说说侯赛因吧。1960年是个好年头，那一年的信风季节，海上风平浪静，数十艘满载货物的帆船安全进港，没有一艘在海上失踪，也没有一艘被迫返航。那一年的收成也很好，贸易市场活跃，船运公司之间几乎没有发生过激烈的争斗，以前，粗野的水手动不动就打起来。侯赛因是第三次来，他来到我新开的家具店，看了我卖的东西。严格地说那不是新开的店，那原来是我爸爸的哈尔瓦①店，我重新粉刷了一下，安装了几盏灯，现在主要卖家具和其他一些漂亮的东西。尽管想了各种办法处理过，但店里还能闻到热酥油的味道。有时候，我情绪比较低落的时候会觉得，我的家具店和我爸爸用小碟子卖哈尔瓦的那个"黑洞洞"并没有什么不同。但我知道终究是不同的，情绪低落是迷茫和怯懦的结果，这种情况是难免会有的。所以，我希望能变得聪明一些。我知道我的店面挺好看的，看起来很高档，摆在那里的东西说明了一切。我一直都对家具很感兴趣。除了家具还有地图。美丽的东西，精致的东西，我都喜欢。我雇了两个家具木工，在店铺背后弄了一个小屋子，让他们在那里按订单打各种家具，衣柜、沙发、床等等。他们活干得很好，家具的设计他们都很熟悉，木材也都用得很顺手。不过，真正赚钱的生意，是收人家的旧家具，从里面淘值钱的宝贝和古董，这也是我的兴趣所在。一只用缅甸或印度红木做的小柜子，可能比一屋子红心木加装玻璃面板的老东西更让我开心，给我带来更多的利润，不过，这些老东西还是有人买的，多少可以让我赚到一点钱。如果有必要修复，我会自己动手，起初主要靠猜，但我的顾客比我更无知，所以问题不大。

我的顾客？就是欧洲游客和英国殖民者，他们喜欢古董和精美的好货。从南非到欧洲再返回的城堡线游轮在我们这

---

① halwa 阿拉伯语中的意思是"甜点"，主要有两种：一种主要成分为酥油、面粉和糖，还有一种主要成分为坚果酱和糖。

里停靠，游客可以上岸一日游。也有别的游轮在这里停靠，但城堡线比较固定，一周有两班，一班上行，一班下行。游客们下了船，注册导游会去接，然后不久就会带许多人到我的店里来（我要给导游佣金）。他们是最好的顾客，是我最欢迎的顾客，尽管我也和当地的殖民官员有一点点生意往来，我的客户里面还包括其他殖民国家的一两个领事，确切地说是法国和荷兰的领事。有一次，海军出身的英国公使派了一个人来看一面镜子，镜子装着上世纪的镶银马六甲框。不幸的是，价格超出他的承受能力。我提到价格的时候，他派来的那个手下翘起红唇，撩着金黄色的头发，表情有点慌乱，也有点不高兴，大概是嫌我出价太高了，但我猜想是他自己的钱不够。他在店里来回走了几圈，脚步很沉重，咚咚咚的，脸颊通红，自言自语地说着"我的天啊，我的天啊"，显然是在等着我表态让公使自己出价，但我只是笑了笑，不再听他说什么了。了解马六甲的人都知道，那个价格根本没有还价的余地。

对于好东西，我们本地人也看得懂。我把最漂亮的物件摆在店里作展品，人们进来看了之后都很喜欢。但他们不愿付也付不起我出的价格。他们不像我的欧洲顾客那样志在必得，欧洲人看到好东西就一定要把它们带回家去占为己有，作为个人修养和思想开放的象征，作为他们征服广大稀树草原的战利品。还有一次，英国公使的手下没有被镶银马六甲框镜子的价格所吓倒，我告诉他说这种镜子在世界上只剩下几面了。他会出一个价，甚至不付钱就拿走，这是征服者的权利，也表明了我们在这个世界体系里面的相对价值。凯文·埃德尔曼没收我的沉香木匣子差不多也是这个意思。欲望,我也懂。

侯赛因走进店里,我一眼就认出了他,他身材高大,显然是见过大世面的。看到他走进来,我满脑子都是波斯、巴林、巴士拉、哈伦·拉希德①、辛巴达等等。我和他并不认识,但我在街上和清真寺里见过他。我也知道他的名字,因为人们说起过他,说他是一个商人,前一年住在工务局官员赖哲卜·舍尔邦·马哈茂德的家里,而我刚好和这个官员有过一些敏感的交易。1960年,他们还没有住在一起,那时有一些不好的流言,但他就住在这个地区。听说他出手大方,我就知道那些喜欢诈病的人肯定已经找过他,叫他施舍,这些人都很无耻,一边靠装可怜过日子,一边嘴里又很不干净。他用阿拉伯语跟我打招呼,彬彬有礼,他问候了我的健康,祝我生意兴隆,这也许是有点过头了。我说很抱歉,我阿拉伯语说得不好,所以我用斯瓦希里语和他说话。他遗憾地笑了笑,说:"哦,斯瓦希里语。Ninaweza kidogo kidogo tu。我只能听懂一点点,一点点。"然后,他居然用英语和我说话。我很惊讶,因为趁着信风来的商人和水手都是粗人、痞子,当然这不是说他们的人品有多差。侯赛因的样子和行为举止都不像是一个粗人,会说英语表明他上过学,而上过学的人不会去当水手或者跨海经商,水手和海商都要待在拥挤肮脏的单桅帆船里面,骂骂咧咧,拳脚相向。

---

① 哈伦·拉希德(763—809),阿拉伯帝国阿拔斯王朝第五代哈里发(786—809),以拥有大量财富和骄奢淫逸闻名。

他坐在我让给他的椅子上，抚摸着乌黑的小胡子，面带微笑，等我请他说明来意。他说，他听说过我的店，知道我有很多漂亮的东西。他要给朋友买一件礼物，要精致一点，好看一点。

他说："要送给一个朋友的家属。"

我听得懂，他要买的礼物是送给女人的，也许是某个生意上的朋友的妻子，也许不是。我带着他看了看，他先是注意到了一只细长的乌木盒子，我刚收来的时候，就觉得它像是刺客装匕首的。然后，他看上了一只圆形柚木柜子，柜子上雕刻有拱门和轮子的图案。接着，他的目光投向一张矮桌子，桌子有三条弓形腿，桌腿的弧线很精致，这张乌木桌子抛光做得很好，即使从远处看，也能看到闪烁的光芒。走到那边之前，他又盯着一套放在银色托盘上的绿色凹槽纹高脚杯看了很久，还用一根手指在镀金的杯沿摸了摸，还一边叹着气。"真漂亮！"他喃喃地说，"精致！"

我们走到乌木桌边的时候，他说："还有这个。"我知道他看中了这张桌子。

"这个小玩意儿吗？"我问。我报了价格，他很有礼貌地笑着点点头。我们回到刚才坐的地方，接着围绕那张桌子愉快又客气地交换了一些意见。我们聊了一会儿，我们之间的分歧很大，显然无法达成一致，于是侯赛因切换了话题，至于我们又谈了什么事情，我现在记不得了。我们就是这样成为朋友的，我们围绕那张漂亮的桌子随便聊了聊，彼此都很客气，彼此都有好感。也许用英语聊天也有些乐趣。后来，在白天，侯赛因说不定什么时候就走进店里来，他说要看看我的桌子还在不在，然后就坐下来聊一会儿天。有时店里还有别人，他们来我的店里打发时间，也传播和收集消息，顺便也做一点儿生意，这就是小城镇的日常快乐生活。侯赛因会很轻松地坐着，用心听我们说话。我们说的话没有大不了的，但侯赛因听得专心致志，如果有什么他听不懂的，他会问我。可能是出于礼节，有时也是因为他不想错过有意思的话题。如果店里没有别人，他会靠着椅背，把脚盘起来，右脚踝压在左大腿下面，就那样跟我说话。

　　这是他第三次来非洲做生意。此前，他的家族没有来过这里，他们的生意主要在更遥远的东方。他的祖父加法尔·穆萨是一个传奇商人。他大半辈子都在马来亚和暹罗，一开始是给他爸爸认识的另一个波斯商人当学徒。几个世纪以来，波斯和阿拉伯商人一直在马来亚做生意，公元七世纪，来自古代南阿拉伯王国哈德拉姆的商人将伊斯兰教传到了那里，与先知在麦加宣教差不多在同一个时代。那里也有来自印度和中国的商人，他们既在一起做生意，又相互竞争。但是，伊斯兰教传遍了马来亚，于是这里建立了穆斯林国家和帝国。尽管葡萄牙人和荷兰人从十六世纪开始征服并统治了这些国家，但直到十九世纪五十年代英国人大摇大摆地进入这个地区，马来亚的穆斯林国家才最终失去了权力。这些事情都跟侯赛因的故事有关。
　　在马来亚，侯赛因的祖父加法尔·穆萨从一开始就好像受到了祝福，年纪轻轻就发了财。在全盛时期，他经营着各种各样的生意，有好几条船，在亚洲海域到处跑。与此同时，欧洲人，尤其是英国人，正坚定步伐要控制整个世界。在十九世纪八十年代，他们以更高文明的名义排挤其他人，霸占远东贸易。他们想要鸦片、橡胶、锡、木材、香料，他们不想受到任何人的干涉，无论是本地人、穆斯林，还是一千个恶魔的崇拜者，尤其是那些来自他们势力范围之外的商人。完全有理由想象，他们在别的地方怎么样，在这里还是会那个样。因此，为了避免惹祸，加法尔雇了欧洲人当他的船长，也在他的公司里当职员。他也故意让外人觉得是他的欧洲雇员在操纵他，相对于足智多谋的家臣，他更像是一个傻瓜，没有这些家臣，公司就会倒闭。从表面上看，那很像是一家欧洲公司，但实际上，加法尔·穆萨就守在办公楼后面的旧木屋里运筹帷幄，一边祈祷神明给他的企业带来好运，一边酝酿着新的历险计划。他的船只向南最远到苏拉威西岛，向东最远到柬埔寨，向西最远到巴林，这中间的任何地方都是很好的市场。他不声不响地看着气势汹汹的欧洲公司纷纷破产，他们那些意气风发的船长和船员有的自杀了，有些变成了码头混混。当然，也不是全都破产了，但确实有很多欧洲公司破产了，这很令人解气。过了一段时间，人们都不可能不注意到，加法尔·穆萨异军突起，马上就要变成马来亚最富有的商人之一，尽管蒸汽船和连发步枪强势崛起，与此同时，马来苏丹争先恐后地向新的世界秩序投降。

对他来说，这个年头危机四伏，他自己心知肚明。英国人的手伸得很长，到处进行干预，渗透到腐败的本地政府里面，提出尖锐的问题，撰写各种报告，帮忙清理门户，强行派遣领事和常驻官员，强迫对方接受他们的海关条例，对于任何有利可图的东西，他们都要统统接管，号称要创造一个新秩序。对于这个波斯富商，英国人老是把他当成阿拉伯人，社会上有各种传言和猜测，把他的财富夸张了许多，更把他描绘成为一个富有传奇色彩但无情的阴谋家，一个暴君，一个奴隶贩子，一个看守后宫的太监，一个鸡奸小男孩的人，用心机控制着一个本不属于他的商业王国。有人说要调查他的商业手段，甚至要调查他的绑架和谋杀罪，对他提起刑事诉讼。没人当着加法尔·穆萨的面说过这样的话，但他知道这是欧洲人在散布流言，他明白他们有多么希望这些都是有凭有据的真事。他公司里那些欧洲人的眼神，让他觉得他们比以往任何时候都更瞧不起他，尽管他们仍然对他毕恭毕敬。

加法尔·穆萨有一个儿子和两个女儿，都在马来亚出生，生母是他的先妻马里亚姆·库法，愿神明照顾她的灵魂。女儿泽纳布和阿齐扎已经完婚，婚礼都办得很隆重，分别与她们的丈夫住在印度的孟买和伊朗的设拉子，这两家人都是加法尔的远亲。几十年来，也许几个世纪以来，这种情况很多见。不管人们到多么远的地方去做生意，他们都会和老家互通消息，当儿女长大成人要结婚的时候，总有一个好的对象等着她们。加法尔的两个女儿也是如此，到我们这个时代就不一样了。出于本能，加法尔·穆萨趁着英国人的贪婪还没有膨胀到难以克服的地步，就开始小心、悄悄地撤离马来亚。他本想以女儿的名义，将生意转到孟买和设拉子，让女婿负责打理，等到时机成熟，或者说不得不走的时候，他和儿子就可以全身而退。

他的儿子雷扎不同意。多年来，他对爸爸将生意交给欧洲人打理的做法颇有看法，而且，那些员工在他爸爸和他自己面前趾高气扬，他早就忍无可忍。他对爸爸说："要是他们想打仗，就跟他们打好了。"他们应该赶走那些不可一世的狗，雇佣马来人、印度人和阿拉伯人，以后的生意可能会很难做，那就尽力跟他们拼吧。长大以后，加法尔·穆萨就一直在生意场上"拼杀"，但儿子的愤怒让他感到惊慌和不安。他们的对手不是乡下的苏丹，而是世界的统治者。他开导儿子，和他解释他们当前的处境和现实，但儿子最终没有让步。雷扎是个孝顺的儿子，尊重爸爸的意见，但他还是不服，愤愤不平。

1899 年，加法尔·穆萨突发心梗。他在自家豪宅楼上宽阔的走廊上，正准备出去散步，每天下午，他都要在美丽的花园里散步，这时似乎有人在他的胸前重重地打了一拳。他的心好像被打碎了。园丁阿卜杜勒拉扎克总是在傍晚给花坛浇水，每天都等着主人出来表扬和指导他，他认为这样的交流是一天工作的高潮。那时，他正在给妻子采摘茉莉花，用余光瞄着富商卧室外面走廊上的动静。他看到加法尔·穆萨慢慢倒下去，他目瞪口呆，好像是看到了世界末日。园丁回过神来就跑上楼，尖叫着喊救人，中途滑了一跤，擦伤了小腿，跟跟跄跄地从柚木楼梯跑上去，在抛光的楼梯上留下泥泞的脚印。他把富商紧紧地抱在怀里，像抱小孩子一样，不停地摇晃他，同时大声叫人帮忙。没有人应声。每天这个时候，周围一般都没有人。这里是富商后花园的露台，过去，他常常和爱妻马里亚姆·库法坐在那里，聊着天或者听她朗诵，一直坐到天黑，有时，他们的女儿也会加入，和他们一起欢歌笑语。母亲去世前，两个女儿都住在这里。雷扎年纪比较小，他也会陪着。她们离开后，除了园丁，这里几乎就没什么人了，尤其是在傍晚。于是，在商场上拼杀一辈子的传奇阿拉伯商人加法尔·穆萨死在了园丁阿卜杜勒拉扎克的怀里，他的脸上沾满了泪水和鼻涕，还有因悲愤导致肌肉破裂而流的血。

侯赛因说："即使是在出殡的时候，身后跟着庞大的送葬队伍，我爸爸雷扎也在谋划着变革。可惜天不从人愿，结果和我祖父的预测一样，他的生意败了。1900年，他解雇了那些欧洲人，但找不到任何人来接替，高级的职位都没有人愿意干。他们害怕英国人。那时，所有的苏丹都签署了英国的条约，成了英国的保护国。我爸爸雷扎必须向他解雇的所有船长和经理支付巨额赔偿，数额真的十分巨大，还有那些等待发货和交付的公司也向他索赔。他们把他告上法庭。保险公司拒绝给他承保。海关盯上了他，什么都要检查，能拖则拖，还指控他受贿。可能有那么回事。他也可能认为他们在故意栽赃。他才二十多岁，他觉得自己不比任何人差，但实际上不是那么回事。他还是不如欧洲人厉害。就这样，他们慢慢扼杀了他，他的生意最终走向了消亡。当地人都不肯借给他钱，更不用说那些高高在上的英国人了。1910年以后，整个马来亚都是他们的，甚至柔佛和北方各州也是他们的，短短十年，我祖父费尽心机建立起来的商业王国就萎缩成了一家不起眼的小商行，尽管还没有欠债。我爸爸一直很努力避免负债。最后，他被迫考虑卖掉豪宅和那个美丽的花园。在此期间，园丁一直打理着那个美丽的花园。爸爸对外宣布要卖房子以后，关于我祖父的流言又开始传播了，说他是奴隶贩子、罪犯等等。这一次，他们还说了更难听的，说他和园丁有一腿，原谅我说话这么粗俗，他毕竟死在了他的怀里。我爸爸必须走了，离开那些丑陋的人，那些人终于露出了无耻的真面目。"

这个故事是雷扎告诉侯赛因的，有时，有人想了解他在马来亚的经历，雷扎也会跟他们讲，但他其实不太喜欢提起这段往事。他说起这段遭遇就生气，有时候甚至会泪流满面。这不是一个好故事，不宜多讲，尤其是对儿子，尤其是对商人，也就是雷扎在巴林的亲戚。他没有守住爸爸费尽心血积攒起来的财富，他爸爸不远千里去打拼，最终却落得一场空。加法尔·穆萨取得了每个商人梦寐以求的成就。他缔造了一个商人的传奇，将商品卖到了遥远的市场，赚到了钱，也赢得了尊重。雷扎让他的梦想变为噩梦，糟蹋了他的心机和心血。侯赛因跟我讲这段故事的时候，我也是这么想的。我甚至早在提到雷扎之前就暗暗预测，爸爸的财富会被儿子败光。他没有彻底败光。他保住了一些血本，在巴林又开了一家公司，从暹罗和马来亚以及更遥远的东方进口香水、香炉和布料。巴林也在英国人的统治之下，和世界上其他许多地方一样，但他们的管理很松散。对于他们来说，巴林只是一个向敌人发起攻击的基地，是给船只加油的中转站。在巴林经营了几个世纪的波斯、阿拉伯和印度商人非常狡猾，不会随便被他们吓唬住。在二十世纪三十年代发现石油之前，除了进口贸易之外，那里没有太多可以争的东西，没有锡，没有橡胶，没有黄金，也没有任何可以作为战利品带回欧洲的商品。

有时候，如果有需求，雷扎会贩卖稀有木材，那时正好有一个将军正在盖新房子，木匠需要柚木做楼梯，卧室里也用得着红木。有时也会碰到某个叙利亚苏丹、俄罗斯大亨、德国银行家在建造宫殿，物资需求巨大，于是他就可以趁机大捞一笔。我想象着这样的好生意，不过侯赛因也提到，有一个俄罗斯大亨在马什哈德站稳了脚跟，正在为沙皇占领波斯做准备，他认为那是随时会发生的事情，所以雷扎和那个大亨做了一点生意。我忘了侯赛因说他做了什么生意。也许他没有说过。雷扎在马来亚还留着一个商号，帮人家采购物资，并照看仍然留在他手里的一点儿家产。

无论如何，搬到巴林以后，他的运气还是很不错的，就像他爸爸从前去马来亚一样，虽然不像爸爸那么辉煌。英国和土耳其的战争对他没有坏处，只有好处，这是巨大的商机，成千上万可恶的英国和印度军队要从这里经过去伊拉克打仗。（可怜的伊拉克！这个世纪以来，英国人似乎经常出于这样或那样的原因在那里打仗。）战后不久，也就是1918年，他结婚了，先生了三个女儿，然后才生了侯赛因。他的店里人来人往，络绎不绝，不管是来做买卖的，还是想在让人心旷神怡的熏香氛围里面坐着聊天的，他都很欢迎。他的孩子们在店里跑来跑去，大家都争着说他们的好话，而这些小孩子好像早熟了似的，宠辱不惊，不为所动。

"孩子们都是他的心肝宝贝。"侯赛因说。回忆往事，他的眼睛闪烁着泪光。"孩子们也很爱他。他是……父爱泛滥，他真希望别人也都把这些孩子当成心肝宝贝。"

侯赛因十岁的时候，雷扎决定去马来亚一趟，把那里的商号关掉，也顺便再看看那些老地方，要是有人问起，他很乐于跟他们说，他如今过得非常不错。他把侯赛因带在身边作为证据，说明他的运气真不错，不过，他也希望儿子能多见点世面，开始适应外面的世界并学会对付。他们这一路花了四个月的时间，坐船、做生意、看风景、看望老朋友等等。

"等等！等等！"我对侯赛因说，"我去拿一张地图。那些地方你指给我看看。我想看看是在哪里。"

他们甚至去了曼谷，雷扎十几岁的时候在那里住了几个月，那时他们家的生意还很兴隆，他住在爸爸的代理人家里。那时，曼谷是一座平静而美丽的港口城市，城里运河纵横，河边绿树成荫，还不像后来那样拥挤，那样庞然大物。那里聚集着来自世界各地的人，中国人、印度人、阿拉伯人、欧洲人。对侯赛因来说，这是一次难忘的旅程，一次不可思议的旅程，那段美好时光留下的记忆伴随了他的一生。尽管他只是当作故事讲给我听，但这次旅程的精彩瞬间也一直留在我的心里。直到今天，我还想象着他走过皇家岛上的一座寺庙，我想象着他所描述的朴素宁静，以及象征无上权威的寺庙圆顶。自从来到这里，我看到过一张那座寺庙的照片，但看起来不像侯赛因说的那么美。

在曼谷，他爸爸买了一批柬埔寨的沉香，价格很便宜，质量却是最上乘的，然后由他们搭乘的那一班船托运回巴林。侯赛因的爸爸说了，沉香木不是所谓"月亮上的木头"，而是"高棉人的木头"。他们回到巴林之后不久，日本侵略战争就开始了，在接下来的七八年里，根本搞不到沉香，所以，雷扎的那批货给他赚了大钱。

"我还有一些。"侯赛因看到关于这次旅行和沉香的故事让我如此激动和着迷，笑了起来。就在那时，我意识到狡猾的侯赛因还想买张乌木小桌子，希望我给个优惠的价格。他看了一眼那张桌子，接着友好而会意地看了我一眼。

"你有随身带着吗？"我问。

所以，他下次再来的时候，就带来了一个小小的红木匣子，里面装着最上乘的沉香，吸一口香气，就感觉心旷神怡。马路对面咖啡店的老板给了几块燃烧着的木炭，侯赛因弄了一个香炉，熏得我的店里香气四溢。沿街走过的人们纷纷停下脚步，进了我的店，坐在香喷喷的炭炉周围。咖啡店的老板穿过马路，站在台阶上说："真主啊，真香啊，这是真主的奇迹！我给您冲点咖啡吧，毛拉①？"他感激的对象不包括我，因为我毁了他的生活。众所周知，吃哈尔瓦的同时总是要喝咖啡，所以，我停掉了哈尔瓦生意，正如他所说的，就像是割断了他的喉咙。我害死了他。如今，就连他也进了我的店，坐在香炉旁边，和我们一起呼吸着香气。我觉得我能从浓浓的香气中闻到那些遥远地方的气息，尽管只是侯赛因用他的故事把这两个方面联系了起来，而我已经彻底缴械投降了。

---

① 巴基斯坦、印度等国对波斯语和阿拉伯语学者的称号。

当然，我最终把那张乌木桌子卖给了侯赛因。"我有一个条件，你要坦白告诉我，你为什么这么想要这张桌子？是要送给哪个特别的人吗？"我笑着跟他说，这样，他可以当我是在开玩笑。

他神秘地笑了笑，垂下眼睑，跟我要赖，就是不直接回答。他说："这是个敏感的问题。"

我知道，大家都知道，他在追求工务局官员赖哲卜·舍尔邦·马哈茂德的漂亮儿子，上次来的时候，他借住在这个官员的家里，他这次来也常去那里。这个故事我就这样讲，虽然不一定对，因为我也不知道谁还在听。反正，坊间流言也说，侯赛因正在追求工务局官员赖哲卜·舍尔邦·马哈茂德的漂亮儿子。据我所知，他已经腐蚀了那个活力四射的年轻人，但我无法想象他为什么会对这张乌木桌子那么感兴趣。其实，金钱和丝绸等礼物更容易满足这样一个年轻人的虚荣心。被感情蒙蔽了双眼的年轻人，对这种好看的物件是没有感觉的。也许，这张桌子是送给赖哲卜·舍尔邦·马哈茂德本人的礼物，要表达对他的敬意，说明他勾引了儿子，并不意味着他不尊重爸爸。这是行贿。或许，这个狡猾的波斯商人是在玩花样，他表面上是在追求儿子，实际上目标却是赖哲卜·舍尔邦·马哈茂德漂亮的妻子阿莎。她确实很漂亮，我和她交往不多，但我发现她很谦恭，也很自重。然而，坊间有传闻说她先前就有过一两次风流韵事，这回碰到了侯赛因，她肯定是心甘情愿的。这种事情说不清楚，说起来也不好听，但在一个小镇里，飞短流长，说人家的花边新闻像一日三餐，不说才是不对的。然而，我听到这样的流言很不舒服。我还骂了那些嚼舌根的人，现在想起来觉得自己很愚蠢，也很虚伪。也许，侯赛因自己会觉得很好玩，至少在刚开始的时候觉得很好玩，每次卖完货之后，他要等好几个月，信风才会改变风向，他才可以返航。这些事情都与我无关，尽管在这么小的地方，不闻不问根本做不到。

我们谈妥了，侯赛因接受我的报价，现金支付一半，另外他会给我一包二十磅重的沉香。他很大方，也有可能是我比自己想象的更会讨价还价。他也把匣子送给了我，可惜这个匣子被凯文·埃德尔曼抢走了，当时匣子里装着战争爆发前一年侯赛因和他爸爸在曼谷买的沉香，那批沉香就剩下这么一点了，后来，不管我去哪里，我都随身带着那个匣子，死后也要带着走。

凯文·埃德尔曼是欧洲的看门人，有大批大批的人从这扇门跑出去祸害全世界，而我们则乞求他让我们从这扇门进去。我们是难民，寻求庇护的难民。赐予我们仁慈吧。

但是，关于乌木小桌子的安排，并不是我和侯赛因的最后一次交易。这一年的海风很不好，转向特别晚，刚开始时一阵一阵的，断断续续。于是，侯赛因大大拓展了交易的范围，也许是因为无聊，或者是想开开玩笑。随着我对他的了解逐步加深，我开始明白，他做的很多事情都是闹着玩的，而当他的恶作剧惹了祸，造成了伤害，招致了怨恨，他的笑声中就多了幸灾乐祸的成分。那时，我发现他的客气和欢笑掩盖着一些让人难受的东西，有点冷酷，有点玩世不恭，既单纯，又狂妄。我想我可以想象，在必要的时候，如果他想要维护他觉得宝贵的东西，他会不惜杀人，或者让人痛不欲生。然而，我不认为有什么东西这么宝贵。总之，我可以想象他是因为无聊而交易，就是想找点动静，结果就这样慢慢走向毁灭。这听起来不像是一个生意人该干的事情，但那时他是一个贩卖熏香和香水的波斯人，他讲的那些故事和彬彬有礼的举止，只是为了表明他与平庸的我们有所不同。谁知道他是否真的觉得风度与派头比每天都有咖喱羊肉吃更重要？

他低估了耍派头的代价，这样做生意肯定要亏本，于是，他来找我借钱，说要借一大笔钱，我很幸运有钱借给他。我的生意一直很顺，我的客户都很傻，都愿意接受我的报价，木匠们也没想过要求加薪，也许是我的手段比较高明。不管怎么样，有钱借给侯赛因，我就很高兴。以前，这种借贷是买卖人之间常有的事，尤其是跨越大洋的买卖，尽管如今没有人会想到可以这样做，因为现在每个人都锱铢必较。以前……对我这个年纪的人来说，"过去"这两个字让人心酸，而在经历了这么多事情之后，我又觉得这两个字一点用处也没有。那时候，有人到这里来向你借钱，去别的地方做生意，再到另一个地方把钱还给你的一个生意伙伴。然后，那个伙伴会替你采购货物，再把货发送给你。

每个人都得了好处，商人之间信用第一，就像有人说婚姻是一种契约，夫妻俩都谨守婚约，这样家庭才会和睦，同样，有信用生意才会兴隆。偶尔也会出一些问题，有人会要一些手段，会说一些难听的话，但如果双方都遵守义务，都自重，就能避免吵闹，如果闹到不可收拾，则可以找法律或者宗教专家来仲裁，法律专家和宗教专家有可能是同一个人。在英国统治的几十年里，情况发生了一些变化，如果闹到不可收拾，更有可能咨询古吉拉特①的职业律师，像 Shah & Shah 或者帕特尔父子律师事务所的律师，而不是叫做"卡迪"的治安官，当时的治安官都很温和，不像后来的浮嚣派。

不过，我是生意场上的新手，没有我刚才说的那种生意伙伴，没有人会像爱护自己的钱一样爱护我的钱。生意伙伴是一辈子的关系，这种关系需要努力去培养，然后一代传给下一代，一辈又一辈地传承，责任和义务因果循环。所以，我只能向侯赛因要一些东西来做抵押。

"没问题。"他放心地笑了。这让我怀疑他碰到的难题可能比他自己说的更难。"我在孟买也犯过一次同样的错误。还好，数额不大，不过都是有去无回。"

"孟买？"我说，"你哪儿都敢去。你在那里干什么？"

"我在那里上学。姑姑叫我去的。我姑姑泽纳布，我和你提起过她。她叫我去那里上学。"侯赛因说。他冷笑了一声，说到姑姑的好意，他反而皱起了眉头。"我在孟买学到了很多东西，那是个苦难深重的城市。我也学会了征服者的语言。愿上帝赐予他们力量。"

我觉得，他最后那句话是在开玩笑，也是在逗我玩儿，

---

① 一个来自印度古吉拉特邦的传统族群。古吉拉特人在创业和企业活动中占有一席之地，圣雄甘地、瓦拉巴伊·帕特尔等人物在印度独立运动与英属印度的斗争中发挥了历史性作用。

但我没有搭理他。话说回来，侯赛因带来了一份文件，这让我惊讶不已，那是一份抵押借款协议。我看懂了，他这次向我借这些钱，正是他过去一年里借给房东赖哲卜·舍尔邦·马哈茂德的数额。根据抵押协议，赖哲卜·舍尔邦·马哈茂德承诺在十二个月后偿还借款。如果逾期未能还款，就用赖哲卜·舍尔邦·马哈茂德的房子和房子里的所有物品抵债。赖哲卜当着治安法官的面发过誓。

　　"你为什么不直接向他要钱呢？"我问。其实我很清楚他为什么不直接向赖哲卜要钱。赖哲卜·舍尔邦·马哈茂德是工务局的官员，平时喜欢喝酒，尤其是号称"魔鬼酿造"的威士忌，傻瓜才会指望他遵守协议的约定。就在前一年，他刚刚继承了姑姑萨拉夫人的这个房子，否则他就是一个穷光蛋。他怎么可能同意用房子做抵押呢？他只有这一处房子。其实，这算不上什么房子，但足以让他远离耻辱，让他们一家人有了一个栖身之所。他能去哪里找钱还贷款呢？侯赛因自己肯定心知肚明，他会借钱给他、让他背了这么沉重的债务，肯定是有原因的。如果说他在勾引赖哲卜儿子的传言属实的话，那么，他就是想满足一个看似恶意玩笑的欲望。

　　侯赛因说："我不想催他还钱。"他显然是猜透了我的心思。"你要是同意，我就把这份协议交给你做抵押，等到我明年再来。到时我把钱都还清，你把协议还给我。"

　　我真希望我拒绝了那个提议，因为在那年快返航的时候，他给赖哲卜·舍尔邦·马哈茂德的家庭造成了巨大的灾难，所以，我认为他是不可能再来了。虽然我不能确定像他这样一个内心骄傲、胆大妄为的波斯商人会干出什么事情来，他是和哪些精灵和恶魔做伴的，他能承受什么样的耻辱和侮辱。在后来的八个月里，我想过了各种可能的情形，等着他，但果不其然，侯赛因没有再来。他让另一个商人捎来了一封信，除了表达问候和歉意，他还跟我说他在其他地方的生意压力很大，并祝我的生意兴隆，如果真主保佑，我们第二年会再见面的。他还送给我一份礼物，是一张地图。那是一张南亚航海图。他在信中说，那是他祖父加法尔·穆萨的，看起来没有怎么使用过。他在爸爸的文件里发现了这张航海图，认为我可能会喜欢。我看到这份礼物就笑了。他还记得我很喜欢地图。这张地图画得很精细。这笔钱可以再等一年，抵押房子的协议还在我的手里。我的生意很不错，感谢真主保佑！我就这样自言自语着，但不能完全消除我的焦虑。

我常常对着地图说话。有时，它们也会跟我说些什么。这种事情听起来很奇怪，但其实没有那么奇怪，也不是什么闻所未闻的事情。在地图诞生之前，世界是无边无际的。地图给世界画上了边界，让世界看起来像领土，像是有主的，而不是可以随便瓜分的荒地。地图让位于想象边缘的地方更好捉摸，更容易掌握。后来，因为时势需要，地理学取代了生物学，从而构建一个等级体系，在地图上，那些生活在遥远、原始的地方的人，都被放到了其他的地方。

我看到过的第一张地图是我七岁时老师给我们看的，虽然此前也见过，但不知道那是什么。我当时七岁，尽管我说不清楚和我一起看那张地图的人分别是几岁。应该也差不多吧。由于某种原因，过了一定的年纪不入学就不能再入学了。以前，我始终没有好好考虑过这里面有什么蹊跷，直到如今回想起来，我才觉得奇怪。那好像就是说，过了一定的年龄就不可教了，就像一个椰子已经熟透、烂了，里面的汁不可饮用，或者丁香花在树上太久了，只留下果实。即使到现在回想起来，对于这种冷酷的排斥，我也无法解释。英国人给我们建了学校，也制订了上学的规则。他们的规则很苛刻，说孩子必须年满六岁才能上学，而超过了六岁就不能上学。不过，大家也都无所谓。并不是说人们尊重学校的规则，而是因为不管学校规定孩子几岁入学，家长都会说他们的孩子刚刚好。出生证明？他们是无知的穷人，懒得去弄什么出生证。他们都迫切想让他们的儿子去上学，不至于长大以后和他们一样是粗人。

其实，在我们这里，祖祖辈辈，每个人都上过学。我们上的学，其实就是认一些字，然后读读《古兰经》，听听先知穆罕默德一生所经历的奇迹。愿真主保佑他！每当有空，或者因为天气太热，书本上蚯蚓似的字母读不进去的时候，我们就会听一些故事，说等我们死后，有些人会遭到恐怖的折磨。上这种学没有年龄限制。一般都是从会上厕所就开始了，直到认识足够多的字，能从头到尾读完《古兰经》，或者直到有勇气逃跑，或者老师受不了你、再也不想看到你，或者父母拒绝支付本就少得可怜的教师薪水。大多数人到十三岁左右就都跑了。至于英国人建的学校，大家都六岁上学，和同龄人在一起，每年都要去，一年升一级。总是有些开小差的，每个班会有一两个被留级，在学校里面，留级生一般是抬不起头的。班上其他人的年龄都一样，至少在纸面上是一样的。对于同班同学的年纪，我们永远都不得而知，我们稍微长大一些，有些人很早就留起了小胡子，有些人消失了几天，回来时眼睛里闪烁着光芒，分明是掌握了秘密的知识，接着，他们在乡下悄悄结婚的流言就传播开来了。那时候，我们大多数人都早婚。我不知道女校那边的情况怎么样，到现在也不知道。也许，隔三岔五，女生也会纷纷从学校消失，大家都猜得到她们去结婚了。结婚了！一嫁人，就回不来了。我一直在想那是什么感觉。我把自己想象成一个女人，非常弱势，有想法也无从说出口。在我的想象中，我被打败了。

不过，我说的是看到第一张地图的时候。老师给我们看那张地图的时候我刚好七岁，即便我不知道同班同学的年龄。"七"是个吉利的数字，我已经上了七个月的学，尽管我看到第一张地图的时候一下子就想到了"七"，并不是因为已经上学了七个月。我知道我当时七岁，是因为我在学校上了二年级，我可以用大英帝国的规矩来做证明，按照规定，我应该六岁入学。老师的课讲得很生动。他用拇指和食指夹起一只鸡蛋说："谁能告诉我，如何让这只鸡蛋竖起来？"接着，他就让我们认识了克里斯托弗·哥伦布。那是一个神奇的时刻，如梦如幻，就好像我也偶然间发现了一个难以想象、意想不到的大陆。一个伟大的故事从此拉开了序幕。随着他的故事不断展开，他拿了一支白色粉笔，在黑板上画了一幅地图：西北欧的海岸、伊比利亚半岛、南欧、沙姆地区、叙利亚和巴勒斯坦、北非海岸，北非海岸凹凸曲折，向下溜到好望角。他一边画着地图，一边说着话，介绍各个地方的名称，有时是全称，有时是简称。蜿蜒向北，在鲁伍马三角洲稍微突出来一点点，然后凹进去，那里是我们的海湾，接着是非洲之角，再接着是红海海岸、苏伊士、阿拉伯半岛、波斯湾、印度、马来半岛，最后到达中国。他画到中国就停下来，笑容满面，他用粉笔画了一条连续不断的线，勾勒了半个已知的世界。他在非洲东海岸中间的地方画了一个点，说："我们就在这里，距离中国很远。"

然后，他又在地中海北边画了一个点。"这里是克里斯托弗·哥伦布的老家，他本想去中国，但他走的路线刚好相反。"关于贪婪的哥伦布，老师跟我们讲了他的许多冒险经历，但我不太记得具体的事情了，在那个天真无邪的岁月，他跟我们讲过许许多多的故事，但我记得他说过，哥伦布航行启程的那年，正是格拉纳达陷落和穆斯林被驱逐出安达卢斯的那一年。对我来说，这些名词都是新鲜的，其他许多名词也是新鲜的，但提起这些名词，尤其是说到格拉纳达陷落和穆斯林被驱逐出安达卢斯的时候，他的语气充满了崇敬，情绪很激动，我印象十分深刻，一直都忘不掉。我现在又看见他了，一个矮矮胖胖的男人，头上戴着高筒圆帽，穿着康祖长袍，外面是褪了色的棕色夹克，脸上有不少痘疤，表情很宽厚的样子。我记得他为我们塑造了一个世界的形象，给我看了第一张地图。

鸡蛋呢？就是那个故事。哥伦布船上的水手从来没有向西航行进入过大西洋，从前没有人干过这种事。所有人都知道，海洋会突然到了尽头，海上会出现一个巨大的深渊，海水往里面灌，然后穿过地下的洞穴和峡谷，那就是一个无底洞，里面住着怪物和魔鬼。航程漫长而艰险，海上渺无人烟，眼睛再尖的桅顶瞭望者也看不见中国的影子。于是，一帮乌合之众牢骚满腹，甚至密谋造反。都想要回家。最后，为了服众，哥伦布用拇指和食指夹起一只鸡蛋。你们谁能让这个鸡蛋竖起来？他问。当然，大家都不能。他们只是水手而已，在这么高级的戏剧中，他们注定只能充当盲从的小人物，发发牢骚罢了，所谓的密谋，也都是无法落实的。哥伦布轻轻地敲破鸡蛋的一头，我们老师用他手里的鸡蛋做了演示，然后把鸡蛋放在后甲板的扶手上，鸡蛋果真竖立不倒。我现在还不大确定这个故事能说明一个什么道理，是不是想说要吃鸡蛋就必须把鸡蛋打破，要找到中国，大家就必须吃点苦，还是仅仅要证明哥伦布比水手们聪明得多，因此他的行动方针是对的。总之，水手随即放弃了造反的念头，继续航行，继续去寻找大可汗。我七岁的时候也跟他们一样。老师小心翼翼地把煮熟的鸡蛋放在桌子上，他随后会吃掉。

后来，这个老师再也没有给我们上过课，尽管他是我们那所学校的正式老师。那天我们的班主任没有来，他一般是上午管我们。过了上午，我们成群结队回到班级，我想再看看他画给我们看的世界，但黑板上的地图已经擦掉了。

侯赛因不了解这种事，他也不明白地图会跟我说什么，但他知道我非常喜欢地图，喜欢收集地图，他把他祖父的旧地图寄给了我，投我所好，算是在还欠我的账。收到礼物的时候，我笑得很开心，但我也几乎可以肯定，我再也见不到侯赛因了。他可以去仰光、设拉子或者世界上其他遥远的地方做生意，他为什么要来我们这里卖这一点儿檀香木和玫瑰水呢？世界很大，有些地方很遥远，但很美。

2

她没有来。有时候，即使她说她会来，她也不会来。在合适的时候或者差不多合适的时候，她就会来找我。我不喜欢这样，有时会不开心。她叫我打电话，但我宁可不打。我没有装过电话，如今，我也不想给自己增加这么一个负担。她来的时候，总让人觉得她很匆忙，有很多事情等着她去做，但每一件事情都做不完。那个样子正适合她。坐立不安的时候，她的身上反而焕发出巨大的能量。她的眼神也会更难以捉摸，更有深度，仿佛眼底深处藏着一个集合点，那是她的双眼的真正焦点。此时此刻，她不在这里，她正在别的地方忙碌着。她的名字叫瑞秋。这是她来拘留所看我的时候告诉我的，我以前并不认识她。"我是难民组织的法律顾问，负责你的案子。我叫瑞秋·霍华德。"她微笑着伸出手，说很高兴认识我。

我说我叫赖哲卜·舍尔邦。那不是我的真名，而是我为了这次逃难之旅专门冒用的。这个姓名原属于一个我认识多年的人。舍尔邦也表示一年之中的第八个月，是承上启下的月份，到了八月，下一年的运势差不多就定好了，对于真正忏悔的人，他们的罪过会得到赦免。下一个月叫做赖买丹月，本意是"焚烧月"，也是斋戒月。赖哲卜是前一个月，即第七个月，本意是"问候月"。受人尊敬的月份。赖哲卜月有个"升霄夜"，那天夜里，先知会被带上七重天，去面见真主。小时候，我们都非常喜欢听人家讲这个故事。赖哲卜月（七月）二十七日的晚上，先知正在睡觉，大天使吉卜利勒来叫醒了他，让他骑着长翅膀的仙马，腾空而起，从麦加飞到圣城耶路撒冷。在耶路撒冷圣殿山的遗址，他与亚伯拉罕、摩西和耶稣一起做礼拜，然后跟他们一起登上了极界树，达到天堂最高的境界，是最接近真主的地方。先知得到真主的默示，要求穆斯林一天礼拜五十次。返程的路上，摩西建议他回头去和真主再商量一下。他干这一行的时间比先知长得多，他猜想真主可能会降低一点儿要求。真主果真降低了要求，一天礼拜五次即可。故事讲到这里时，信众会发出一声长叹。试想一下，每天礼拜五十次是什么情景！然后，先知再次骑上仙马从圣城返回，黎明之前回到麦加。城里愚昧的俗人必然会质疑，但是，对于信众而言，升霄的奇迹是一件很值得高兴庆祝的事情。先是赖哲卜月，接着是舍尔邦月，再接着是赖买丹月，这三个月都是神圣的月份。虽然真主只要求我们在赖买丹月斋戒，但虔诚的信徒会连着斋戒三个月。被我冒了姓名的那个人的父母跟他开了一个玩笑，他爸爸叫舍尔邦，给他起了赖哲卜的名字，相当于爸爸是八月，儿子却叫七月，这个玩笑当然很好笑，但他们付出了代价。如果我父母给我起了这个名字，我也会这么做的。

　　瑞秋·霍华德到拘留所来找我的时候，我没有跟她说这些事情。我什么都没说。说那个地方是拘留所有点儿夸大了。门没有上锁，也没有武装警卫，甚至看不到穿制服的。那不过是一个乡下的营地，一家私人公司经营的。有三栋很大的楼房，说是楼房，但看起来更像棚子或者仓库，我们吃住都在那个地方。天气很冷。外面寒风呼啸，有时会突然刮起来特别大的风，简直要把这些建筑都掀掉。我感觉我血管里的血液已经流不动了，结成了一把锋利的刀，插进了我的五脏六腑。我如果不走动，四肢马上就会麻木。有两栋大楼是让人睡觉的，一栋十二层，另一栋十层，我们睡觉的地方用木板隔开，但没有门。一栋楼有一间卫生间和一间淋浴房，有一个单独的水龙头，写着"饮用水"的字样。我不知道那是什么意思，是不是想叫我淋浴的时候要小心谨慎，还是说水可以安全饮用。另外一栋大楼是吃饭的地方，饭菜装在很大的方形金属盒里，用一辆货车送来。饭菜由一个中年英国人分给我们，他满脸皱纹，脸色阴沉，和我在旅途中见过的那些人不一样，但后来我见过很多这样的。事实上，起初几个月见到的许多人，他们的长相都让我感到很惊讶。在我多年来的记忆里面，这里的人们都腰杆挺直、不苟言笑，但这些人完全不一样。那个英国人叫哈罗德，除了给我们分饭菜，还清洗淋浴房和卫生间，他的清洗方式很特别。另外还有一名男子，他的办公室在一栋小楼里，那栋楼里面有一部公共电话、一间药房和一间谈话室。他晚上通常都会回家，哈罗德睡在我们吃饭的那栋大楼里，似乎总是陪着我们。还有一个人，他来替哈罗德待了一两个晚上，但我在那里的时候他只来过一次，还好像可以躲着我们。哈罗德总是被拘留人员嘲笑，但他没有理睬，板着脸，默默干着他的活，好像心里在梳理着许多事情。我们这种人来来往往，他一定见过许多，而对我们来说，他是我们第一个这么接近过的英国人。

我们住的地方原来很可能就是一个仓库，装着一袋袋谷物、一袋袋水泥或者其他有价值的商品，这些东西都需要妥善保管，不能淋雨。如今里面装着的是我们，我们没什么价值，有点讨人嫌，但需要约束起来。办公室的那个人拿走了我们的钱和证件，并告诉我们，如果我们需要锻炼身体，这里是乡下，可以去散步，但不要离开营地的视线范围，以防迷路。"要是你们迷路了，不会有人去找，"他说，"晚上外面很冷，你们有些人会受不了。"还会更冷，这我早就知道了。拿破仑从莫斯科撤退是二月或三月的事情，那时天寒地冻，而严寒正是俄罗斯的"冬将军"。我是十一月到英国的，距离二月还有三个月，天已经冷得让人受不了，几个月的寒冬还在前面等着我们。天会越来越冷。

　　整个营地里拘留了二十二个人。我们那栋楼里面有十二个人，四个是阿尔及利亚人，三个是埃塞俄比亚人，有两个二十岁出头的伊朗兄弟，他们晚上睡在同一个床上，总是紧紧抱在一起，低声说着话，一会儿就哭起来，还有一个苏丹人和一个安哥拉人，他们是整个拘留所的开心果，点子多，爱说笑话，喜欢政治，喜欢做交易，他们认为安盟是战争中正义的一方。那个安哥拉人告诉我们，这里没有尼日利亚人。他们被拘留的人太多了，都是非常麻烦的人，所以，只能把他们锁在北方的一座旧城堡里，那里很冷，人烟稀少。他们人太多了，几乎跑遍了全世界。这个人的名字叫阿方索，他对尼日利亚人有很深的反感，他没有解释过他为什么反感尼日利亚人，但似乎他每一天都是陪伴着这种反感过的。他已经在这里待了好几个星期了，他喜欢把这个地方叫做"兵营"。人家要给他换个地方，但他拒绝了，他说他正在写一本书，这种乡下的地方很合适，没有干扰，空气又好。如果他到大街上去和那些英国人混在一起，整个晚上都和他们一起待在酒吧里看足球比赛的电视转播，他就会失去记忆，手头的事情就没法干了。他更喜欢待在军营里和这些浮萍似的兄弟们在一起。谢谢好意了。另一栋楼里的拘留人员都来自南亚，印度人和斯里兰卡人，或许还有其他地方的印度裔。我不太清楚。他们的事情和我们无关，吃饭的时候在一起，但他们说的话我们这些人都听不懂。

见瑞秋·霍华德的时候，我被叫到那栋小楼里去，那里有一间药房、一间办公室、一间谈话室。

"我知道你不会说英语。"她一边说，一边查阅证件，然后冲我笑了笑，脸上堆满了善意，显然是非常希望我能理解她的意思，尽管我不懂她讲的那种话。那时候还早，我还没有做好接受询问和记录的心理准备，也许我会被转移到其他地方。我在营地待了两天，我喜欢那里，尽管我的两条腿有点麻木。我喜欢乡下，绿油油的，看起来像海绵似的，很有弹性。从潮湿的空气中会传来低沉的隆隆声和碰撞声，我会喜欢这样的声音，不过，我一开始有点害怕，因为我以为那是远处的海浪声，过了很久以后才想到，那可能是附近一条公路上车来车往的声音。阿方索是个快乐的无政府主义者，那些埃塞俄比亚人很沉默，他们都在守着一些秘密，阿尔及利亚人对外人彬彬有礼，但他们一直在低声细语，偶尔会咯咯笑起来，好像是在相互开玩笑，苏丹人很严肃，可能是胆怯，那两个伊朗小伙子苦难深重，我喜欢和这些人在一起。要是有人说想把我"拯救"出去，脱离这些活生生的人，我还难以接受。

他们给我挪地方，有人叫我希贝，有人叫我大人，有人叫我老头，有人叫我先生。亲爱的，你为什么要抛下真主和亲人不远千里来到这里？难道你不知道潮湿寒冷的气候会摧残你这一身老骨头吗？这些就是我想象他们在说的话，这里只有阿方索说英语，他好像不太在乎谁在听他说话，谁听懂了他的话。他挥舞着手臂，像在表演滑稽小品，大家都笑了，我觉得他们的笑声不大友好，尤其是那些爱嘲笑人家的阿尔及利亚人，但他觉得无所谓。我怀疑他们是觉得自己比这个贫嘴的黑人更高尚，在嘲笑他盲目自信。阿方索不管不顾，依然在喋喋不休，仿佛没有什么能伤害他或者让他乱了心神，也仿佛有个卑鄙的小恶魔让他疯狂地唠叨，他控制不了。

我还想不通卖给我票的那个人为什么建议我不要说英语，不知道到什么时候才能承认我会说英语。我也不知道这些拘留人员是不是也故意假装不会说英语，他们是否知道假装不会说英语的原因，那是否也是票贩子的馊点子。也许他们担心那个大大咧咧说着英语的人是卧底，我也有过这种担心，大家都要熬着，一直熬到危险过去。我们都是逃难的人，老家的当局要求我们完全顺从，天天有人遭到鞭打，甚至公开斩首也是难免的，这样才能让人战战兢兢，卑躬屈膝，所以，当局的奴才、警察、军队和保安人员会经常杀鸡儆猴，让我们知道反抗是有风险的。我怎么猜得到这里的看门人有什么花招等着我们呢？我不希望一不小心露了马脚，然后被转移到天寒地冻的北方，关进一座旧城堡里，甚至被押上返程的飞机。此时放弃伪装还为时过早，尽管我很喜欢瑞秋·霍华德，她本来就很漂亮，还笑容可掬，那么热情。所以，我摇摇头，耸耸肩，在她面前装得很像一个无辜的外国人，听不懂她的话，只能傻笑。

她的头发又黑又卷，故意弄得蓬松凌乱。这个发型让她看起来更有青春活力，同时，她这样看起来有点黑，有点异域风情，毫无疑问，这都是有意为之的。她皱着眉头看着文件，身体前倾，而我一直安静地坐在她面前。过了一会儿，她抬起头，还是笑容可掬，我想，在找来一个翻译之前，她会一直这个样子。她用力点点头，这是要让我安心，然后双手揪住头发，从脸上拨开。"现在怎么办？"她说。她双手揪着头发，盯着我看了很久。我说不准她是否早就熟悉了这种故意不讲英语的诡计，想让我知道她不好骗，也许，她狡黠的表情，表明她正在看一场好戏，也可能表明她在演戏。她站起来，离开桌子，走了几步后回头看着我。我发现她并没有真的看到我，她的表情都是装出来的，那是她的职业习惯，信手拈来。她身材不高，也不壮实，但她的举手投足，每个动作都表明她体力充沛。她肩膀很有韧性，可能是个游泳好手。"我们必须把你转移到另一个地方，去上上课。无论如何，这个拘留所不是你要待的地方。我不觉得有多难，因为你这个年纪，你懂的。这是我们首要的工作，安排你转移，交给我们的地方部门。"

她皱起眉头，还是没有看到我，也许她也不知道下一步该怎么办，她无法用语言告诉我她在为我谋划什么，但她想让我觉得她很关心我，她是个很有效率的人。但是，她并没有看到我，她在看着自己的内心。我猜她的年纪和我女儿差不多，三十几岁，如果我的女儿还在，应该差不多一样大。说那个是我的女儿似乎有点荒谬。她出生没多久就夭折了。瑞秋·霍华德折返回来，在我对面坐下。我抬起头看着她，让她知道我就在那儿，她没有因此而慌乱，而是静静地坐着，看着我。然后，她伸出手，搭在我的胳膊上。"六十五岁，这个年纪还要背井离乡，厉害！"她笑着说，"你是怎么想的？"

她让我想起了我的女儿，而且这不是痛苦的回忆，我没有自责，在这个异国他乡想起她，我反而有点小开心。我当时想给她取名"莱娅"，这个名字是"公民"的意思，即一个普通的土著人。她妈妈认为这个名字有点挑衅的意味，她长大后肯定会觉得尴尬，所以，我们叫她鲁凯亚，和先知跟原配夫人哈迪贾生的女儿一样。但她出生后没多久就夭折了。真主保佑她！

"我们得看看能不能找到翻译。"瑞秋·霍华德点点头说，她是要鼓励我，因为我大声说出了最后那几个字。真主有恻隐之心，要拯救她受苦受难的灵魂，她还没有真正成为公民，真主和他的天使就把她带走了，随后也把她的妈妈带走了，可能真主也要拯救她的灵魂，而我当时一无所知，也不在她们身边。

"你真的听不懂英语吗？没关系，等我们把你换了地方，我们会送你去上学。我觉得，过了一定的年龄，学习就很困难了。"她想到我的年龄，又笑了起来。"没关系，我们先把你弄出去。那个地方，你会喜欢的。是一个海边的小镇。再过几天吧。我们会给你找个地方暂住，先给你办社会保险等等。我们再去找个翻译。你有亲戚或者朋友吗？真希望有。但你到了这个年纪，很难。"

海边的小镇！是的，我会喜欢的，我想。过了几天就去了。

他们先带我去一个客栈，除了瑞秋，还有一个叫杰夫的人，他们开着车就把我接走了。杰夫比瑞秋年轻得多，高个子，宽骨架，红头发，说话非常严肃，声音紧绷着。我想象着，当他不需要扮演某个角色的时候，他可能会放声大笑，痛痛快快吃东西。我坐在后座上，身边放着凯文·埃德尔曼翻找过的那个小包裹，里面少了装沉香的匣子，那个匣子被他偷了，但多了一条阿方索在最后一刻塞进去的毛巾，拘留所的毛巾。"你要时刻保持干净。"他说，眼睛里闪烁着无奈。"老头，你听到了吗？不管他们对你怎么样，你都得把自己弄干净。"那条毛巾让我感到很紧张，我怕临行前会有人来搜查。我见过有人才偷了一丁点儿东西就遭到殴打，有一个拿了一块肥皂，还有一个是偷了空可乐瓶子，就被打得哭着求饶。不过是在那里，不是这里，是我的上半生，我的前世。终于没有人来搜我的包。坐办公室里的那个人把我送上车，我和其他人握手告别的时候，他一直很耐心地等着。他们跟我说，一路平安！我说，再见，祝你们好运。瑞秋和杰夫兴高采烈，好像是因为他们改进了规则和法律，他们提到了一些官员和政府部长的名字，说那些人都是笨蛋，我这就要放出去了，而其他人还遥遥无期。也许没有人告诉过他们，有一条高层政策将我列为"生命受到本国政府威胁"的人员，也许是他们认为仅凭这条政策，我也不能自动获得入境的权利。也许，尽管英国出于优越感，高姿态地允许我们国家的人来寻求庇护，但已经有人在计算接纳我这个年龄的人进英国的代价：我年纪太大了，不能在医院工作，也不能替英格兰生一个未来的板球运动员，除了社会保障、住房和火葬补贴之外，有没有我都一个样。但是，他们真的把我弄进来了。我坐在车上的时候，我觉得他们自鸣得意的激动有些滑稽，不过，很遗憾，我只能继续假装我听不懂他们在说什么，也不能跟他们说我对他们有多么感激。

　　让我临时住的客栈是一栋黑乎乎的古董别墅，远离主干道，很安静。客栈的女老板叫西莉亚。我听他们说，西莉亚答应让我去住，叫我们赶紧去，也许可以赶上喝一杯她沏的茶（不用了，谢谢），她脾气很奇怪，不是吗，但人确实是好人。客栈的门敞开着，我们站在门口按了门铃，她就喊我们上楼去。门厅又小又暗，地板上铺着一块旧地毯，已经褪了色，灰不溜秋的，不过还能看到一小块一小块的红颜色。楼梯刚走上去几步就突然向右拐，然后又突然向右拐，如果有人入侵，这样的楼梯易守难攻。入侵者很可能是右撇子，在楼梯上根本没有空间挥动武器，很容易被刺伤，人家还可以拿一桶热油往他们身上浇。西莉亚坐在起居室里，在开着静音的电视机前看着杂志。我的第一印象是那里的气味，那种气味既新鲜又熟悉，现在有了体验，我可以稍微描述一下。那时，我想到了密闭空间里潮湿的鸡粪，就像人们把鸡关在楼梯间或者鸡笼放在窗台上，那种房子不像这样的，没有这样急拐弯的楼梯。我还很小的时候，有时我摸黑爬上楼梯，家里的鸡会突然咯咯咯叫起来，把我吓得魂不附体。现在我知道了，那不是鸡粪的气味，而是房间关闭太久形成的陈腐气息：几十年来，沙发套上面溅到过各种液体，人类和动物的毛发、面包屑、水果种子掉在破旧褪色的地毯上，屋里历经多年烟熏火燎，角落里丢着一堆布和袋子，估计也放了很久，快烂了，就是这些气息混杂形成的气味。房间的一侧有三个黄铜架子，每个架子上挂着一只鸟笼，从掉在笼子周围的食物来看，里面的鸟儿应该还活着。

西莉亚身材高挑、匀称，留着长发，但头发比较稀疏，染成了棕红色。看到我们，她站了起来，招呼我们进去，或者说是催我们赶快进去。"坐下来喝点茶。"她说。她声音洪亮，虽然带着笑意，但让人觉得有点霸道。"外面很冷吧？壶里有些茶，来，靠炉火近一些，桌子上有杯子。坐吧。你好啊，欢迎你。这个是迈克尔。米克①，问候一下我们的新客人吧。"

她指向一个年纪看起来比她大的男人，那个男人可能有七十几岁，坐在她对面的椅子上。他瞥了我一眼，表情和蔼，然后又低头盯着他的双手。我后来发现，米克总是盯着他的手，他对每个人都笑脸相迎，如果有人叫他，他会看看电视，或者喝喝茶，要是有人问他什么事情，他也会发表简短的意见，例如说"是"或者"不是"，或者说"好极

————————————
① 迈克尔的昵称。

了"，然后就进去他和西莉亚的卧室。"这个是易卜拉欣，那个是乔治。"西莉亚指向房间另一头的两个年轻人，他们俩坐在一张大桌子的旁边。易卜拉欣穿着一件蓝色大理石花纹的绿色衬衫，衬衫里面还穿着一件黑色 T 恤，乔治肤色比较黑，穿着一件拉链棕色皮夹克。他们俩都随意挥了挥手，从他们的眼睛里，我看到了西莉亚和米克的眼睛里都没有的东西：有一点儿警惕、有一点儿狂妄、有一点儿恶意。人家告诉我，他们也是外来人。他们直呼瑞秋和杰夫的名字，跟他们做了个鬼脸，像在笑，但笑容之中有一点儿戏谑的成分。我也提防着他们，也许还更警惕。这两个年轻人可能有所图谋，贪心大，欲望强烈，会孤注一掷，也许会冷酷无情，我不知道他们会怎样，但我提防戒备着。他们的胡子精心打理过。

西莉亚瞥了我一眼，说："易卜拉欣是科索沃人，来躲避塞尔维亚人的血腥屠杀。你会没事的，对吧，易卜拉欣？你当然没事。他的家人各奔东西，他遭到过枪击，在街上被人家发现，差点被追上。吓死人了。亲爱的乔治是捷克共和国的罗姆人。他来很久了。"他们一直想把他遣送回去，但他这里有点问题。"西莉亚用手指轻轻敲了敲自己右边的太阳穴。"医生们把问题说得很严重，所以，移民局就消停了一阵子。他们那边对他太狠了。把他打坏了。棒球棒打在脸上。那是可耻的行为，就因为他是罗姆人。那些塞尔维亚人……"

"是捷克人。"瑞秋在旁边纠正她。

"那就捷克人吧。"西莉亚语气生硬地接受了纠正，"我还是不明白，人们为什么不能相互包容，老实说，我真的不明白。大战期间，我们帮助过他们，没有歧视他们。我们不会说你是捷克人，那个是罗姆人，所以我们会帮助你却不会去帮助那个。所有人我们都会帮助。目前，内政部的人还不至于要强制把乔治遣返回去。他们一直要让他自己说问题没那么严重，最好他说自己压根没有挨打过。不过，我想他们最终还是会把他遣送回去的，可怜的乔治，亲爱的乔治。"

"不，还有机会。"瑞秋说，"我们正在想办法。为了他，我们真的很拼。课上得怎么样，乔治？"

经过眼神交流之后，乔治点点头。他的眼神里有点落魄，有点自卑，也有点尊严，他就是一个悲剧的存在，他全靠人们的热情活着，而这些人对他的未来意见分歧很大。

"那几只是虎皮鹦鹉，分别叫做安提戈涅、卡桑德拉和海伦。"西莉亚说着瞥了我一眼，然后向三只鸟笼分别挥了挥手。"我已经不记得哪个是哪个了，老是叫错，但它们好像也不介意。好了，这里的所有人，你算是都见过了。过来，坐下来，靠着火炉，喝点茶。你肯定冻坏了。"

"舍尔邦先生不会说英语，西莉亚。"瑞秋说。

西莉亚瞥了我一眼，我看到了她怀疑的眼光，她的眼神很震撼，我觉得她好像已经看破了我的诡计。她还摇了摇头，看着我，嘴角向下，显然是有点不高兴。从走进逼仄拥挤的起居室的那一刻起，我的心就一直在悄悄往下沉，想到我以后要睡在一张肮脏的床上，我就感到很焦虑。西莉亚的怀疑让我越发焦虑。我以前从未见过像西莉亚和米克这样的英国人，西莉亚眼睛毒辣，叨叨絮絮，母爱显露无疑，但她的动作又充满了性暗示，明眼人都看得懂，米克老态龙钟，但很和蔼。除了总是板着脸的哈罗德和拘留所办公室里那个沉默寡言的人，当然还有凯文·埃德尔曼，我以前接触过的英国人大多是原来家具店的顾客，他们也是游客，另外，我在财政部工作的时候，那些高级官员也是英国人。他们都高高在上，有钱有势，不容易相处，而且有点粗鲁，不招人喜欢。他们的一举一动都那么自以为是，趾高气扬，从早到晚，不是损人就是骂人。我无法想象他们和别人在一起是什么样子的，但我觉得应该和我所看到的样子没有什么不同。他们大多都是这样的，只有麦克雷雷大学的两位老师例外，他们有时跟财政部里的那些一样，端着架子，但有时也很和蔼，很有礼貌，很热情。自从来到了英国，我一直在和各种官员以及公职人员打交道，这些人都没有真正地看到我，他们的工作压力大，一辈子都在应付像我这样的乞丐，耳朵里都是我们讲的故事。西莉亚看到了我，我感觉她是看到了。她犀利的眼睛看到了我，那是一种认可，我不敢奢望的认可。我一时想不出所以然。

"好吧，那么，我们以后就比手画脚加上咿咿呀呀得了。"西莉亚有点烦躁地说，"你别担心，瑞秋，亲爱的，我们已经习惯了。对吧，米克？他以前也会说几句，你知道。米克，你以前是说什么话的？马来语，是不是？马来语。米克，是马来语吗？这位先生姓什么？"

"舍尔邦。"瑞秋皱了一下眉头，尽管她脸上始终挂着微笑，但双手在裤子上摸了一下，有点心神不定。她很着急要走，这让我更加担心。

"舍尔邦，舍尔邦，舍尔邦。"西莉亚重复了几遍，说得挺溜的。"舍尔邦先生会说马来语吗？我想应该不会吧。"西莉亚走到起居室门口，喊了两遍"苏珊"，然后回来坐到椅子上。"我让苏珊拿一些茶点来。舍尔邦，舍尔邦。"

　　我后来看到了苏珊，她的年纪和西莉亚差不多，身材矮小，圆脸。她走路有点慌张，战战兢兢的，这很容易理解，在西莉亚这么霸道的人手下干活，整天听着她吆五喝六，不紧张才怪了。她们有分工，她负责烧饭和打扫房子，而西莉亚管经营。西莉亚喊了苏珊之后没多久，瑞秋和杰夫就走了，婉拒了喝茶的邀请。苏珊端来了一盘烤面包、一锅烤豆子、一盘切成薄片的火腿罐头，看到这些东西，瑞秋和杰夫着急要走的原因就很清楚了。我们大家围着大餐桌一起喝茶。我指着切片的火腿，对着西莉亚摇头。

　　"猪肉！"易卜拉欣说着，笑得合不拢嘴，然后转过身来看着乔治，希望乔治也觉得好笑。"他是穆斯林，不吃猪肉，也尿不出酒精来。洗洗洗，洗干净。黑人！"

　　听到"黑人"，乔治也放声大笑起来。我不知道他在笑什么，是他觉得穆斯林黑人好笑，还是因为一个皮肤黝黑的男人在喊"洗洗洗，洗干净"很好笑，或者他们俩有外人不知道的"梗"。我后来才明白，不管易卜拉欣说什么，乔治都会笑。他们都咧着嘴，用嘲弄的眼神看着我，我不明白他们在打什么坏主意。也许是他们的处境和焦虑让他们变得刻薄，为了表明他们遭到迫害，他们编造了第一个谎言，然后就要接着编造各种谎言来圆那个谎言，这样一来，对于那些声称和他们一样受到迫害的人，不管他们说得多么催人泪下，他们都不会轻易相信。他们怎么知道我不是人性沉沦和暴力的见证者或受害者？他们起码应该保持人道的沉默吧？没有人用棒球棒打过我的脸，但他们怎么知道，他们怎么知道我没有见过更恶劣的事情？不管他们的遭遇有多么恐怖，他们怎么知道那种恐怖的遭遇不会发生在别人身上呢？

米克用勺子吃着烤豆子，西莉亚呷着茶，慢条斯理地说着话，丝毫不怕被人家打断。她打开了话匣子，先从那几只虎皮鹦鹉说起，然后说到了从前的住客，那些人已经都成了好朋友，她说起难民组织，那些人都是很可爱的，她接着说到了镇上反对寻求庇护者的示威游行和夸大其词的新闻报道，她又说世界变化真快，她几乎都看不懂。吃了几口烤面包后，易卜拉欣点了一支香烟，把堆满烟头的烟灰缸勾过去，挨着他的盘子，那些烟头就像他的一道特别的配菜，是烤面包、豆子和火腿的调味品。

"以前，这条街上有一座教堂，圣彼得教堂，我们常去。那是我们的教堂。"西莉亚说着，漫不经心地挥着手，把香烟的烟雾扇开。"现在成了俱乐部或者咖啡馆之类的。是迪斯科舞厅。我们也不是特别虔诚，但重要的节日都会去教堂。现在那里变成了俱乐部，也可能是咖啡馆吧。一个信基督教的国家，不重视教堂是不对的。我敢打赌，在纳萨布先生的祖国，不可能看到寺庙被改造成酒吧什么的。我没去过，那些小伙子都会去的，对吧？不然他们还能去哪里呢？他们只是待在这里，不允许去工作，也不能自己找地方。可怜的易卜拉欣只好把妻子和女儿送去伦敦哥哥家里，因为在这里那个小女孩上不了学。家长在抗议。他们说，他们不想让这些孩子去他们的学校上学。太可怕了。总之，小伙子们有时会去那个酒吧，但我没去过。我做不到，我在那里做过很多次礼拜，我现在再去会觉得怪怪的。曾经有一个画家住在这条街上，是真的画家，不是刷油漆的。我妈妈跟我介绍过他，不过我觉得我自己就能想象他是什么样子的。他家有个很大的地下室，那就是他的画室。从街上就可以看到他穿着罩衣站在画架前。他留着大胡子，大肚子，我想现在他应该很出名了。我小时候，这里没什么外国人，只有个别法国游客，这些人不能算是外国人。也可能是我们没遇到吧，你说呢，米克？战后，有些意大利战俘送到这里来。米克，你也是那时才来的，对吧？我记不清了。之前都见不到外国人，对吧？米克还在马来亚。如今到处都是外国人，因为他们的国家发生了那些可怕的事情。以前不是这样的。我不知道对错，但我们不能把他们都拒之门外，对吧？我们不能说你们从哪里来就回哪里去，你们的国家再恐怖也不关我们的事，那是你们自己活该，我们要过自己的日子，没空理你们。如果我们能帮到他们，我认为我们就应该帮。做人要大度。我不能理解那些在街上示威的人怎么对寻求庇护的难民那么苛刻。还有那个所谓的国民阵线就是法西斯，我受不了他们。以前真的没有这么多，但我们又能怎么样呢？不管怎么说，我们不能让他们打道回府，回那些恐怖的地方。我也不知道我们能怎么样。"

我低着头听着，其他人也默默地听着。西莉亚慢条斯理，不慌不忙，我担心她会一直说下去，说到半夜，直到筋疲力尽。我做了个想睡觉的手势，西莉亚故意皱起眉头，好像我的要求很高，她难以办到。这时刚过六点钟，但我想赶紧离开那个压抑的地方，离开欺骗和伪装，摆脱那种陈腐的气味，脱离那种无奈和残忍的氛围，我也不想再听她唠叨。我想单独在黑暗中坐坐，数一数脑袋里的骨头。

西莉亚带我上楼，拐了一个弯，接着又拐了一个弯，进了一个小房间，房间很拥挤，一个角落里放着一张床，上面好像铺着一条栗色的旧地毯。

"我在这房子里面已经住了将近六十年，巴沙特先生。"她站在门口，一只手扶在门框上，笑看着自己的杰作。她很可能马上要跟我讲这栋房子的故事，说她妈妈曾经在圣彼得教堂插花，暗恋一个性急的艺术家，但她不想跟他发生不正当的关系，那个艺术家失望透顶，就在一个下着暴风雨的夜晚跑掉了，事后她又回头去敲人家的玻璃窗，想找回她的真爱。"怎么可能？六十几年了，仍然精神矍铄，手脚灵活，不像可怜的米克。不过，他自己过得倒挺开心的。被日本人祸害的。他回来了，我就得收留他。你这个房间里的这些东西，对我都很有意义，每一件都是。你要小心，别弄坏了。浴室在隔壁。我们大家都要用，请务必保持整洁。好吧，这里的人你都见过了，我希望你早点能说英语，我们就能好好聊聊。哦，还有，易卜拉欣和乔治睡在楼上。"

她嫌弃地看了我一眼，然后转身走开，她目光如炬，好像是心里按捺着怒火。怎么回事？我把她怎么了？"八点到十点用早餐。"她转了半个身子回来，语气有点冲。"如果你能准时，我们将不胜感激。我晚上十点锁前门，所以，如果你在那个时间点之后回来，你就必须按门铃，等到有人来给你开门。晚安吧，肖尼斯先生。"

我拉了一把床上的地毯，马上就扬起灰尘，像一团薄雾。床单看起来和闻起来都是有人睡过的。枕套上有血迹。床上散发着和楼下沙发套一样的气味，是陈年呕吐物、精液和茶水的混合气息。我都不敢往上面坐，因为我有污染恐惧症，不仅是怕会生病，也怕内心被污染。里面有一张长靠椅，样子看起来挺优雅的，线条和形状都很优雅，我凑过去看看，但套子和床上的地毯一样腐臭。浴室里到处都黏糊糊的，水槽里花花点点粘着东西，像菜叶碎片，浴缸里影影绰绰，像长了一层黑乎乎的皮肤，马桶就是一个完全看不透的黑洞。我想吐，但必须憋住，我一直都在想，那个黑洞里面可能住着妖怪，但只要我不吐东西下去，它就不会被引出来，我就不用怕它的牙齿。妖怪修炼到了一定的年头，就会养成一种高贵的品质。第二天瑞秋来接我去做正式询问的时候，我很可能会直接跟她说英语。我大老远跑来英国，不是要来送命的。整个晚上，我一直在回顾西莉亚的宝贵记忆，研究着她旧日的快乐和旧日的遗憾，对它们进行定价和评估，仿佛它们是我在拍卖会上买到的一块地皮的一部分。桌子上没多少东西，一艘装在瓶子里的小船，一些小饰品，几个相框里装着几张照片，一只饼干罐，罐子上印着一张照片，一个人穿着海军上尉制服，这个人的周围绕着帝国各地的水果和坚果编成的花环，罐子里面装着各种零碎杂物，像纽扣、徽章、羽毛等等。后来，我发现我对这些东西没有丝毫兴趣，甚至不去猜想这些东西对西莉亚有什么意义，更不会去想她平时用这些东西干什么。

墙上有一面镀金的大镜子，挂在那个黑暗的小房间里，实在是太大了，但镀金完好，镜子只需要稍微修理一下。那也就是一两个便士的事情。房间里很暗，我在镜子里的影子看起来像悬浮在升腾起来的薄雾上面的一个活物，镜子上有一圈光柱，像一个打开的绞索挂在我的肩膀上。我睡在桌子旁边的地板上，头下垫着阿方索塞给我的那条毛巾。我知道睡着的概率很低，因为我的身下只有编织地毯，硬邦邦的，而且肚子饿得咕咕叫。深夜，我听到了做爱的声音，肯定是在做爱，很有节奏感，不知道是西莉亚骑着米克，还是那两个小伙子在玩得起劲。

第二天早上瑞秋没有来。我闭着眼睛上卫生间，只用指尖去碰我必须碰到的东西。然后，我拉开窗帘，坐在房间的地板上，阿方索给我的毛巾铺在屁股下面。我的房间在后面，俯瞰着一个花园，花园显然没人打理过，里面树木茂盛，甚至灌木也长得很高，遮住了阳光，阴沉沉的。雨水正顺着窗户的玻璃往下流。自从斋戒沐浴后，我再也没能好好洗一次澡，特别吃了烤豆子，要一次次跑卫生间，跟往常一样。我用纸尽量擦干净，但我坐在地板上的时候，我觉得好像下面还有东西，一屁股坐下去，那东西就散开了。客栈里静悄悄的，大家都还在睡觉。过了一会儿，我听到楼梯上有脚步声，还有杯子和盘子碰撞的声音，我还记得西莉亚嫌弃的目光，我很紧张，不敢出去。我就坐在阿方索的魔毯上等待瑞秋，同时躲着那嫌弃的目光。但是瑞秋没有来，我坐在积满灰尘、拥挤不堪的房间的地板上，心里一直念叨着我一文不值，我越是念叨就越感到难过，于是，我下了楼。

米克还是坐在电视机前，那里是他的地盘，大腿上放着一个盘子，盘子上有一把脏的刀子。西莉亚坐在餐桌旁，面前放着一份报纸，报纸打开着。我走进去的时候，她抬起头，然后身体往后靠，露齿而笑。她还穿着晨衣，松松垮垮的，我站得远远的，就能看到她里面没穿别的东西。"早上好，肖伯特先生。你撒谎了，对吧？"她说，同时愉快地挥手让我去桌子旁边坐下。"我知道，这肯定是对你有好处的。希望你不会冷。给自己倒点茶吧。哦，我忘了。茶，啧啧啧。去倒茶吧。"她做着咕嘟咕嘟喝茶和倒茶的动作，然后又冲我咧嘴一笑。"要妈咪给你倒吗？"

我自己去倒了茶，走到米克身边坐下，和他一起看着静音的电视，但眼角一直悄悄盯着西莉亚，她在看放在桌子上的报纸。她的晨衣刚到膝盖下面一点点，她一边看着报纸一边左右摇晃，所以，她两腿之间不时会露出一条裂缝。有一次，她下意识地俯下身，揉了揉大腿内侧。我听到身边的米克在咯咯地笑，我瞥了他一眼，他的眼睛正盯着电视。我摆正姿态，坐得笔直，我不想被他们看笑话。我们就这样坐了很久，米克和我一直盯着静音的电视，我等着瑞秋，不敢动，也不知道该去哪里，该干什么，而西莉亚沙沙地翻着报纸，时不时叹一口气。她翻到头就把报纸折叠起来，然后说："不错，你们俩似乎相处得很好。小伙子们又错过早餐时间了。你知道吗，肖伯特先生，他们一天到晚几乎都在睡觉。跟小孩子一样。可怜的小伙子，不然他们还能干什么呢？还不如一直睡到喝下午茶的时候。这样连午餐也省了。我们不提供午餐，肖伯特先生。只有早餐，下午茶按约定，但星期四不行，就是今天。苏珊休息。哦，我叫你肖伯特先生，希望你不介意。这个名字好记。我希望你不会不高兴。米克，米克，我这就去换衣服。有客人的时候，米克不喜欢我像这样一整个上午都穿着晨衣。他小心眼，会嫉妒。你慢慢就会习惯，肖伯特先生。我想你会和我们住上一段时间，大多数来避难的人都这样。我们交了几个好朋友，他们来自世界各地。不过你得学点英语，肖伯特先生。你这样看着我，我会紧张的，我都不知道你在想什么。"

我跑着回到房间，躺在阿方索的毛巾上面，一下子就觉得好像躲到了人家都看不见的地方。我整个下午都躲在那里，咒骂着那个剥夺了我说话和抗议权利的票贩子，我也咒骂瑞秋和杰夫，怪他们把我从拘留所弄到这里来，把我和这些经历比我更丰富的人扔在这个地牢里，那个弯弯曲曲的楼梯让我觉得玄乎，这几个古古怪怪的看门人，既让我觉得危险，却又好像不想理睬我。我一整天都没有东西吃，到我这个年纪，饿了一整天是很可怕的事情，但都不关任何人的事。没有人关心我吃没吃、我好不好、我高不高兴。我听到两个小伙子起了床，然后像一对狂吠的狒狒一样跑下楼，迎接他们的是西莉亚沙哑的笑声和调情似的责骂。那两个年轻的所谓正义和人权的捍卫者把我送进了动物园，然后去跟朋友和同事吹牛说他们比政府的部长都更聪明，把一个老人从龌龊的拘留所里解救出来，让他逃离法西斯国家的魔掌，如今，他正和善良的西莉亚和她的朋友在一起，得到了善待。瑞秋，我以伟大全能的安拉的名义恳求你，你快来吧！

到了傍晚，我开始感到不对劲，神志不清，我想，我该呼喊仁慈的真主安拉了。关在监狱里的时候，生病和焦虑的时候，我们会在一起做礼拜，大家一起为生病和痛苦的人祈祷。但是，这里没有人为我祈祷，我想为自己祈祷，希望真主不要生气。

我去了洗手间，洗了手、脸、胳膊和脚，这算是做礼拜前的小净吧。然后，我回去跪在阿方索的毛巾上面，开始做礼拜。我首先说明希望乞求的恩典，希望摆脱恶魔撒旦。然后我说"奉至仁至慈的安拉之名"。接着，我念了《忠诚章》①三遍："你说，他是真主，独一的主。真主是万物所仰赖的。他没有生产，也没有被生产。没有任何物可以做他的匹敌。"再接着又歌颂仁慈的真主：真主疼慈众仆。他给予人仁慈。他是不可战胜的。他是全能的。然后，我向先知祷告，赞歌很好听：

向您致敬，我们的先知，真主的使者！向您致敬，我们的先知，真主的使者！向您致敬，我们的先知，真主的使者！祝福您平安，真主所爱！祝福您平安，真主的先知！祝福您平安，真主的信使！

最后我念"至仁至慈的安拉"。我不急不忙，把头转向右边，然后转向左边，说了一千遍。

礼拜结束的时候，天已经黑了，我心里平静了许多，我

———————————

① 《古兰经》第112章(苏拉)经文。

开始想我是否应该下楼去请求他们给我一点茶喝，给我一点吃的，面包屑就行，还是应该出去，沿着直线走上半个小时，这时，我听到西莉亚上楼来了。本能告诉我她是来找我的，我从毛巾上站起来，我不想让她看到我跪在地上。她用力敲了一下门，说她要进来，然后二话没说就进来了。门锁不了。"知道你睡得香，肖伯特先生。"她一边兴高采烈地说着，一边伸手去摸电灯开关。"瑞秋刚刚给你传来了口信。易卜拉欣打电话去办公室，瑞秋让他告诉你……这是不是有点傻？她一定忘了你不会说英语。好吧，没关系。你既然不知道有口信，你就不用担心有没有收到。我知道，你在这里住得很舒服。"

"瑞秋？"我说。我的声音很沙哑，和一个用甜言蜜语乞讨的乞丐差不多。我礼拜的时间太长了，一直在低声祷告，嗓子都哑了。

"是的，瑞秋有一个口信要转达给你，亲爱的。都很好，什么都不要担心，肖伯特先生。你为什么不下楼去和你的朋友米克一起看电视呢？你们俩今天早上处得很好啊。下去吧，你已经在这里闷一整天了。这样对你不好。来吧，和我们一起。"她说着就伸出右手，轻轻晃着臀部，走了。

我跟着她下楼，真希望我刚才伸出手和她握一下，直到她说出瑞秋递来了什么口信。一路上，她跟我说话的时候都不转身，只是稍微偏一下头，这显然是她的老习惯，不过，有一次她侧过身来，瞥了我一眼。我们走进起居室，她就向那一群人宣布："他来了。"米克朝我善意地微笑，乔治咧嘴一笑，挥了挥手，易卜拉欣调皮地给我敬了一个礼。小伙子们在打牌。"来吧，这是你的椅子。"西莉亚指着米克身边的位置说。瑞秋，看在独一的真主的分上，你快点来吧。

"瑞秋！"我看着易卜拉欣说。

"拉舍尔！"他咧嘴笑着，用嘲笑的口吻对我说，"她说你年纪太大了。不好。黑人！"他们俩都笑了，交换着闪闪发光的眼神。"她想要年轻的。"

"我不太了解。"西莉亚像个婴儿一样咯咯地笑着。"不过，肖伯特先生看起来还是很有活力的。"这让他们再次爆笑起来。黑人，肖伯特先生，洗洗洗，洗干净！我觉得我本应希望了解易卜拉欣和乔治的情况，去听听他们的故事，对他们表达同情，叫他们详细介绍迫使他们踏上这个旅程的恐怖和野心，但我没有。他们也不想让我知道。我怀疑他们是认为我不够资格聆听他们的悲剧。这让我想起了阿方索和那几个阿尔及利亚人，阿尔及利亚人认为阿方索过度自信，像亡命之徒，妄自尊大，因为在他们眼里，阿方索是一个黑人，黑人是亚当的庶子，只能屈从，有愤怒也得忍着，能活着就行，就别废话了。

他们打完牌就起身走了，中途，出于某种原因，易卜拉欣对我产生了怜悯。他站在起居室的门口说："拉舍尔，她晚一点会来。"然后，他笑容可掬地看了一圈房间里的所有人，他为自己的善良感到十分自豪。两个年轻人走到前门的时候，易卜拉欣回头叫西莉亚出去，她笑着起身，朝他们走去。一开始有笑声和挣扎的声音，然后重归寂静。米克和我默默地坐着，盯着静音的屏幕。过了几分钟，前门砰的一声关上了，西莉亚回来了，眼睛里闪闪发光。她在米克对面的椅子上坐下，拿起她的杂志。拉舍尔，她说晚一点会来！但她没有来。

我尽量在起居室里等着，希望能吃上一片面包或者喝一杯茶，但我的希望落空了。今天苏珊休息。最后，我既无聊，肚子又饿，脑子昏昏沉沉，我爬上楼，向右急转，接着又向右急转。我太累了，顾不上那张床脏不脏。夜里越来越冷。我没有换衣服就上床睡觉，尽管我把阿方索的毛巾叠好了，放在椅背上。我之所以这样做，是出于对阿方索的感激之情，出于对他的自我保护本能的尊重，但也是因为他叫我保持尊严，而我感觉自己没有做到。不管他们怎么样，都要保持干净。我做不到，我躺在一张肮脏的床上，衣服弄得脏兮兮的，我的身体也不干净。我获得自由的第一天终于结束了，我一刻也没有耽搁，一躺下就睡着了。

她是早上八九点钟来的。我本想出去走走，走半个小时，我想沿着直线走，以便顺利找到回来的路，但我担心她来找我而我却不在，如果错过了，就必须再等好几天。我左右为难。她终于来了，穿着栗色的西装，看起来很干练，脸上露着愉快的微笑，但显得很匆忙，不可能待太久，我坐在电视机前，在米克的旁边，西莉亚在后面训斥苏珊，说她太浪费，说节约很重要。

"舍尔邦先生，这样看来，你算是安顿下来了。"瑞秋说。我发出低沉的"呐喊声"作为回应，但没有起到任何作用。她刚对我说完那句话，就和米克搭上腔了，米克一直是笑容满面，让人觉得温和、宽容。西莉亚进来了，她气场十足，口若悬河，说我在这里住得习惯，已经和小伙子们交上朋友了，和米克处得非常好，我们俩整天坐在那里一起看电视，就像牛奶池里的两个萨姆一样。我想她就是这么说的，但我担心是不是听错了，我没听过这个说法。"他有时会有点情绪低落，"西莉亚说，"不过我认为那是因为他听不懂我们在说什么。对不对，肖伯特先生？我就是这么叫他的。我们给他起的绰号。他不介意，我问过他了。"

过了一会儿，我才明白瑞秋是来带我去他们办公室做正式询问的，我不需要带包，因为我暂时还要和西莉亚与米克住在一起，我们走着去办公室就行了。瑞秋迈开大步走了，我在后面尽量跟着。有时候，她会放慢脚步，跟我说不好意思，还说很快就到了。这是我第一次在英国的街道上行走。我曾想象过英国的街道有多么熙熙攘攘，人声鼎沸，光鲜亮丽。可是，街上的景象让我想起了西莉亚的房子，很旧，很脏，很拥挤，街上有许多老人步履蹒跚，年轻人则横冲直撞，大喊大叫。但是，我产生了另一种感觉，有点开心，所以脚步就轻快了一些，仿佛我挣脱了生活的枷锁，正在另一个世界里游荡。这种感觉会在我的心里滋长，我以前的生活已经结束了，我正在开始一种新的生活，和以前的生活彻底划清了界限。我想象中的场景是这样的：我从一个地道里钻了出来，来到这里，然后那地道就堵死了。也许是我小时候听了太多《一千零一夜》的故事，才会想象到那条地道。也许只是我自欺欺人，尽管我知道我的血液里还有从前生活的点滴，但我还是觉得从前的那种生活已经结束了。

办公室在一家蔬菜店和一家酒吧之间，不过当时我不知道那叫什么。酒馆吧。我本想知道的。我印象最深刻的是一张照片，照片上的人是一位前朝的军人，他穿着鲜艳的衣服，帽子上插着羽毛，照片挂在大门的上方。皇家军乐队的。瑞秋带我去大办公室外的一间谈话室，她的两个同事正坐在各自的办公桌前。其中一个是杰夫，我走过他身边的时候，他僵硬地对我笑了笑，然后埋下头，好像担心我会停下来和他说话，会打扰他的重要工作。我想我不再是他们好不容易从国家机器的魔爪里拯救出来的难民了。现在，我成了一个案例。瑞秋脱下西装上衣，放在椅背上。然后，她把文件摊在桌子上，面对着门坐了下来。她笑眯眯的，看样子她对自己很满意。我有点困惑，过了一会儿我就明白了，我想她很享受自己的工作和生活，自得其乐罢了。我坐在她的对面，面朝窗户，可以看到砖墙。

"舍尔邦先生，很抱歉，我没有早点去接你……但是，我们一直很忙。昨天，一艘渡轮从勒阿弗尔抵达，载着一百一十个罗马尼亚罗姆人，都是寻求庇护的人。移民当局想把他们全部遣返，但我们认为有些人应该可以入境。你可能想知道结果，好吧，他们都被遣送回去了，不过我猜想过几天他们还会从另一个港口上岸。不管他们了，我想，如果我们有翻译，我们可以再聊深入一些。"她说着做了个滑稽的表情，"但我害怕……也不是完全没有希望，因为我想找的人今天早上给我回了电话。他似乎愿意给我们做翻译，我确认之后就告诉你。不管怎样，我们已经走到这里了，我也不知道下一步会怎样，但我想你可能会很担心。你可能以为被我们抛弃了。"

"我想我不需要翻译。"我说。当然,我说这句话的时候,我暗地里是很高兴的。即使到了我这个年纪,这样微不足道的胜利也会让人开心不已,那一刻,我的喜悦与我小时候的喜悦没有什么不同,也与我后来获得新知识时的数百次喜悦没有什么不同。我不再关心票贩子教我这个花招是想帮我避免什么伤害,我开始觉得,他的狡猾和他的无能有关。想到我只能忍气吞声待在西莉亚的客栈里,我心里越来越烦躁,我需要胜利的喜悦来缓和一下。显然,必须有人来帮我安排新生活,不能让喜欢以小人之心度君子之腹的西莉亚、米克和那两个小伙子把我弄得跟他们一样龌龊。瑞秋和杰夫都忙得不可开交,没有时间管我。如果落到不用心的人手里,我会被人家当作皮球踢来踢去,甚至会被人家当作猴耍,我只能默默忍受屈辱。我会饿死的。瑞秋盯着我,脸上堆满惊愕、厌恶的表情。

"什么?"她的笑容完全消失了,"你这是什么意思?你为什么说你不懂英语?"

"我没说过。"我说。

"好吧,别人用英语和你说话的时候,你为什么不回答?"她过了一会儿又问。这个问题和刚才那个差不多,但她的新措辞更加准确,和律师说的一样。因为怒火中烧,她的声音比刚才尖了一些。

"我宁可不回答。"我说。透过窗户,我瞥了一眼对面的砖墙。

"什么!"她大喊。她被彻底激怒了,所有的矜持都被抛弃了。

这时候我才知道，她不了解《抄写员巴特比》①的故事。我刚才走进房间，一看到那堵砖墙就想到了那个故事，那时我就想好了，只要我开口说话，我一定会说那句话，看看那堵墙是否也让她想到了那个故事。一个美丽的故事。

　　"你知道我们为了找翻译费了多大的劲吗？"她再次冷笑，厌恶之情溢于言表。"我们连你讲哪种语言都不知道。我们在伦敦大学找到了一个人，他是研究你们那个地区的专家，他愿意来帮忙。他愿意放弃休息时间来帮你。你让大家忙得团团转，这时候却告诉我你是会说英语的。至少，你能不能给我解释一下……？"她把蓬松凌乱的卷发从脸上拨开，因为怒气冲冲，她的脸火辣辣的，她拿出一本记事本，面对着我，好像是要记下我可能说的任何话，把它作为对我不利的证据。

　　"对不起。"我说。

　　一个研究我们那个地区并著书立说的专家，毫无疑问，对我肯定是十分了解的，比我自己都更加了解。他肯定参观过我们那里的所有名胜古迹，了解它们的历史和文化背景，而我不可能都亲眼看过，我只听说过一些神话和民间的传说。他到我们那里来来回回几十年，专门去研究我，做记录，做解释，做总结，而我全然不知道他这个忙人的存在。

　　我说："我买票的时候，那个人建议我到这里不要承认

---

① 《白鲸》作者梅尔维尔的一个短篇小说，起初巴特比是一个沉默寡言、工作勤奋的抄写员，可是渐渐地，巴特比对老板或同事的要求都回答："我宁可不。"他还经常从办公室窗户向外望着一面砖墙。"我"的言行是故意模仿巴特比。

我会说英语。我也不知道这是为什么，但我想试试也无妨。我到现在也没搞懂，但我想我还是老实承认了吧。西莉亚家里很复杂，很不舒服，所以，我想，也许我坦白了，会有意外的收获，会产生新的局面。其实，我是宁可不坦白的。"

　　我忍不住，故意说漏了嘴，以防她刚才没有听到，但她还是没有反应。我看到她在挣扎，也许她想冲出房间去找杰夫，去跟他发牢骚，发泄一下，说我的伪装真讨厌。但她没有去。虽然她的眼睛里还闪烁着晶莹的泪花，她实在委屈，但我看到她怒火正在消退，脸上不那么红了。这让我很替她担心，这种小事，这种小伎俩居然会让她很难堪，照说这对她来说只不过是雕虫小技而已。其实，碰到这种事情，她也不必默默听着，她只要给几个组织打电话，坦率地说有个客户讲的语言她都叫不出名字，她的世界文化地理知识有限，实在猜不出来是什么，看看他们能不能帮忙找一个翻译。承认知识有限并不丢人，反而表明她有信心，我说什么语言并不那么重要，因为我的需求和愿望是可以预测的，我迟早学得会，能说大家听得懂的话。或者，她迟早会找到一个能把我的话翻译过去的专家。但是，我很关心她，所以我跟她坦白了我的骗术以及因此产生的麻烦，我说得很滑稽，终于博得她再次露出笑容。既然我会说英语，她就想好好听我的庇护申请。我坦率地告诉她，我听到一种说法，说如果我们声称自己受到政府的压迫，整天担惊受怕，我们就能获得庇护，我也说了我为什么要来当难民。她点点头，难民组织的协调办公室了解这个事情。然后，她又回到我的身边，效率很高，聪明伶俐。她告诉我，她还需要一些细节来转写申请文件，她已经帮我和社会保障部门约好了，和住房部门也联系过了，很快就可以租一间小公寓，不过还需要办一些手续。她帮我和一个全科医生签了约，我这个年龄的人特别有必要，她还安排我去领取一些应急衣物，让我不至于要穿着这一身破衣服对付寒冷的天气。她还让我到当地大学上"难民帮助热线"举办的英语课程。"现在好像没有必要了，不过，去上上课还是好的。"她笑得很灿烂，表明她并不记仇。

"我一定要记得给大学里的那个人打电话，告诉他我们用不着他了。"她装出一副无所谓的样子。

"很抱歉，给你添了这么多麻烦，"我说，"还惊动了伦敦大学的专家。请向他转达我的歉意。"

她挥挥手，没有理会我的道歉，而是翻开笔记来看。"拉蒂夫·马哈茂德。这就是他的姓名。我等会儿就打电话给他，说我们用不着他了。"瑞秋开始整理文件，整理好之后，我们的谈话就算结束了。我听到那个名字十分惊讶。我想起了这个名字和那个人，我知道那个人的故事。他的故事有一部分我很熟悉，非常熟悉，但那是他年轻时候的事情，那时他叫另外一个名字。他后来的故事，他的真实生活，我只是略有耳闻。一想到他，我不由得感到焦虑和害怕，跑了这么远，我居然跑到了他的身边。对于我们那个地区，他当然是专家！真主保佑，这个人啊，他并不是去研究我们的陌生人，他本来就是我们自己人。我不该开口，我后悔了。

"拉蒂夫·马哈茂德，太好了。"我说。

"你认识他？"瑞秋很高兴。

"有点儿，"我说，"那时他还很小。"

"我记得我给他留言的时候提到了你的名字，"瑞秋很高兴地说，"我肯定提到了。既然你们认识，他肯定会联系我。太不可思议了。我本以为你以后会孤苦伶仃没人说话呢！实际上，你却一直都……表面装着深沉，心里却在暗笑。我能理解，你不是故意骗我的。不过，你得告诉我，你为什么要当难民？说说吧。在那里，你并没有生命危险，对不对？从你说过的来看，我觉得你只是要离开……"

"我一直都有生命危险，很长时间了。"我说，"英国女王陛下的政府刚刚认识到这一点，愿意为我提供庇护。当难民不是什么好事，但对我来说很重要。也许以前还更重要，尽管一直都不是什么好事。"

"舍尔邦先生，你是做什么买卖的？"毫无疑问，我说话这么沉重，引起了她浓厚的兴趣。我本想说得平静一些，轻描淡写，避免流露出怨恨或者痛苦，但是，说话的时候，我自己就能感觉到，我说的话给这个明亮的房间蒙上了阴霾。

"这几年来，我一直没做什么大买卖，就卖卖香蕉、西红柿、糖果什么的。我从前是做贸易的。中间我坐了几年牢，政治犯。"可怜的瑞秋手足无措，她好像没听过这样悲惨的经历，吓坏了。"到了这里，以后的日子会好起来的。"我脱口而出，"海边的，小公寓。"

"我得走了。"她平静地回头看着我，刚才我还以为她被吓坏了，也许我是想多了。"你的故事很有意思。嗯，我会再叫你讲给我听的。"她脸上露出了友好的微笑，笑容很亲切，她可能觉得很好玩。我后悔了，我不应该说得那么悲惨，我是过度自怜了。

拉蒂夫·马哈茂德。我想，如果她把我的名字告诉他，他会联系我的。我想他会来找我的，然后一五一十跟我说他这些年来的经历。

如今，我坐在瑞秋和难民委员会为我找到的房子里，里面的语言和噪音很陌生，但我感到很安全。有时如此。有时，我会觉得太晚了，如今是一个闹剧的时代。在时间悄悄流逝的过程中，我感受到了恐惧，仿佛我一直站着不动，在同一个地方徘徊，而周围的一切都从身边流过，成了过去，有时会全然不理会我，有时会无声地嘲笑像我这样麻木的、被遗弃的人。在那种时候，我觉得我很失败，我所说的一切都那么微不足道，却又有万斤重，好像说什么都是必然的，我还没有说出口，意义就已经存在了。我觉得我是别人设计的一个无意识的工具，或者说别人讲述的故事中的一个人物。我不是"我"。如果是"我"的话，不管说了什么，要么会让我成为英雄，要么就是一个奴隶，我会和不可争辩的人争辩，会和记仇的人成为仇人。

拉蒂夫

3

街上有个人说我是嬉皮笑脸的黑摩尔人,这是个古代的称呼。嬉皮笑脸的黑摩尔人!这是个什么形象!我大步流星走出地铁站去上班,有点匆忙,因为我喜欢这种夸张的出站方式,那样我就感到好像有目标、方向明确。不过,那也是出于习惯性的焦虑,我总是觉得可能会迟到。我经常抬手看表,尽管那天早上我没有戴手表。几个月前,皮表带戴久烂了,我来不及去买新的。因为没有戴手表,我比从前更担心,心里一直想着,如果有手表,我肯定不会迟到。我不知道这是为什么,我竟然那么在意时间。感觉这种心理很不健康。不过我还是很担心,而且我讨厌迟到,因为匆匆忙忙赶过去,最终却赶不上点,还得跟人家道歉。

于是我就大步流星地赶去上班,沿着贝德福德广场的北侧,从托特纳姆法院路朝马勒特街走去,心里有点焦虑,但不算很过分,脑子里反复浮现出平常的工作、未说出口的遗憾、没干好的事情。在人行道上,我感觉前方有人,就稍微侧身,让出了一个身位,以免撞上。我并没有真的注意到那个人,只是有预感,就让了一下。结果,那个人丝毫没有避让,所以,我就稍微夸张一点,身体往后仰。我可能夸张过头了,抬起肩膀,侧身撤了一小步,就像我们十几岁时刚从书上学会跳交谊舞那样，动作夸张又笨拙。就当我快要过去的时候，我听到他发出嘶嘶的声音，这是一种奇怪的声音，仿佛来自中世纪，如果你不习惯的话，你会觉得有危险，我就很不习惯。我没有回头，但马上在脑海中"搜索"和我擦肩而过而我却没有注意到的那个人。然后，当我用肉眼看到他的时候，我发现他是一个老人，个子不高，有点驼背，穿着又厚又贵的黑色外套。嘶嘶声，那另一个时代的声音。然后他说："你这个嬉皮笑脸的黑摩尔人。"

我都不知道自己是不是在笑，不过后来，当我回头看到那个聪明人的时候，我真的笑了。他看起来就像五十年代英国电影里面那种胡吃海喝的英国人，不是银行家就是公务员，遭遇到无解的道德困境，被折腾得焦头烂额。他面无表情，拖着双下巴，走路的时候像一个落寞的英雄，故意蹭着地，脚步声很响。你这个嬉皮笑脸的黑摩尔人。但是，说真的，他可能正面临危机，可能要自我毁灭，他那很可怕的嘶嘶声，实际上是呼救声。"黑摩尔人"是一个很奇怪的名称，介于黑人和摩尔人之间，我听着非常别扭，因为先天的习惯或者后天的训练，我开始思考这个名称是从什么时候开始使用的，是否已经很普遍了，所以人们在街上看到黑人都会这样喊他们。它是不是一种文学的再创造，即古时候语言的构建方式。我一进办公室就拿出《简明牛津词典》来查了一下，结果没有查到什么，只分别找到黑人和黑色摩尔人。应该不止这么多。于是，我接着查跟"黑"有关的词语，查到了"黑心"、"黑眉毛"、"黑名单"、"黑骑士"、"黑吃黑"、"黑圣母"、"黑市"、"黑绵羊"。我查到了一条又一条，都大同小异，我感到越来越恶心，越来越沮丧。辱骂汹涌澎湃，太恶毒了！当然，我了解"黑色"即代表着"他者"，代表着邪恶、野兽，跟蜕了皮、所谓文明的欧洲人内心深处最邪恶、最黑暗的地方一样，但我没想到会在词典里查到这么多和黑色有关的词条。这个意外比被一个看起来像心存不满的老派电影人物喊"黑摩尔人"更令人震惊。我感受到了恶意，各种联想让我突然感到恐惧，同时又无可奈何。我想，这就是我生活的环境，有一种语言从各个角落对着我吠叫和嘲笑。

到后来，我就不敢再查"摩尔人"了。那天是我一周中最忙的一天，我要上三节课，上完最后一节后，我还是去了图书馆，在《牛津英语词典》里查"黑摩尔人"。这本词典是"词典之母"。我查到了：这个词从1501年就有了，后来，在号称模范绅士的锡德尼、盖世无双的莎士比亚、小心谨慎的佩皮斯和英国文坛的许多小人物笔下，它却消失了。我为之一振。这让我觉得，在那些艰苦的岁月里，我一直都在，没有被遗忘，不是在丛林沼泽里生根发芽，不是一丝不挂地从一棵树荡到另一棵树，几个世纪以来，我一直待在经典里面，对着人们傻笑。

回到办公室，我给难民委员会打了电话。那可能是另一天。不久前，有人在我办公室的答录机上留了言，问我是否可以帮一个老人做翻译，这个老人刚从桑给巴尔来到这里，说是要寻求避难，但不会说英语。留言的人说，有人告诉她说我懂得他们那里的语言。碰到有人叫我去见一个老家来的人，我都感到恐惧。他们会跟我说，或者在心里嘀咕，我怎么会变成了英国人？怎么和原来差别那么大？怎么都不联系了？无论真假，他们说的都有道理，我好像证明了异化并不难，我不再是我，只是披着原来的皮，是一个经过加工的傀儡。我同样还压抑了怒火，居然还有人说，他们那边讲的不是连名字都没有，就是无人通晓的语言，其实，讲斯瓦希里语的人比说希腊语、丹麦语、瑞典语或荷兰语的人都多，甚至可能比讲这些语言的人数总和还多。也许吧。

我以前也给难民组织做过这种事情，我很乐意再做一次，但是，答录机上接着还有一条信息，说前面一条信息讲的请求取消了。我还是记下了那个电话号码，用图钉钉在我桌子上方的记事板上，和其他几张纸条钉在一起，这些都可能有用处，是写诗的灵感，也能表明我和外界有联系，或者表明我很忙。我做这个行当，要不断进步是很不容易的。几周后，不，是几个月后，下个学期的有一天，可能是那个英国五十年代电影里的没落英雄叫我嬉皮笑脸的黑摩尔人的那天，也可能是另一天，反正是春末夏初的一天，我打电话去问那个寻求避难的老人怎么样了。也许是在街上被人家辱骂，让我想到了团结就是力量，萌生了希望。事情就是这样开始的。

我很讨厌诗歌。我读诗歌，教诗歌，但我厌恶诗歌。我自己写一点诗歌。我给学生上诗歌课（当然，坦白说，我不教自己写的那一点杂碎），碰到啰嗦和装腔作势的地方，我会做简化，碰到稀里糊涂的地方，我会加入一些智慧，看起来更像先知的话。一般的诗歌都很粗糙，也没什么思想，读起来没什么感觉。还不如墙纸或贴在秘书办公室外面的通知。我更喜欢条理清晰的散文。

答录机上的第二条留言说，我不必为和老家脱离联系而忏悔，这让我大大松了一口气。我记下了号码，因为我不相信第二条留言说的话。我想他们还会打电话给我，就把那个号码钉在记事板上，算是提醒吧，让自己时刻保持警惕，做好迎接打击的准备，不要昏昏欲睡、昏昏沉沉、松松垮垮，不至于到时候猝不及防，一击即溃。过了好几个星期，好几个月，最终是我主动打电话去看看我是否安全了。接电话的那个人生硬地说，他对我本人一无所知，也不了解是否有人给我打电话。出于礼貌，我一开始就报了自己的姓名，我想他应该听说过。什么？你没有听说过我？我也很生硬地说我是那个部落的成员，至少熟悉和陌生人打电话的怪异礼节，然后，我们进行了友好而轻松的交流。"哦，是的，那个老人。那是很久以前的事了，已经过去了很久，但我还记得他。给你打电话的肯定是瑞秋。她接了他的案子。他现在应该没事了。他很奇怪，他好像会说英语，但宁可不说。"这个人说"宁可"两个字的语调很重，像是在引用别人的话。

"宁可？是不是跟巴特比一样？"我这是在炫耀知识，要让对方知道我是教文学的老师。

"我会让瑞秋给你打电话。"他说。我觉得他并没读过那本书。

"哦，不用。我就是对他有点兴趣。"

"好的，没问题。"他说。他的声音洋溢着善意，我们是同一阵营的，跳着同样的恰恰舞，都是披着神圣外衣的难民救赎者。

"哦，那太好了，"我说，"我很想知道他是什么情况。她有我的办公室号码，不过还是可以给你。"我不希望她再给我打电话。我真的只是确认我是否安全，希望不会被牵连。"我的电话可以留言，所以，什么时候打来都可以。"

她过了几分钟就打来了，也可能是第二天。

"你好，我是瑞秋·霍华德。"她说。她好像很忙，能感受到她不是很专注，可能在和我说话的同时也在看文件。我通过这个声音想象着那个人的样子：年轻，努力保持苗条，由于紧张和使劲，腋下有点汗。

"你给我打过电话，提到那个老人，过去很久了，当时你说他需要一个翻译，那个从桑给巴尔来的人。我没接到，但你留了言。我想知道他怎么样了，问题是不是已经解决了？"

"是的，谢谢你，"她说，"他很好，住进公寓里去了，他把自己照顾得很好。他很好，自己能行，真的。我跟你说过他已经六十五岁了吗？这个年纪还背井离乡，你是不是也觉得太老了？他可不觉得有什么问题。谢谢你打电话来询问他的情况。我会告诉他的。"

"你真是好人！"我以为通话就要结束了，所以抬起肘，准备说了"再见，谢谢你"就挂电话。

"知道你打电话来，他会很高兴的，"她愉快地说，"他跟我说你们俩认识。"

"是吗？"我问。太晚了！我有一种不祥之感。"他叫什么名字？"

"我想我在留言的时候说了他的名字。抱歉，"她说，"我跟他提到你的名字，他说他认识你。不知道你是否想跟他联系一下。留言的时候我确实说了他的名字。"她是不是想说我可以在下午的时候去找那个人，时不时地读一个故事给那个老难民听，给他唱一首颂诗，让他在异国他乡不至于忘却祖国的凄美旋律。

他说他姓舍尔邦。"赖哲卜·舍尔邦先生。"她声音抬高了一些，要么是因为激动，要么是因为她太想把姓名说对。她应该是觉得"赖哲卜"中的"哲"音难发，所以说得重了一些，然后又拉长了"舍尔邦"中的"尔"。"你记得这个姓名吗？想得起来他是谁吗？"

"想不起来。"我说。

"哦，真遗憾。他会很失望的。不过，我会告诉他你打过电话。"

我是一个嬉皮笑脸的黑摩尔人。你是一个嬉皮笑脸的黑摩尔人。他是一个嬉皮笑脸的黑摩尔人。她是一个嬉皮笑脸的黑摩尔人。我们都是嬉皮笑脸的黑摩尔人。他们都是嬉皮笑脸的黑摩尔人。我明白黑摩尔人这个中世纪的说法还有人用。这是一个谜，《牛津英语词典》积累了那么多人的智慧，也无法解释。我有一个模糊的记忆，十几岁的时候，我看过一部电影，讲的是地中海的北欧海盗船和北非某个王国的黑人苏丹相遇的故事。那个苏丹支着右肘懒洋洋地躺着，浑身裸露，身体黝黑而美丽，他还咧着嘴笑。用大刀抹去他的笑容之前，那些海盗有没有说他是嬉皮笑脸的黑摩尔人？我记得是盖世无双的西德尼·波蒂埃扮演苏丹这个角色，他那个姿势的剧照也登上了《乌木》杂志的封面。我都记起来了，真的，这部电影叫做《长船》，有个海盗确实说过你是个嬉皮笑脸的黑摩尔人。黑摩尔人是见不得阳光的。

那些珍珠是他的眼睛。赖哲卜·舍尔邦是我爸爸的名字。有人冒用了他的名字，让他"起死回生"了。也许，谁都有权利和我爸爸同名。我爸爸的名字并不神圣。

我爸爸比我更担心迟到。他总是唠叨。他既担心自己迟到，也担心别人迟到。他让我认识到，在我们的一生中，有很多时间是在等待中度过的，等一个人，等着去见一个人，等待穆安津①召唤做祷告，等待新月在斋月开始时出现、在斋月结束时再次出现，等待一艘船靠岸，等待办公室开门。对我爸爸而言，所有等待都是痛苦的，无法视而不见，所以，我渐渐地害怕拖延，因为这样会让他痛苦不堪。然而，对于其他许多事情，他都非常随意，满不在乎。他经历过很多艰难困苦，所以我不敢对他做出严厉的评价，但他确实不是尽职的父亲。这就是他失去我哥哥哈桑的原因，也是他丢掉房子的原因，这些都是不应该的，而之后发生的一切，都没有让他满意过。我不知道他是怎么失去我妈妈的。

我过了很久才明白，我妈妈是瞧不起我爸爸的。我甚至觉得，我那时并不明白，再过了很久才算明白。到了二十几

---

① 伊斯兰教清真寺塔顶上按时呼唤信徒做礼拜的人。

岁远在他乡的时候，我才知道用"瞧不起"这个词来形容他们俩的关系。不过，有一段时间，我无意中听到了一些事情，听得懂她和他说话的语气，也看得懂他们相处的状况，我好像是有点明白的。我不知道"瞧不起"是什么时候开始的，因为他们从来没有跟我说过这个事情。我想，除非孩子也遭遇相同的不幸局面，父母是不会主动提起这种事情的，而他们要是真的提起来，那肯定是因为他们认为他们的问题已经解决好了。

我哥哥哈桑也没有跟我说起过，尽管他在其他方面都是智慧的源泉，拥有让我羡慕的知识，他好像是思想的源泉，理论的丰碑。没有什么是哈桑不知道的，凡事他都能提出一个完善的理论，解释得一清二楚。大多数情况下，他随口就能说出事情的来龙去脉、是非曲直，好像不用费什么劲，但有时他也需要花几秒钟去想想该怎么说。我记得有一次他背诵了布鲁图刺杀恺撒之后的演讲。那是英语老师要求他背下来的。我说的是学校里的英语老师，他和你我一样，都不是英国人，上班的时候也穿着康祖长袍、戴着高筒圆帽，他是一个虔诚的穆斯林，同时也是一个狂热的亲英派，二者之间没有矛盾，他也没有感到不安。他喜欢叫学生背诵名篇中的名段，日复一日，一篇接着一篇，每堂课都这样，如果你能做到他的要求，成绩肯定不错。他会坐在教室的后面，闭上眼睛，面带微笑，听学生们背诵莎士比亚的《居里厄斯·恺撒》或者吉卜林的作品或者济慈的诗歌《无情的美人》。哈桑认为那是在浪费时间，就像参加越野赛或参加周六上午的校际辩论一样（"本方认为女性就应该相夫教子"之类的），但老师在口袋里装着一条短皮带，准备抽那些背台词不够勤奋的人。我觉得哈桑真的很喜欢背诵那些铿锵有力的台词。

当我们一起坐在房子外面的台阶上时，他对着我大声背了《居里厄斯·恺撒》，就像古罗马的参议员一样，一只手放在胸前，仰着头，摆出一副大义凛然的样子。

各位罗马人，各位亲爱的同胞们！请你们静静地听我解释。为了我的名誉，请你们相信我；尊重我的名誉，这样你们就会相信我的话。用你们的智慧批评我；唤起你们的理智，给我一个公正的评断。

尽管他跟我解释了恺撒是谁，人家把他怎么了，马克·安东尼和布鲁图是谁，罗马人是谁，莎士比亚是谁，但是，那段演讲对当时大约九岁或者十岁的我几乎没有任何作用，只是那段开场白让我想起那些年政客们在每星期两三次的集会上对观众们说的话。还有那句话："我都可以用那同一把匕首杀死我自己"，因为我喜欢"匕首"这两个字。

我还要说一句话：为了罗马，我杀死了我最好的朋友，要是我的祖国需要我去死，那么，无论什么时候，我都可以用那同一把匕首杀死我自己。

什么是匕首？我问哈桑。不知道为什么，他居然吞吞吐吐。"就是一杯威士忌。"他说得很不爽快。对于威士忌，我只知道那是酒，喝酒是违反教义的，其他的一概不知。接着，哈桑又侃侃而谈，给我介绍了威士忌在罗马文化中的含义，他还说，布鲁图是说，如果人们听了他的演讲不高兴，他会去喝一杯的。其实布鲁图说的是，如果大家不高兴，他会用同一把匕首刺死自己。那是他最尴尬的时刻之一，同样的情形还有不少，但也有让他得意洋洋的时候。然后，他谈到了精灵和古老的王国，谈到了弗兰肯斯坦的怪物，在北极阳光灿烂的午夜，那个可怜的怪物就绝望地躺在浮冰上漂浮着。他还谈到了穆斯林统治下的西班牙和令人生畏的德国纳粹。他口若悬河，不假思索，而且条理清楚，掷地有声，一般人都会相信他说的都是真的。然而，他只字不提我们的妈妈瞧不起爸爸的事情。还有，我们的爸爸为什么从来不吭声呢？毕竟爸爸并非脾气很好的人，碰到有人迟到就会大发雷霆。

哈桑比我大六岁，小时候，我渴望认识世界，而他就是我的知识源泉。他很爱护我，只要知道我需要他，他就会出现在我的身边，让我放心。他"爱护"我的方式很特别，有时会用粗话骂我，有时甚至会打我。与此同时，每当我碰到了新鲜事物，显露了求知的渴望，他都会详细加以解释。只要他让我跟着，我会像小宠物一样跟着他，而他随时会即兴表演，这为他赢得了机智和爱搞恶作剧的名声。很多时候，他帮我做解释，主要是想掌控"不可通约"的现象，他反对所谓的偶然性，偶然的事情太多，会把我们压垮的，他也拒绝保持沉默，所以总是咄咄逼人，为了不闷死，他一直滔滔不绝地说话，甚至会嬉皮笑脸说一些有点淫秽的话，一年比一年更淫秽。在我的心目中，他就是一个斗士，一个亡命之徒，没错，我爱他，他是我的兄长，我爱他就像爱我的爸爸，也像爱我的情人。别人也喜欢他，主要是因为他青春勃发。我懂。后来，不久之后，他大摇大摆地越过了地平线，现在我已经看不到他了。

我妈妈也一样，他们都一样。我妈妈很漂亮。她的名字叫阿莎，取自先知第三任妻子阿伊莎的名字，阿伊莎六岁就被许配给先知为妻。下午，妈妈打扮得漂漂亮亮准备出门的时候，她涂了眼影的眼睛里闪烁着光芒，她的嘴唇好像血淋淋的，我看着她，既骄傲，又害怕。我并不怕她，不太害怕，也不经常害怕，不过，我犯了小错误她就会发脾气，那时我会害怕，总之，我肯定是怕过她的。我那时九岁，没想那么多。我只是看到她的时候会害怕，不过，因为她是我的妈妈，所以我也感到骄傲，她的微笑是那么灿烂、那么深刻、那么难懂。她站在门口，我可以闻到她身上喷了很多香水，衣服也熏过香，那时我会感到害怕。通常，她是出去找朋友和邻居，直到半夜才回来。有时候，她是去跟男人约会。我妈妈有情人。和别的男人睡觉。但不总是去和情人睡觉，情人也不多。也许只有一两个。我不太清楚。她可能是觉得好玩，也可能有别的原因。偶尔的外遇。我觉得是这样的。她收到了许多昂贵的礼物，但都没有说过是谁送的。随着年龄的增长，随着情况逐渐明朗化，随着我能理解我所看到的现象，也因为学校里的同学取笑我，有时走在街上也有女孩对着我喊着含沙射影的话，于是，我知道了那是怎么回事。不过，此前我就知道了，我只是不太清楚那意味着什么。她身上的香水味总是让我联想到卧室，联想到媾和，所以感到了羞耻。后来，独立之后，她更加肆无忌惮，就再也不可能不知道了。街上的人也不再嘲笑我了，因为她出轨得大张旗鼓，也有可能是因为我长大了，取笑我的人也长大了，也有可能是因为哈桑出了事情，或者是我们都碰到了一些事情，也有可能是因为她的某个情人权势变大了。无论如何，由于我永远无法确知的原因，后来那几年，没有人再当着我的面说她的事情。

那一年我九岁，哈桑十五岁，我妈妈正在为下午去会朋友和情人做着准备，也就是正在梳妆打扮，而我爸爸赖哲卜·舍尔邦·马哈茂德在工务局里当差。有些人叫他本·马哈茂德，"本"是"某某人之子"的意思，因为他爷爷，也就是我的曾爷爷，也叫这个名字，我曾爷爷很出名，至于为什么，我记不得了。不，那不是真话，大家都记住他的原因我非常清楚：他高风亮节，有着虔诚的灵魂。那种东西没什么用处，可能对他没有用处，但会让他和别人都觉得更有人性。我爸爸并不虔诚，那一年还不怎么虔诚。他爱喝酒，按照我们的规矩，喝酒的人是堕落的。虽然他很小心，但这种事情掩盖不了。有时我半夜醒来就知道他在家，因为我闻到了酒精的味道。我们家有四个房间，哈桑和我住一间，我们睡觉的时候都关着门，但浓烈的酒精味还是能把我熏醒。街上的人们也都一定闻得到他身上的酒味。有一两次，我记得不超过两次，他喝得太多了，让人家搀扶着回家。他默默流着泪。我想他是感到了羞耻。那两次之后，他有好几天不说话，走路蹑手蹑脚，低着头，像做贼似的。

我爸爸在工务局里上班。我不知道他在那里干什么。他每天早上七点穿着干净的白衬衫、浅棕色裤子和皮凉鞋出门，走几分钟就到工务局仓库。我觉得他从来没有迟到过。十二点五十五分会鸣起警笛声，意味着早班结束了，我爸爸就回家吃午饭。回到家的时候，他总是显得很疲惫，很不开心，可能是工作不顺心，也可能是顶着太阳走路耗尽了他的力气，或者有事情让他心神不宁。回到了家，他绝不会忘记找我和哈桑，如果进门看不到我们，他就会喊我们的名字。然后，他会带着淡淡的、有点忧伤而又有点得意的笑容摸摸我们的头，然后先去洗澡再吃午饭。对于仪式感，我从来不抵触，我觉得哈桑也不怎么抵触，尽管随着年龄的增长，每当爸爸想摸他的脸，他会做出一副不屑的表情，把头转开。我尽力不躲，但有时忍不住要笑。

　　那年信风季节，我九岁，哈桑十五岁，有一个男人借住在我们家。我们要叫他侯赛因叔叔。我爸爸是在咖啡馆和他认识的，他们攀谈起来，谈得很融洽、很高兴，于是就成了好朋友。这是我小时候的理解，也许，在成为好朋友之前，他们可能已经见了几次面、有过数次交谈了。有一个星期五，他来我们家吃饭，对我们来说，这是一件稀罕的事情，以前，我们家的客人全是我妈妈的女性朋友和亲戚。我一直都分不清我妈妈的朋友和亲戚之间有什么区别，因为她们对我都很亲热，好像我是她们的人，在我的面前也都肆无忌惮。侯赛因叔叔那个星期五下午来吃饭的时候，他还是"我的好朋友"，用英语是这么说。我爸爸就是这样称呼他的。我爸爸能流利地诵读《古兰经》，但不能用阿拉伯语交谈，而侯赛因叔叔只会说几句斯瓦希里语，所以他们就用英语交谈。搬进来以后，"我的好朋友"才成了我们的叔叔。他个子很高，穿着浅蜂蜜色的康祖长袍，用银线刺绣，一副海湾商人的派头。他席地而坐的动作很娴熟，坐在地毯上，笑容灿烂，笑起来那张脸就像一颗子安贝。让我描绘一下我们嬉皮笑脸的黑摩尔人住的房子吧。这样会减轻回忆侯赛因叔叔给我带来的压力。

我们家的房子有两层。楼上有三间卧室，哈桑和我住一间，爸爸妈妈住一间。还有一间是客房，没有客人的时候，我们可以坐在里面听听广播，是起居室。有一个小露台，露台的一部分盖了顶棚，那里是我妈妈做饭的地方，还有一部分是敞开着的，是我们晾衣服的地方。我们都在的时候，楼上就有点挤，但很亲切，我现在回想起来还觉得很亲切。楼下从正门进来是一个大房间，后面是一个封闭的小院子，院子里有个开放式的楼梯。院子是敞开的，从楼上的露台可以俯瞰院子。院子里总是很安静，很凉爽，下大雨的时候，水泥地上积满了水，变成一个浅水池，蹚进去会溅起水花。楼下的大房间是用来接待陌生男性访客的，包括在开斋节和圣纪节等传统节日，还有在办葬礼和婚礼的时候。这个大房间就在入门的地方，这样，男人好色的眼睛才不至于看到家里私密的景象。这个房间我们平时没有太多的用处，因为我爸爸不会邀请陌生男人来我们家做客，也不像别人家一样在开斋节和圣纪节搞聚会。我爸爸的妈妈去世的时候，妇女就在这里守灵和诵经，但当时我只有三岁，还不记事。

这个房间通常都锁着，窗户也关着，用作临时仓库，但我们没有什么东西可以放的，可能还有别的原因吧，我爸爸喜欢把里面打理得很干净整洁，好像他随时会开门迎客，举办聚会。地毯卷起来放在墙边，避免被穿过百叶窗射进来的光线照到，房间的一头放着一张木板床。床板上铺着草席。这个房间实在是太简陋了，但里面有一股刺鼻的气味，像鱼干的味道，让我想起了信风，仿佛看到了单桅帆船在港湾里摇摇晃晃，仿佛看到了皮肤晒得干裂的水手，仿佛看到了浪花。也让我想到干旱、乱石嶙峋的地方，想到水手身上污秽不堪、汗渍斑斑的破衣服。

我爸爸把那捆地毯叫做"博克拉"，将它视若珍宝。每年斋月期间，我们都把它拿到院子里铺开，用棍子把灰尘打掉，然后再卷起来，用帆布盖住。其他时候，房间都是锁着的，除了几个袋子和盒子，以及一个挂着黄铜锁的雕花木头箱子外，里面空荡荡的。有一次，我一个人在家，我到处寻找那个房间的钥匙。我主要在妈妈的衣橱里找，她最喜欢把贵重或秘密的物品藏在里面，我摸了药瓶后面的地方，拉开了衣橱里的珠宝抽屉。我把门口的地垫翻过来，在窗户上面的架子上、空花瓶里、裤子的口袋里摸过，都没有找到，但我坚信我最终一定能够找到。里面好像没有什么值钱的或者危险的东西。

我终于找到了钥匙。它就插在门框上方的一条小缝里，我拉了一张长凳到正门的内侧，在长凳上放了一把椅子，站上去才终于看到了。房间里一如既往地昏暗和凉爽，但这次我发现里面有两只大陶罐，陶罐的主人可能是亲戚或者朋友，也可能是朋友的亲戚或者亲戚的朋友。这两只罐子让我想起了一些故事，精灵从罐子里钻出来的故事，年轻女子被绑架装在罐子里的故事，年轻的王子藏在罐子里偷偷进入情人房间的故事。我听说过这个故事：有一个渔夫运气很不好，好久都没有捕到鱼，在绝望之际，渔网兜住了一只罐子。一开始他欣喜若狂，心想他终于走运了，以为渔网里是一条大马林鱼。但是，他拉啊拉，感觉死重死重的，开始怀疑渔网里可能是发臭的死东西，一头死驴或一只死狗。捞上来一看，原来是一只巨大的陶罐，和他骨瘦如柴的干瘪身体一样大，罐口封着一个盖子，盖子是银的，很厚实。他自言自语说："谢谢真主恩赐！"他想真主一定在看着他，看看他怎么接这个好玩的小礼物。运气不好就发脾气，那肯定是不明智的，因为正义的缔造者真主可能看着你是否信任他，如果发脾气，你可能就会霉运不断，这是给你的教训，叫你务必要相信他的智慧。所以渔夫说"谢谢真主恩赐"，他觉得银盖子可能值点钱，罐子也能卖，要是里面不太脏的话。他费了很大的劲才把盖子揭下来。接着，马上有一大股烟从罐子里冒出来，这股烟颜色混杂，有黑的、黄的、红的，能闻到火、地牢和臭鱼肉的气味。渔夫吓得摔倒在地上，这是当然，然后，他赶紧站起来，飞快地跑了。但是，他还没跑多远，那股大到遮住了阳光的烟就凝成一团，化成一个浑身披着银色鳞片的精灵，手里拿着一把闪闪发光的长弯刀。渔夫吓坏了，脚下像生了根，一动也不能动，等着精灵从空中弯下腰来，硫磺味的鼻息吹到他的身上。"我关在这个罐子里一千多年了。"那个精灵说，"是伟大的所罗门把我关在里面的，智慧的真主授予了他掌管精灵和禽兽的权力。所罗门在密封盖子上施了法术，无论我怎么使劲，我始终顶不开。在最初的一百年里，我发誓，如果有人帮我揭开盖子，我要让他拥有王国、财富、知识、智慧和永生。在接下来的一百年里，我发誓，如果有人放我出去，我会赐予他王国和财富。在后来的一百年里，我发誓要杀死揭开盖子的人，因为他让我在里面待了三百年。此后每过一百年，我就想到更邪恶的方法来处死放我出去的人。如今你来了，你这个恶心的小人物，你中奖了。你是我的，你会死得很惨。"

渔夫觉得自己无论如何都要死了，就摆出一副神气活现的样子，并很快想出了一个计策。"我不相信你真的是从那个罐子里出来的，也不相信伟大的所罗门王真的把你关在那里面。瞧瞧你，先生，你这么个庞然大物，这么威武雄壮，即使是大脚趾也放不进那个罐子里。"精灵很开心，笑着说："你瞧仔细了。"说完，他又变成了一股烟，钻回罐子里，骨瘦如柴的渔夫向前一跃，把盖子重新盖上，小心翼翼地把罐子滚回海里去。"谢谢真主！"他说着向天上看了一眼。

我把一个罐子搬到床边，先站在床上，然后把脚伸进罐子里。我站在罐子里，九岁的我肩膀刚好和罐子口齐平，如果我蹲下去，就看不见了。罐子里又凉又暗，有点湿冷，很舒服，就像在炎热的下午呆在枯井底下。我说了一句"谢谢真主"，想做个试验，我的声音就像在一条长长的隧道里回荡，声音很模糊，几乎听不出来说了什么，仿佛那个空间把我的头压下去，顶着我的喉咙。我尝试喊了别的词语，想着其他的世界，我该睡着的时候就睡着了。（我当然没有睡着，但阿里巴巴睡着了，醒来的时候发现自己躺在四十大盗的山洞里。）总之，侯赛因叔叔那个星期五来我们家，我们就在那个房间里一起吃饭，接下来的一个星期里，他就住在这个房间里。

我想向前看，但总是不自觉地回头看，在很久以前的时光里闲逛，后来的事情始终压着我，像阴霾笼罩着我，支配着我的一举一动。然而，当我回头看的时候，我会发现一些东西仍然散发着强烈的恶意，每一个记忆都在滴血。那是一个死气沉沉的地方，一块记忆的土地，一个昏暗的仓库，里面有腐朽的木板和生锈的梯子，还有一些废弃的物品。那是一个寒冷、昏暗的下午，温暖的路灯已经亮起来，路上低沉的车流声和人声混杂，嗡嗡嗡地响着，就像一大群昆虫在窃窃私语，在蹭来蹭去、卿卿我我。在我住的另一个地方，言语是无声的，几乎没有人移动，天黑后一片寂静。我总是在那里找到他，我可怜的爸爸。他身材矮小，话不多但一丝不苟，每天穿着干净的白衬衫走路去上班，头微微偏向一边，眼睛看着地上。他回家吃午饭，回到了家，他会抚摸一下两个儿子的脸，洗个澡，然后睡个午觉。他傍晚出去，有时深夜才回来，回来的时候总是精疲力竭，也好像因为喝了酒所以觉得没脸见人。我有时会想，我爸爸也有一个爸爸，不知道爸爸会怎么看他的爸爸。或者他爸爸看到他这个样子会怎么想。我们俩没有听他提起过他的爸爸。我不知道他为什么低着头走路，到底是因为他知道他爸爸不看好他，还是因为他害怕我们不尊敬他，永远不会跟我们的孩子提起他，还是因为他知道他失去了我妈妈的爱？后来，我才想起这些事情，但已经发生了那么多事情，要想的事情那么多，而且，我再也不觉得什么是神圣的了。后来，我才知道我爸爸的爸爸是一个让人失望的人，一个爱酗酒、爱逛窑子、年纪轻轻就没了命的浪子。

我还很小的时候，我还不会把爸爸看作一个可怜的小男人，不会觉得我妈妈很漂亮，也能够爱我爸爸，而且爸爸也爱着她。但他个头矮小，跟侯赛因叔叔相比实在太矮小了，侯赛因叔叔比我们所有人都高大很多。侯赛因叔叔胃口很好，吃东西津津有味，一个典型的嬉皮笑脸的黑摩尔人，他和我们住在一起的时候，我爸爸终于有了欢声笑语。不过，我爸爸害怕黑暗。

我不记得当时是怎么安排的，只记得有一天下午，我们大家都在打扫那个房间，把两个陶罐搬到院子里，把地毯摊开来打灰尘，就像准备过斋月一样，然后把地毯铺在那个房间里面，让房间焕然一新，散发着深琥珀色的光辉。我爸爸笑容灿烂，一直开着玩笑，说只要哈桑跟侯赛因叔叔多说说话，他的英语就会进步很快。我妈妈对这个新安排有点意见，一直在发牢骚，但我爸爸并不介意。他说，只有一个月的时间，等到信风转向，他就要走了。然后，侯赛因叔叔就来了。每天吃早餐前，我都会去问候我的妈妈和爸爸，要去上学的时候，我经过侯赛因叔叔敞开的门口，我也会问候他。每天早上，他都会悄悄给我一先令，给哈桑两先令，一根手指放在嘴唇上，叫我们不要声张。下午，我爸爸有时会和他一起吃午餐，他们俩坐在一起聊一两个小时，然后，我爸爸就去睡一个午觉，那是不可或缺的。然后，他们一起去咖啡馆或者出去散步，然后回来收听英语广播节目，收音机是侯赛因叔叔买的。有时会有别人来找他们，一起听广播节目，聊聊天，我不知道这些人是不是我爸爸的朋友，他们说话很大声，英语、阿拉伯语和斯瓦希里语都有，那个房间里的欢声笑语，在家里的哪个角落都听得到。连卖咖啡的人也来我们家推销，每天晚上都来问先生们想不想喝一杯，然后却留下来听他们侃侃而谈，像在听天书，但他觉得这是学英语的好机会。我爸爸再也不去天主教大教堂旁边那间龌龊的果阿人酒吧了。我不知道那里是不是他光顾的地方，但我只知道这一家酒吧，所以我猜想他以前晚上都是去那里喝酒的。有很长一段时间，我觉得酒吧都是那个样子的，窗户上罩着生锈的铁丝网。我妈妈晚上回家的时候，她会和那些男人打招呼，但不往房间里瞧，只是走过门口的时候大声喊，如果她知道我们也在里面，她就叫我们跟她一起上楼。

侯赛因叔叔从未上楼。没有必要。楼下有一个卫生间，在院子后面。浴室里面有一个抽水马桶、一根竖管、一只铝桶和一个用蓝带黄油罐子做的勺子，这些东西都很干净，比许多人家里的更干净。里面有点暗，晚上很可怕，平时只有当楼上的卫生间被人家占用又急需的时候才会用，但是，侯赛因叔叔不远千里漂洋过海来到这里，洗澡的时候，他根本不会想到阴影中有什么东西。总之，他没上过楼。如果他需要什么，他会站在楼梯下面，喊我爸爸。如果我爸爸出去了或者正在午睡，是我妈妈答应，她一般不会露面。如果是哈桑或我答应，我们会站在楼梯顶以示尊重，或者赶紧下来接侯赛因叔叔带来的东西。不管是谁答应，他都不会抬头看，以防我妈妈站在楼梯顶头，不小心看到她会让她尴尬。通常他每天都会带一些东西来，例如我们晚餐吃的鱼，或者是他碰巧看上眼的水果或蔬菜，或者是咖啡豆和甜枣，有一次是一罐蜂蜜，是向一个索马里水手买的，藏在一个紧身的粗麻布袖子里，有一次是香胶和没药精油，有时候是一些古怪的东西，他也不说是什么，还有一本送给我的中文短语手册，一串送给哈桑的念珠。

他通常在我爸爸之前回来，我们刚刚做过晌礼。他的房间门半开半掩，他坐在地毯上，戴着老花镜，翻着笔记本，要么读着《古兰经》。他那副眼镜戴得有点滑稽，好像他并不是真的需要戴眼镜，也好像他并不是真的在做算术题或者在读书，而只是在闹着玩，打发时间而已。路过他的门口的时候，我们会跟他打个招呼。要是看到我们悄悄走过，没有跟他打招呼，他会把我们喊回来跟他打招呼。跟他打招呼是一个愉快的义务。如果有女性访客路过跟他打招呼，他会低着头答应，以示尊重。我爸爸回家的时候，他会走到门口，他们俩会站着聊上几句，更多的时候会聊很久，他们有很多话要说，都是我听不懂的废话，他们说英语，开着玩笑，笑得很开心，有时我爸爸会忘记喊我和哈桑，不像平常那样带着伤感的表情摸我们的脸。有时他会叫我们把他和侯赛因叔叔的午饭一起送下来，他们俩就坐在楼下吃，接着聊上一个小时。

哈桑负责把侯赛因叔叔的午饭端下来给他。我妈妈通常先把他的饭菜盛好，然后，我们其他人一起在楼上吃。吃完午饭后，哈桑下楼去收好餐具，然后再回头去跟侯赛因叔叔上英语课。上英语课是侯赛因叔叔提议的。有一天下午，应我爸爸的强烈要求，哈桑背诵了布鲁图的演讲，侯赛因叔叔深受感动，就建议每天下午上一次英语课。他说哈桑有语言天赋，于是，我爸爸也当着我们的面表扬哈桑有语言天赋。从此，每天下午，哈桑都匆匆吃完午饭，等待侯赛因叔叔喊他去上课。如果我爸爸在楼下聊得没完没了，哈桑会坐立不安，大步走来走去。我每天午饭后都要去《古兰经》学校，不管是天晴还是下雨，即使是狂风暴雨也要去，所以我从来没有目睹过他们上课的情景，不知道为什么，哈桑也没有兴趣跟我说。他总是跟我说侯赛因叔叔这个和侯赛因叔叔那个。要么就是问我：你知道他干过这个或者看过那个或者去过哪里吗？你看看他今天给了我什么？手表、钢笔、笔记本，反正都是值钱的东西。我对这些事情都非常感兴趣，尽管似乎不如商人和穷人的故事、被施了魔法的公主和被激怒的精灵之类的故事让人激动，这些故事都是我妈妈跟我讲的。这些礼物让我羡慕不已，不过我不至于嫉妒，因为哈桑很慷慨，会分给我几个。最重要的是，我希望侯赛因叔叔也喜欢我，跟喜欢哈桑一样。我希望他下午也把我叫到他的房间里去，坐在他的身边，听他给我讲故事，我希望他也会送给我珍贵的礼物。

让我爸爸妈妈失去房子的协议一定是在那个时候达成的。那时我太小，没有注意到也不能理解这么复杂的事情，这是大人的事情，我怀疑在我面前没有人提到这个协议，以防我这个小孩子到外面乱说。我听说我爸爸与侯赛因叔叔达成那个协议的时候，已经演变成一场危机，说起来的时候大家都有怨气，认为被背叛了。我记得在侯赛因叔叔住在我们家的大约一个月里，我爸爸是多么开心啊，他非常高兴结交了一个新朋友，那时，他比从前更像是个爸爸，他非常自信，甚至是固执、专横、自说自话，感觉一直很忙，把我们晾在一边，成天跟一帮世俗的男性朋友在一起，在我们面前充分展现男性的自尊。听到他说着淫秽的话，放浪而无情地大笑，跟街上的人们一样，我们都感到不可思议。相比之下，他以前总是低着头走路，有时会连续好几天不说一句话。我想正是这种喜悦和自信让他冒冒失失地去和侯赛因叔叔做生意。也许他们窃窃私语的时候就在谈这件事。谈事情的时候，他们俩坐在博克拉地毯上面，应该说是斜躺着，用一只胳膊肘支着，一只膝盖抬高，彼此靠在一起，与此同时，香炉在床边冒着青烟。他们说的是英语，我就像在听天书，所以，他们没有必要这样窃窃私语，但他们就是这样，像在谈情说爱，害怕被外人听到。按我后来的理解，当时的协议是我爸爸借钱入股侯赛因叔叔的生意，而这笔借款是用我们家的房子做抵押的。后来生意失败，侯赛因叔叔说生意赔了，但我爸爸没有钱还债，只能让人家收走房子。反正就是这么回事。我猜想过这个协议是怎么达成的，侯赛因叔叔蛊惑我爸爸，说这个协议可以让他改头换面，成为举足轻重的人，让人们觉得他是一个勇敢而有见识的人，是一个有担当的人。

有一天下午，我比平时早一点从《古兰经》学校回家，因为我拉肚子，老师允许我先回家。肯定是吃了在街上买的东西。我身体真的很不舒服，不停地扭动和呻吟，没有等老师允许就匆匆跑去上厕所，我从厕所回来，老师就让我回家了。回到家，我又要去上厕所，早就憋不住了，却发现卫生间有人占着。我跑到楼下黑乎乎的那间，但发现那间也有人在用。我回到楼上，在卫生间的门外手舞足蹈，大声叫里面的人让我进去。淋浴龙头的水哗啦啦地流着，我自己也知道，听这轰鸣的水声，水放那么大，估计里面的人也听不见，一时半会儿是关不掉的。但我实在憋坏了，所以我重重地砸着门，一边发出一个九岁孩子的哀嚎，让人怜悯，但听得出即将像火山爆发。哈桑打开门，浑身滴着水，闪闪发光，然后低着头从我身边走过去。我赶紧进去，该干吗干吗，肚子的疼痛终于消退，洗完澡后，我才感到一丝恐惧。

刚才哈桑开门的时候，他的眼睛睁得又大又圆，充满了痛苦，也可能是尴尬或者内疚。然后，他垂着头，看着地上，一言不发地从我身边走了出去，他显然心事重重。他平时不是这样的。我没见过他下午那个时候洗澡。他光溜溜地站在里面，然后光溜溜地走出卫生间，平时，在我们的卧室外面，他从来都不会光着身体。如果我爸爸或者妈妈有一个在家里，他这样赤身裸体的，绝对是不可容忍的，是下流无耻、有伤风化的。哈桑体格健壮，荡漾着青春的活力，最近他意识到自己发育了，我们俩在卧室里的时候，他开始会遮住生殖器，而在此之前，他根本不会遮挡，随便晃来晃去。他脸上的表情很奇怪，好像他遭遇了一场灾难，他的眼睛瞪着，有怒火，有轻蔑，有恶意，也有反抗。我回到卧室的时候，他已经走了，后来我病得很重，顾不上关心也不记得那天下午他的反常举动。我的腹泻非常严重，不是一般的拉肚子，我连着拉了好几天，一直在发烧，甚至陷入了昏迷。

我回到人间以后，恢复了意识以后，也就是醒来以后，发现卧室里只有我一个人，哈桑的床上空无一物。我昏迷了三天，为什么总是三天？有几次，家里的人已经对我不抱希望。那听起来像是父母常对自己的孩子说的废话，显然，他们真的很担心我会怎么样，快吓坏了。他们不知道我得了什么病，医生也说不清楚，尽管他见多识广。一般来说，他会先给病人打一针，因为这会让看病的费用涨一点，还会在他自己的药房给病人配一些药剂或者药丸，因为他要让病人回头再来买。他的诊断很不确定，所以他们把哈桑赶出了那间卧室，以防他被传染上，毕竟他是空气王国的嫡长子和王位继承人。他要睡在起居室的地板上，地板上铺着席子。但是，听说这个安排的时候，侯赛因叔叔并不同意。睡在地板上会不舒服，还会影响别人。也许，他侯赛因叔叔应该搬出去，这样哈桑就可以住在楼下的房间里。在这个时候，这种话我爸爸是不会听的。于是，他们把哈桑的床垫拿下来，搬到楼下侯赛因叔叔的房间里去。我可以想象我爸爸这样对哈桑说："你们可以一直上英语课了。"

在我恢复意识的第二天晚上，哈桑搬回到了我们的房间，但他不大高兴。他躺在床上，脸朝着墙壁，对我这个病人毫不关心。我妈妈第一次建议搬回来的时候，我听到他和她在争论，然后，我看到她脸色铁青，几乎已经气疯了。"不管你愿不愿意，你都要在你自己的房间里睡觉，你这个罪恶的孩子。"她怒不可遏，简直无话可说。我不知道她为什么发这么大的火，不知道是因为哈桑还是侯赛因叔叔惹她生气。之前，我也好奇过，对于侯赛因叔叔在我们家住，她到底有什么看法。我从来没有听她说起过他的任何事情，但有时她的沉默很让人怀疑，很可能已经表达了她的观点。有时候，我爸爸在楼上给我们讲侯赛因叔叔说过的话和做过的事，他说得绘声绘色，但我妈妈却一言不发地坐着，面无表情，一直盯着我们。我想她可能是对我爸爸让人尴尬的热情不屑一顾，她一直都瞧不起他，所以，我不清楚她是否反感侯赛因叔叔和我们住在一起。有时候，当她站在楼梯顶后面答应他的时候，或者盛好饭准备让人端给他的时候，她倒是似乎很在意，希望他能感觉到他得到了我们的尊重。

在接下来的几天里，我一直待在家里，尽管不再卧床不起，但身体还太虚弱，不能去上学。哈桑还在跟我生气，反正他不怎么和我说话。下午，他和以前一样，充满渴望地去上英语课，回来的时候看起来既兴奋又痛苦。他和侯赛因叔叔上完课后，我很少见到他，因为我自己要去上课，不知道他那样是不是因为英语课很难。与此同时，我也看到了妈妈的眼神，她的眼神和哥哥一样，我知道，她被侯赛因叔叔吓坏了。待在家里的那几天，我整个上午都跟着妈妈在家里转，她做饭的时候，我就坐在厨房里陪着她。也许她跟我有说有笑，给我鼓劲，又逗我笑，妈妈对生病的儿子应该都是这样的。但是，有一个瞬间我还记得。我们听到前门有钥匙开锁的声音，她一动不动地坐着，睁大眼睛瞄着门口，目不转睛。然后，她咽下去一口口水，眨了眨眼睛，不知道为什么，我感觉她可能有危险，要么就是身体不舒服。也许，她可能瞥了我一眼，笑了笑。也许，她可能很夸张地侧身看着门口，咽着口水，眨着眼睛。也许，侯赛因叔叔回家的时候，我在家里别的地方，后来才想象妈妈听到钥匙开门的声音的时候可能会那样看的。也许是另有一天，肯定不是同一天，我看到她和他说话，然后跟着他进了他的房间。

他们一定是以为我出去玩了。我完全康复了，可以出去，他们一定以为我去邻居家玩了。我的确出去过，但后来又回来了，爬进了搬到院子里的一个大陶罐里面。我躲在深深的罐子里，仰望着二楼露台上方的那片天空。听到她声音的时候，我心里暗暗发笑，心想我等会儿就站起来，准能把她吓一跳。然后，我听到她一直在说话，像窃窃私语，我犹豫了。我慢慢探出头来偷看，我看到我妈妈和侯赛因叔叔站在他房间敞开的门外，相互的距离只有几英寸。然后，我听到她用斯瓦希里语说："你想让我进去吗？"她从他身边走过，走进房间，他跟着她也进去了，然后关上了门。这就是我所看到的，我不明白那是怎么回事，只是心里有些不安，但我很庆幸没有被发现。

侯赛因叔叔一定是之后不久就走了，信风转向了，他回家去了，因为那一年我不记得再见过他。侯赛因叔叔在的时候来我们家的那些人又来了一阵子，然后就不再来了。有一段时间，我爸爸会谈到侯赛因叔叔，回顾他的善良和他的厉害之处，但次数越来越少。慢慢地，我们家又回归寂静，我爸爸又变得很沉默，但他的脾气比从前任何时候都更暴躁，尤其是对我妈妈。以前，她瞧不起他，但他不理睬她，似乎是因为厌恶，也可能是因为受过伤害而畏缩，而如今，他动辄对她咆哮一通，甚至会把口水吐到她的脸上。然后，他两边嘴角会沉下来，露出痛苦的表情，我从未见过那种表情，非常痛苦。但是，如果说侯赛因叔叔的离开让我爸爸感到怅然若失，那么，对于哈桑来说，那种感觉就像是遭到抛弃，也像丧亲之痛。他几乎不和任何人说话，在家的时候，他要么躺在床上，始终面对着墙，要么坐着，在侯赛因叔叔给他的笔记本上写字，或者用航空邮件信纸写信。他有时一个人出去散步或者骑自行车，每次出去都很久，似乎对曾经和他一起玩的那帮男孩失去了兴趣。流言很快就传开了，学校里的男同学都对我指指点点。他们说我们家的客人"吃"了哈桑，吃了我们家的"蜂蜜"。这是骂人的话，表面看不出来，其实很粗俗，很肮脏。哈桑的一个中学同学，曾经也是我的朋友，在我去《古兰经》学校的路上，他追着我问我是不是真的有了一个新爸爸。在路上，我还碰到一群懒洋洋地躺在街角的成年人，我觉得他们在我背后傻笑，我担心他们真的在幸灾乐祸地笑我。

然后，这些肉食掠夺者也没有放过哈桑。他们并非想要和他搞同性恋。他们是嫉妒他的优雅和美貌。他从他们身边走过的时候，他们就低声对他说要送给他钱或者礼物，然后发出一阵奸笑，简直就像是捕获了猎物。一个男人塞给我一封信，让我带回家给他，那是从笔记本上撕下来的，一折为二，像一页账单或者购物清单。回到家后，我打开来想看看写了什么，但那是用英语写的，我看不懂。哈桑读了之后马上把它撕成碎片，塞进一个旧信封里，然后放在口袋里，看来他是想要把它扔到很远的地方去。他们始终没有放过他，他们的表情，他们对他说的话，以及不经意的触摸，都有很强的暗示，既像是无心的恶作剧，又像是有计划的狩猎。哈桑很痛苦。后来，他懂得把脸转过去，无视他们的调戏，他们才渐渐消停了。我想，他们迟早会把他搞垮的。

后来有一天，有一封航空邮件寄给了哈桑。那是爸爸回家吃午饭的时候带回来的。有一天，哈桑粗暴地甩开了他的胳膊，从此，下班回家后，他不再喊我们了，也不再像以前那样摸我们的脸。那天，爸爸抽了哈桑一巴掌，之后就再也没有碰过我们。他带信回家的那天，他上楼去找哈桑，把信递给他。信封已经撕开了，爸爸把它递过去之后，父子俩相互对视了很长时间。信是侯赛因叔叔寄来的。是哈桑告诉我的，但他没有说别的。他肯定是把信寄到了另一个地址，因为过了一段时间，他告诉我说，侯赛因叔叔再过几个月就要回来，因为信风季节到了。

等到他回来的时候，我们家的气氛已经变了，阴霾密布。我的爸爸妈妈几乎水火不容，哈桑结交了比他大得多的新朋友。我妈妈大多数下午都要出去，直到半夜才回来。我爸爸回家更晚，总是带着一身酒味回来。我不知道哈桑和他的新朋友在干什么，也不知道他们是否逼他干了些什么。我没有问过。回来以后，侯赛因叔叔没有再和我们住在一起，但带来了合伙做的生意不顺利的消息，更糟糕的是借的钱必须还。此前，侯赛因叔叔给借款做了担保，让我们用房子做抵押，也许从长远来看，生意总会好起来的。不可能这么简单，但人家就是这么告诉我的。于是，侯赛因叔叔偷走了我们的房子，因为我爸爸不可能找到钱来还债。简直要了我们的命！现在回想起来觉得很不可思议的是，侯赛因叔叔有时还会来看我们，像以前一样带了礼物，有鱼、水果、香胶、沉香、布料等，有一次给哈桑买了一张闪闪发光的乌木桌子，我爸爸曾嚷嚷说要毁掉这张桌子，最后却放在了楼下的房间里面。

哈桑很少在家，在家的时候，他总是和我妈妈争吵。我问他去哪里，他就说去找朋友或者去找侯赛因叔叔。他的眼里根本没有我。他不是一个铁石心肠的人，但他去了一个我不知道的地方，肯定很远，显然是不想让我找到。后来，信风转向了，侯赛因叔叔走了，哈桑也就消失了。长话短说就是这样的。他和侯赛因叔叔漂洋过海了，我们再也没有他的消息。这是三十四年前的事情。他在那种情况下居然有胆量和一个男人私奔，或者像一个新娘远嫁他方，当时大家都觉得匪夷所思，现在想起来更觉得匪夷所思。

哈桑的离家出走只是高潮的第一幕，而高潮过后，我们家可怕的小故事也宣告结束了。侯赛因叔叔转手卖掉了我们家的房子，用那笔钱还了债。房子卖给了家具商人萨利赫·奥马尔，他是我们家一个很少联系的远房亲戚，如今，我们家的房子变成他的了。两年后，萨利赫·奥马尔获得了房子里里外外的所有权，我们无奈只好搬走。那时，我爸爸赖哲卜·舍尔邦·马哈茂德已经清醒了，变得很虔诚，人们开始把他和他受人尊敬的爷爷相提并论。他不理睬我妈妈，在独立前的那些年里，她找到了新的姘头，她的生活纯粹以快乐为目标。

然后，在我们家丢了房子三十二年后，有一个叫赖哲卜·舍尔邦的人作为寻求庇护者来到英国，需要人家帮他翻译。那不是我爸爸，他早就走了，再怎么说，他也不可能走上那条路。也许他真的是叫这个名字，也可能是他在搞恶作剧，或者是为了骗取护照，或者是在开玩笑。也许这都是我在怀恨在心、悔恨交加、疑神疑鬼的情况下凭空想象出来的。也许只是一种预感。但我确信有人在开玩笑，那个人冒用了我爸爸的名字，以为这样好玩。我认为那个人就是萨利赫·奥马尔，他很喜欢开这种玩笑，拿别人的痛苦取乐，他的笑话有时只有他自己觉得好笑，他自以为很聪明，觉得自己的笑话很好笑。其实，我并没有充分的理由认定那个人就是萨利赫·奥马尔，那只是一种预感，我一想到那个人阴魂不散，就感到痛苦和恐惧。我希望我能忘却那些陈年旧事，摆脱那些纠缠，但我知道我做不到，我还要遭受折磨。我为我的懦弱和神经质感到脸红。所以，我给难民办公室回了电话，请瑞秋·霍华德安排我在不久的将来去看望那个赖哲卜·舍尔邦先生。

4

很多年前，我去找过萨利赫·奥马尔，他的态度让我感到很惊讶。我原以为他是个很刻薄的矮个子，可能会赶我走。我做好了心理准备，所以，我就站在敞开的门边，眼睛不敢往昏暗的房间里看，朝里面打招呼的时候，声音控制得很平稳，以免惹人家不高兴。我料想会有一个人从黑暗中冒出来，冷冷地盯着我，看我傻乎乎地站着，心里暗暗地嘲笑我，然后叫我进去，那是客套使然。我就说我要找家具商人萨利赫·奥马尔。然后，那个人会把我带到那个恶人的面前，我说明了来意，然后马上离开。离开，远离这些人，走得远远的。

出现在门口的是一个高高胖胖的男人，他不慌不忙地从黑乎乎的房间里走出来，看到我的时候，脸上露出惊讶的表情。他是萨利赫·奥马尔的家奴，在家具店帮忙，如果有陌生人或商人来访，他就去门口迎接，平时扫扫地，买买东西，各种杂务都做，反正，主人想到叫他干什么他就干什么。大家都叫他"犀牛"，至于为什么这么叫我已经忘了，也不再关心了。我忘了会是他出来。我穿衣服的时候费了不少心思，以为他会从头到脚仔细打量我，怕让他瞧不起，但是，那个人的眼睛始终没有离开过我的脸。他的眼睛闪烁着机敏的光芒，仿佛我的来访是意料中的事情，他们正等着我。他好像要笑，但笑容一闪而过，随后他又面无表情，客客气气的，但没有丝毫的热情。

"我是来找他的。"我说。

"欢迎！"他脱口而出，然后做了个手势，让我到黑乎乎的房子里去。"家里的人都很好吧？"

在昏暗中，我首先感受到的是里面的气味，墙壁和地毯上散发着一股浓重的香气，让我差点儿喘不过气来。走了几步后，那个人打开一扇门，门打开后豁然开朗，里面光线充足，而且通风，空气质量好得多。那是一个不大的庭院，四周的墙上，瓷砖贴到正常成年人头顶的高度。瓷砖是蓝色的，原来比较浅，但随着时间的推移，越来越深，我们在海滩上捡到的瓷片通常是这种釉色。一面墙边放着两只大陶盆，分别种着一棵矮小的棕榈树，陶盆的材质和我多年前玩过的阿里巴巴罐子一样，是用灰黏土制成的。我不自觉地抬头瞥了一眼，看到二楼的格栅阳台绕了一圈，俗称"倚楼"，俯瞰着庭院。我觉得我听到了女人在说话的微弱声音。

"有客人来啦。"迎接我的那个人拉长嗓音喊道。他的嗓音很平稳，那是训练有素的嗓音，就他的外表和名声来说，这种精致的嗓音令人诧异。他停顿了一下，然后又喊了一嗓子："有客人来啦。"

我被带到左边第一个房间的门口。迎接我的那个人站在门边，做了一个让我进去的姿势。他低着头，哈着腰，彬彬有礼，但我觉得我又看到了他的笑容，不知道他之所以笑，是因为我的样子滑稽可笑，还是因为他自己很像《一千零一夜》里面一个唯唯诺诺的太监，所以自嘲？我认识这个人，在街上遇见过他，他们几年前看哈桑的眼神，我还记忆犹新，他还交给我一封信，让我交给我哥哥。如果把信交给我的不是他本人，那必定是一个长得和他非常相像的人。如果我多年前看到的眼神不是他本人的，那也必定是极其相似的。他一闪而过的笑容让我不寒而栗。

我走进去的那个房间很宽敞，四四方方，墙上挂着两面很大的镶金边的镜子。我不可能看不见这两面镜子，也不可能看不见镜子里的我。两面镜子并排对着门，让我突然觉得自己很渺小，把我吓了一跳。你还没有来得及把目光移开，它们就冲着你说：看看你自己吧。这个可怜兮兮的影子就是你自己。萨利赫·奥马尔坐在靠窗的椅子上，窗外可以看到大海。我想他是在看书。我进去的时候，他侧过头来看了一眼，然后又转头来看了一会儿，然后站起身来，等我往他那边走过去。

于是，我走到了那个"刺客"的面前，在距离他几英寸的地方站着。经过多年的纠纷和羞辱，这个人夺走了我爸爸的房子和房子里面的所有财物。我听到过无数个说他无情、狡诈、堕落、无耻、贪婪的传说。我们住得很近，人家告诉我，在街上要尽量躲着萨利赫·奥马尔，不要正面看他，假装没有看见他。我年纪太小了，还不懂得怎么去躲。如果我看到了他，并认出了他，我一定会跟他打招呼，因为这是一种礼貌，我们从小就被教导要做一个知礼懂礼的人。但是，如果我跟他打招呼，那就算是背叛了我爸爸妈妈。站在他面前，我看到他的脸型瘦削，表情坚定，他的眼睛坚定而严厉地看着我，好像是要找我的茬。好像他是一个老师或者家长，而我辜负了他的期望。好像脚下有一团污秽物，他小心翼翼地绕过去，不至于弄脏了自己，然后嘲笑和蔑视我们这些踩到它的笨蛋。好像他是拥有光明、能分辨善恶的大师。好像他不是臭名昭著给英国舔屁股的人，为了英国，他翻遍了别人家的东西，寻找各种小玩意儿让他们带回家，作为他们的战利品。好像……好像他不是我两年前见过的那个人，穿着矫健而优雅，践踏着我们生活的废墟，不慌不忙地夸夸其谈，与此同时，他的眼睛扫视着周围的一切。

　　我上次看见他的时候，我跟着将我们家所有的财物都送进这所漂亮房子里的马车。我爸爸叫我不要跟着，但我还是跟着车走了。所有的东西都装在三辆车上：家具、地毯，包括博克拉地毯，还有银面旧挂钟、我妈妈的缝纫机、我爸爸继承的遗物黄铜彩色玻璃高脚杯以及原来挂在墙上的《古兰经》经文匾额。我们获准保留自己的衣物和礼拜垫，还有厨房里用的锅碗瓢盆。除此之外，连床垫也被拿走了，尽管床垫不可避免已经脏了，散发着身体的气味，毕竟人在上面翻来覆去那么多年了。我想，床垫里的填充物可以取出来，放在太阳下晒一两天，杀死螨虫，消掉汗味，以前睡觉的时候不自觉会流口水，晒晒太阳可以晒干净，然后再用新的床垫套子装起来。我一直等到货都卸下来，然后，我看到萨利赫·奥马尔在我们生活的碎片中走来走去，挑了几样东西，然后命令将其余的在现场拍卖掉。他好像不指望从中获得多少收入。

　　他看到我没有再靠近的意思，身体就缩了回去，显得犹豫不决，然后过了很长时间才指了指旁边的椅子。我假装没有看见他敷衍的邀请，而是颇为失礼地环视了一下布置豪华的房间，舒适的椅子、地毯、一只黄铜装饰的黑色衣橱、镀金的镜子，这些都是既美观又实用的东西，但放在那个房间里，却都像难民一样，纹丝不动，这是骄傲和尊严使然，但也好像在别处有过更充实的生活，在这里只有寂寞。看起来都像画廊或博物馆里的展品，周围灯火通明，它们却用绳子围起来，用来彰显某人的聪明和财富。看起来像掠夺来的战利品。

"你爸爸妈妈还好吗？"他温和地问。他现在笑了，他是觉得我的沉默和失礼的猜测很好笑，但是，至少他脸上的那种严厉而失望的表情已经不见了。面对着他，我心里的怒火越烧越旺，我甚至可以感觉到嘴唇在颤抖。我不敢说话，害怕让他听到我的声音在颤抖。（我之所以感觉我的声音在颤抖，并不是因为怕疼。）

"伊斯梅尔！"他催促我赶紧传递他认为我奉命来传递的信息。"你爸爸妈妈还好吗？需要我帮什么忙吗？"我去他家不可能是为了什么公事。他肯定以为我是来乞求施舍的。来乞求。我想，从某种意义上说，这的确是我去那里的初衷。

"我妈妈叫我来的。"我的声音有点颤抖。我曾经求妈妈饶了我，别把这个苦差事交给我，但我妈妈反过来恳求我，我别无选择，只能来面见这个刽子手头子。

他的脸上开始露出愉快的笑容，但马上又收了回去。"那么，也许你的口信是要带给女主人的。"他说着朝门口走去。

"她叫我来找你。"我说。马上要说正事了，而我的声音却不颤抖了。"就是那张乌木小桌子。"

他在就近的一把椅子上坐下，不是刚才那把面朝大海的椅子。他身体前倾，右肘支在膝盖上，手掌托着下巴。我记得，这么多年过去了，我还非常清晰地记得，我当时很想上前一步，一脚把他的胳膊肘从膝盖上踢掉，然后一拳打在他的脸上。我的拳头还小，还不习惯打人，甚至不习惯握紧拳头。我要是打他，我会比他还疼，这一点毋庸置疑。我还记得，他得意洋洋地等着听我对那张乌木桌子提出什么可笑的主张，那时候，我感到非常沮丧。"她让我说，桌子不是他们的。是哈桑的。是人家送给他的礼物。所以，她叫你还给她。她要你把桌子还给她，等哈桑回来再还给他。她想把桌子要回去。那是哈桑的东西。是人家送给他的礼物。她叫我告诉你，那不是他们的。所以，你不该拿走。那是哈桑的。"

他就这样任由我来回反复地说，直到我无话可说，然后，他让我沉默了大约二十秒钟，大概是要让我听听那虚无缥缈的回声，之后他才要答复我。"很抱歉，我不是法律专家，所以，我不知道你的这个说法有多少道理。如今，房子已经归我所有，房子里所有的东西也理应都归我所有。我把那些东西都卖了，然后把钱寄给你爸爸，但他不收。然后，我又把钱寄给了你妈妈，她也不收。所以，我捐给了祖玛清真寺，让他们想怎么用就怎么用。我留了一张小桌子，就是你妈妈想要的那张，但是很遗憾，这张桌子也已经卖掉了。请转告你妈妈，也代我向他们致以最美好的祝福。"

其实，桌子还在他的店里，并没有卖掉。在我们家里见过那张桌子的人在店里认出来，并告诉了我妈妈。就在那时，她想起那是哈桑的桌子，开始想要拿回来。可怜的哈桑，我们很少提到他，可是，一谈到桌子，她就为他的离家出走感到伤心和自责。突然之间，我妈妈对那张桌子异常重视，迫不及待地想要回来。"可能性不大。"我说，但我妈妈求我去试试。看在哈桑，看在她，也看在她对我好的分上。我答应了，然后就像个傻瓜一样站在那个男人的面前，看着他得意洋洋地傻笑。发表了简短的告别演说之后，萨利赫·奥马尔喊来了"犀牛"，让他送我出去。左边，右边，再左边，再右边，向你爸爸妈妈问好。我就这样走了，现在回想起来，就仿佛我从萨利赫·奥马尔的家一直走到了国外，而且，这么多年来，我一直在寻找着他在海边的另一个家。这只是一种幻想，我有时会感到沮丧，觉得再费劲折腾都是白搭，一切都是从头就注定了的。

出走！很多年来，我都在思考这个问题，离开、到达，直到这些时刻结了壳、变了形，养成了一定的贵气。我十七岁的时候就离开，到民主德国去读书。如今要这么说可能有些牵强，因为民主德国已经飞快转变成了想象中的穷山恶水，电视里呈现的是一个顽固的邪恶政府和蠢蠢欲动的新法西斯主义者，这些法西斯主义者的光头在移民家园的火光中影影绰绰。但那些年好像不是这样的。对我们来说，民主德国俨然是新秩序的代表，其真诚而近乎野蛮的自信令人生畏。独立后的几年发生了难以胜数的变化，正如我们学者常说，我们有时会发懒，不想费力地走完所有小步，而是想一步登天，直接抵达光明的境界。

起初，美国和约翰·肯尼迪总统对我们很感兴趣，邀请我们的总统到华盛顿进行国事访问。在那次访问的录像中，我们的总统笑容可掬地站在白宫草坪上，身边是所谓的好莱坞和摇滚乐皇帝，这些录像在电影院里连续放映了几个星期，任何电影都是以这个录像开场。美国新闻处在大使馆里设立了图书馆和阅览室，里面有空调，椅子上都装了垫子，桌子闪闪发光，强化玻璃线条分明，简约现代的桌子上放了一堆堆书籍和杂志。在他们六十年的殖民统治中，英国人从未想到过做这种事情。有英国俱乐部图书馆，但只对会员开放，窗户上装了铁丝网，门口坐着一个人，他有权批准或拒绝人员进入。独立后，也就是海军出身的英国公使离开后，图书馆的门就关上了，挂了锁，从街上看，那个图书馆就像一座废弃的仓库或者商店。我不知道那些书怎么了，丢掉了，带走了，还是卖了？有些被盗，得以在民间流通，但是，在我离开之前，图书馆里的大部分图书下落仍然不明。其次是我们学校的图书馆，几十年来，我们学校的图书馆一直受到离职官员的青睐，他们把带不走的书都留在这里。也许这是因为学校里的老师大多都是欧洲人，有英国人、苏格兰人、罗得西亚人、南非人，所以，即将离开的征服者可能觉得他们把欧洲智慧的果实交到了负责任的人手里。我们去过那里碰运气，知道那些书是为我们筛选过的。有时候，我们的运气还不错。图书馆里有一个区域是不允许进入的，而往里面偷窥也看不出什么名堂，包括地图、拉丁文作品，异域风味很浓。我觉得那里很像是某个绅士家的书房，就像伯顿翻译《一千零一夜》的地方，他们这种人既博学，又任性，和一个处于青春期的本地男孩格格不入。那些书的外表和气味都很特别，书脊已经褪色或者变得灰暗，但整本书包裹了一层油腻，那是历史的象征，表明与前任主人从未分离，他们的名字、赠言或旁注似乎都是佐证。我们有时候运气不错，但有时候我们只能坐在那里颤抖，凌辱和蔑视很有腐蚀性，尤其是我们第一次听说这种事情。

美国新闻处的图书馆完全是另一回事。里面有空调，可以舒舒服服地阅读杂志和报纸，还有隔音效果很好的小隔间，可以戴着有软垫的耳机在里面听唱片（他们说是爵士乐，爵士乐到底是什么？），也可以从那里借书。那里的书很漂亮，宽大厚重，纸张厚实，闪闪发光，精装的封面硬邦邦的，镶着金边和银边，书名和作者姓名浮雕在书脊上，而且都是我们的殖民教育从未提及的名字。拉尔夫·瓦尔多·爱默生、纳撒尼尔·霍桑、赫尔曼·梅尔维尔、弗雷德里克·道格拉斯、埃德加·爱伦·坡，这些名字激起了高尚的好奇心，因为它们没有被监督和等级制度的话语所污染。令人难以置信的是，我可以将这些书借回家，我把一只板条箱翻转过来作为书桌，然后把借来的书放在这张桌子上，顿时，我房间里的其他东西都显得不值一提。

后来，总统对美国人不再抱有幻想，部分原因在于当时整个非洲对美国的不满情绪高涨。刚果总理帕特里斯·卢蒙巴遇刺，美国大包大揽说是他们干的，中央情报局官员喜欢自吹自擂，找不到具体凶手的案子都说是他们干的。他们在国内也杀黑人，当时，美国的黑人想要投票权，想要公民的平等权利，当时我们大家都知道他们有这个愿望，与此同时，我们对世界各地非欧洲人遭到傲慢的压迫也很不满。报纸上刊登了美国警察放狗咬黑人示威者的照片，南非种族隔离恐怖警察也干过同样的事情，照片也刊登在报纸上。似乎美国人和他们的中央情报局很有操纵和控制欲，大事小事都想管。让我们对美国特别不满的是，谈了很长时间之后，美国政府拒绝资助我们的发展项目，而我们的总统认为这些项目对国家的进步至关重要。中国同意提供资金。苏联愿意提供武器贷款。德意志民主共和国愿意提供管理和科学技能培训。

于是，独立后的第一个十年刚过一半，我们就因为和敌对阵营眉来眼去被美国人抛弃了。与此同时，我们的总统皈依了社会主义，俨然成了一名社会主义理论家，自己搞了一套社会主义范式。他发表了演讲，颁布了法令，然后还著书立说，阐释社会主义将如何促进人类的发展。没关系。我们现在可以读到米哈伊尔·肖洛科夫的《静静的顿河》和安东·契诃夫的《短篇小说集》，他们的书都不贵，也可以去德意志民主共和国文化研究所看函套装的席勒作品（不外借）。当然，我们也可以索要《毛主席语录》和毛主席纪念章。

政府挑人去民主德国留学，我被挑中了，要去学牙科。好消息是教育部的一名官员亲口告诉我的。我和另外十几个人被叫去参加一个会议。德意志民主共和国大使馆也派一个人去参加那个会议，他满头银发，嘟着红嘴唇，很不屑的样子，会议开始前，他一脸不高兴，不耐烦，甚至有些暴躁，会议一开始，他却满脸堆笑。我们都是民主德国留学奖学金的申请人，那位教育部的官员告诉我们，申请人有好几百个，部长就选中了我们这些人。在我们当中，有些人将成为医生，有些会成为工程师，而我将成为一名牙医。宣布我要去学牙科的时候，我们所有人，包括我在内，都笑了。那个大使馆的官员立刻皱起眉头，然后坚定地向我点头，鼓励我。当牙医没有错。他们没有让我们表达过意向，所以，我们都在猜部长或者替他办事的人为我们选了什么方向，至于怎么选的倒是无所谓。刚听说让我去学牙医，我是有点受不了，但随着我们用未来的职业相互称呼，相互调侃，我就渐渐习惯了。然后，大使馆的官员给我们讲了后续的安排：先办证件，上路，到了那边先在语言学校学一年，然后再上专业课。他送上了德国人民兄弟般的祝福，并表示他们为两国建立友谊感到自豪和喜悦。

我妈妈不大赞成我去学牙科。我看得出来。我告诉她这个消息的时候，她露出了厌恶的表情。我告诉她，当牙医没什么错，但这样说不足以消除她的疑虑。她勉强笑了笑，看起来并没有被我说服。几天后，我被叫回教育部，这次是我一个人，上次和我们谈过话的那个官员告诉我，说发生了一个神秘的错误。部长谢赫·阿卜杜拉·哈尔凡是让我去攻读医学学位的，但不知道出了什么幺蛾子，我的名字居然列在了牙科下面。那位官员说起这个事情的时候，显得很困惑的样子，甚至有点怀疑里面有隐情。其实我们俩都心知肚明，我很感谢这位官员演得这么逼真。我妈妈是部长的情妇。据我所知，部长有两三个女人，甚至更多，而她是其中一个。他在政府里的权势越来越大，他应该是乐于在那些招之即来挥之即去的玩物面前展示他的男性权威的。不，我这样说她太刻薄了，我不知道她是怎么想的，怎么会走到这一步。反正，部长的公车会来接她，我爸爸把我们家的房子弄丢了之后，我们搬到了一处小房子，车子就在弄堂的尽头等着。然后，我妈妈不慌不忙，大大方方，就怕别人看不见，她脚步轻盈，就像一个漂亮的姑娘要去会情人。

毫无疑问，这种关系让我得以进入留学生名单，现在又把我的方向改了，让我去攻读医学学位。我对那位官员耸耸肩，说我想学牙科。他咧嘴一笑，说部长已经决定好了，有这种好事，我不应该再犟嘴。我说我真的想学牙科，这位官员当了许多年老师，最近才被调到部里，他默默地看了我很长一会儿，我想，他是很想说："你妈妈会不高兴的。"她没有不高兴，她也只是耸耸肩，说她觉得做看身体的医生比看牙齿的更光荣，毕竟把手指伸到人家的臭嘴里面去弄人家的牙齿不是那么体面的事情，但如果我固执己见，那就是我自己的事。

我告诉我爸爸说我要去民主德国学牙科的时候，他慢慢点了点头，然后接着看书。我爸爸现在心如止水。在争夺房子的过程中，他大彻大悟了。他再也不去果阿人的酒吧了，时间都用来忏悔、礼拜和学习。虔诚不是三言两语的事情，俗话说，一花独放不是春，一只燕子不成夏。他成了一名谢赫①，有时会带领教众做礼拜，一下班就读《古兰经》，晚上到清真寺研读关于法律和教义的书籍。干净的白衬衫和精

---

① 阿拉伯语中的一不常见尊称，意指"部落长老"、"伊斯兰教教长"、"智者"等。

心熨烫的棕色裤子也不见了，即使去上班，他也都穿着康祖长袍、圆筒帽子和凉鞋。我们的房子最终还是丢了，被迫在镇上的另一边租了一套两居室的房子，但这对他似乎没有什么影响。他一路走到我们以前住的地方，和他认识的人一起去清真寺，他对真主的热爱让这些人钦佩不已。他几乎没有在我们的新家待过，即使是在家的时候，他总是在做礼拜，不然就是在读书。和我妈妈说话的时候，他的眼睛总是看着别的地方，除非我主动去找他，否则他就不会和我说话。当我准备去民主德国的时候，他已经当上了伊玛目①，用高亢的歌声引领着大家做礼拜，以令人敬畏的流畅度主持葬礼，以不容置疑的权威就宗教和法律问题发表意见。如今，他存在的轴心仿佛已经转移了，他生活在一个和以前截然不同的空间里，那里面的响动，只有他能听到共鸣。所以，看到他点点头，然后回头又看他的书，我就明白了他的意思。去吧，随便，我也不在乎，如果你愿意，就去当共产党员吧。等到我和我的真主找到你的时候，你就知道怎么回事了。

在我出国的前一天下午，我爸爸叫我陪他去清真寺。那是一个美丽的傍晚，在明亮的灯光下，我们一起沿着小溪的防洪墙走着。他把胳膊轻轻地插进我的胳膊底下，显得和我挺亲热的。我爸爸个子小，穿着康祖长袍、戴着圆筒帽子，眼睛像往常一样低垂着，他的手臂一直轻轻地挽着我的手臂。此时，他看起来比往常更瘦小。我走在他身边，昂首挺胸，如果我们俩都低着头，别人会以为是两个哲学家在一起

––––––––––––––––––

① 清真寺内率领穆斯林做礼拜的人，也是对伊斯兰著名学者的尊称。

散步。我在想：他是不是想起了哈桑？到底是哈桑离家出走，还是丢了房子，让他抛弃杂念，变成了真主的传声筒？也许，我妈妈让他受了伤害而脾气暴躁，而如今他在吟唱真主的名字中找到了慰藉。不知道当他有力气说话的时候，他会对我说些什么。路上碰到的人们都恭恭敬敬地跟他打招呼，他则谦卑地答应着，此时的他就是真主的仆人和真主所造的人。

"你都准备好了吗？"他问我。

"好了。没什么好准备的。"我说。

他带我去了老房子，我们在房子前面站了一会儿。房子漆成了乳白色，窗户已经修好了，前面的台阶也重新浇筑过。从站的地方，顺着房子旁边的小路，我可以看到远处的大海，我以前就知道，每天这个时候，在后面的露台上就能吹到海风。"这是我们的房子。"我爸爸说，"是你的，我的，你妈妈的。"

"还有哈桑。"我说。他没有吭声。

"以前是你姑婆的，我父亲的妹妹，是她留给我的。"他等到哈桑的名字消失无踪之后说，"被那些人偷走了。我走后，只有这个房子能留给你。这是你的遗产。"

我本应该笑出来的，真的挺好笑的。净说鬼话。都是没影的事。简直是天方夜谭。这个虔诚的老家伙把我带到这里来，就是想要给我拉仇恨。"你是不是希望我永远不会忘记这个房子？爸爸，你是这个意思吗？你是不是叫我以后想办法把它拿回来？"

过了一会儿，他又把胳膊插进我的胳膊底下，转身要走的时候拉了我一把，让我跟上。我跟着，尽管我真实的想法是甩掉那只胳膊，离他而去。他想讲什么故事就讲，他自己去听吧，他再怎么渺小和失败都与我无关。他们把哈桑弄丢了我就受不了，况且，他们好像一点也不伤感。他带我去了清真寺，让我坐在他的身边，等着做昏礼。他是昏礼的主持。他面对着教众站着，接着，教众走到他的身后排成很长的一排，再接着，他转身走进米哈拉布，面向基卜拉开始做祷告①。祷告结束后，他半转过身，盘腿坐着，依次念了他要我们背诵的赞歌，这些赞歌赞美的是先知、他的同伴和他的家人。教众还在唱赞歌的时候，他探出身子，向我招手，让我过去他那边。他说："到了那个不信神明的地方，别忘了做礼拜。你明白吗？无论你做什么，都不要忘记真主，不要迷失方向。否则你会坠入黑暗。"

　　那也是我要继承的遗产。我想那就是他对我说的最后一句话。因为我不久之后就离开了清真寺，第二天早上我醒来的时候他已经去上班了，下午我就乘飞机去了柏林。她最后跟我说了什么？我记不得了，没什么值得记在心里的。她可能叫我检查一下护照是不是放好了，或者提醒我不要让他们骗了，叫我不要掉进德国人的圈套。这些话她已经说过好几次了，在去机场的出租车上说过一遍，在机场候机厅告别的时候，在我接受强制搜查和安检之前，她又说了一遍。她吸引了很多人的眼光，她的衣服散发着香气，沉香的香气，她

---

① 米哈拉布，清真寺内指示麦加圣堂方向的壁龛；基卜拉，即麦加供奉黑石的圣堂方向，穆斯林在礼拜时所需要朝向的方向。

的脸蛋很漂亮，表情很稳重。她给我一个飞吻，算是最后的告别。

我不知道我离开她之前跟她说了什么。我甚至不知道当她看着我离开的时候，我是否想到了她，或者想到她在想什么。我记得，当我通过安检进入乘客候机区的时候，我感到了一阵恐惧和焦虑，浑身在颤抖。不过，那是因为我第一次坐飞机，害怕我会做出一些出格、幼稚的事情来。我没有想到她，也没有想到那一刻会给我未来的生活蒙上多么长久的阴影。我没有想到我应该留意周围的一切，这样我以后就会记得出发前的最后时刻。我没有提醒自己要把那个时刻的影像和气息都藏起来，等到未来百无聊赖的时候，那些记忆就会浮现出来，和漂亮的妈妈离别的场景会让我莫名伤感，甚至浑身颤抖。

我们离别的时候是十月，德国那边已经开学两三个星期了。因为我是唯一一个学牙科的人，我被单独送到了一个城市，和其他人都不在一起。我们第一年都要学习德语，但学德语的地方距离以后学习专业的地方很近。我想这种安排有一定的道理，便于我熟悉那个地方，但我更乐意和其他人在一起，尤其是飞机降落后我们一起搭乘火车的途中，这种愿望尤其强烈。我去的那个城市叫诺伊施塔特，但我记不得第一次去那里的具体情形。一定是有人给了我一张票，把我送上了火车，一切都顺其自然。我倒是记得一些奇怪的事情：天下起了雨，雨水打在玻璃上，窗外可以看到泥泞的土地。我记得火车开得很快，好像很快，也很吵。外面的景色在不停变化，有时是暗绿色，有时是灰色的，有时满眼看去都是泥泞，有时则是很规整，但感觉总是阴沉沉的。车厢后面有一扇窗户开着，一股冰冷刺骨的风吹了进来。我甚至记不得我是怎么知道我应该在哪站下车的。有人到车站接我，但我记不得我们是怎么到达学校宿舍的，所以我们一定是开车去的。后来我了解到那个人是宿舍管理员，是一个中年人，不苟言笑，看着我们这些学生，好像是看到了一个不可理解的现象，这是他很不情愿但又不得不做的工作。他的行为并不出格，让人放心，很像我以前学校的管理员，相反，有些学生则在他的背后敬纳粹军礼，嘲笑他愁眉苦脸的样子，我很高兴认识了一种新流派。他有时开着一辆咆哮冒黑烟的货车，所以，他一定是开着那辆车去车站接我的。我敢肯定我们不是乘公共汽车回到宿舍的，因为我清楚地记得我第一次乘坐民主德国公共汽车的情形。

宿舍楼是一座现代化的长方形楼房，混凝土墙壁、玻璃窗、石棉屋顶，两个学生住一个小房间，房间里面没有暖气。过道很窄，拐弯抹角，所以，尽管从外面看这座楼房很壮观，但里面却很狭窄，令人窒息。一开始我很不习惯，我总觉得难以呼吸，躺在床上的时候非常恐慌，整天闻着腐臭的气味，好像有蔬菜腐烂了。宿舍的窗户从来没有打开过，因为整个宿舍楼的保暖效果都很差。如果有人在最偏远的角落打开一扇窗户，冷风就会灌进来，穿透每一道裂缝，大家会立即追查和惩罚开窗的罪人。这让我想起了《红与黑》里的一个瞬间，于连去公爵夫人的家里住，他几乎肯定会继承她的财产。夜里，他从卧室的窗户探出头去抽烟，可是，他没料到公爵夫人痛恨香烟的味道，他也没有料到，因为他的窗户是开着的，一股寒气穿透了房子的每一个缝隙，导致他被发现在抽烟，最终被驱逐并剥夺了继承权。抑或是《名利场》里的一个情节？无论如何，毫无疑问，在我们这个宿舍楼里，只要打开窗户，就肯定会被发现，所以，我们一直生活在混沌的空气之中，闻着臭味，好像有许多东西在里面腐烂。

我的室友是一个几内亚人，名叫阿里。宿舍楼里的所有学生都是外国人，都来自社会黑暗的国家。刚开始，阿里对我不屑一顾。不过那只是刚开始的事情，这是实话，也许他是想在我们俩之间建立等级秩序，分出高低尊卑。他英语说得很好，在我们成为好朋友之前，每当我向他寻求帮助的时候，他都讲英语，让我一头雾水。第一天傍晚，他坐在自己的床上，看着我打开行李，整理那些不值几个钱的东西。他笑着问东问西：你带巧克力了吗？有美元吗？这里是东欧。这里什么都没有。和非洲一样糟糕。你有没有想到要穿那种愚蠢的 T 恤？这里一直都很冷。你几岁了？十八岁！（我撒谎了。）你有和白人女孩交往过吗？你还在等什么？这里每顿晚餐都吃炖菜。里面的肉就是干肉丁，大家都不知道是什么肉，也许根本不是肉，可能是山羊肉，也可能是石棉。

我很快就习惯了他。对于他的不友好，我没有感到愤怒或者不安，实际上我对他很恭顺，总是笑着讨好他，渐渐地，他不再对我那么刻薄，虽然还会调侃我。我是别无选择。他看上去很坚强，很自信，他每一句嘲讽或者调侃的话，或者表明他见多识广的话，都让我敬畏不已。我和他住在一个房间里面，我希望他喜欢我。不是说要他把我当成一个兄弟，而是不要迫害我、跟踪我，不要让我觉得自己是个白痴。我当时没想这么多。而且，我已经发现大家都有朋友，而那些没有朋友的人总是战战兢兢。我不知道为什么我会因为讨好、顺从他感到不舒服。那是很明智的，尤其是因为当时并没有经过深思熟虑。也许这也是一种本能。也许我感觉阿里有些浮夸，他其实并没有那么强硬、那么刻薄。总之，几天过后，他就把我纳入了他的计划，开始探听我的来历。所以，也许我没有真正的选择，只能成为他的附庸。

　　宿舍楼里的所有学生都是男的，都是黑人，肤色深浅不同而已，都是非洲人：埃及人、埃塞俄比亚人、索马里人、刚果人、阿尔及利亚人、南非。那幢宛如墓窟的宿舍楼里面起码有一百多人，尽管看上去杂乱无章，但其中的先后和亲疏都是细致而精确的。我从未在这么吵闹、嬉戏和暴力的环境中生活过，起初，我虽然小心翼翼，但基本上都是在欣赏，没有质疑，没有惊讶。我长这么大，从来没有在家以外的地方睡过觉，从来没有在爸爸妈妈都不在身边的情况下睡觉。尽管他们之间的名堂很多，但他们都是在自己的床上睡觉的。离开家乡的时候，我并没有想到我再也不会和他们住在同一个屋檐下了。当时，我有一种非常迫切的愿望，就是希望永远不要再和他们住在同一个屋檐下，永远不要再见到他们，让他们自生自灭，他们爱怎么闹就怎么闹吧。现在想起来，我感到十分愧疚，但那确实是我的愿望，是我当时纯真的愿望。

我喜欢上课，那些课我都很喜欢。每天早上醒来，我都既兴奋又充满期待，然后想起来那是为什么。我们上课的教室在隔壁一幢比较小的楼房里，设备非常齐全，有练习室，课桌舒适，暖气很足。我们每天要在那里待很长时间，晚上还要加班。有时，我会一直待到教学楼关门，因为那里比宿舍里暖和多了。老师告诉我，我学德语很有天赋，我的口音已经很好了。所有的老师都是德国人，除了德语，他们只会说英语，许多学生都听不懂英语，所以大家经常一头雾水，还会因此而搞些恶作剧。我没有感觉老师们有多么喜欢我们这些学生。总的来说，我不认为我们是好学生。我们成天吵吵闹闹，总爱开玩笑。最奇怪的是，学生们显得比老师们更厉害，高出一等，好像老师们不知道的事情我们都知道，我们懂得许多有用而复杂的事情，而不仅仅会唱几首婚礼歌曲、会背一段铿锵有力的经文或者会吹口琴。我那时很好奇，到现在仍然很好奇，我们到底以为自己是谁？也许我们知道自己是别人手中的小棋子，被人家俘虏并送到那里去。我们是被关在那里的。或许，我们这样瞧不起老师，就像是囚犯在调戏狱卒，就差没有起义了。又或许，我们大多数人都是不爱学习的学生，不爱学习的学生对待老师总是这个样子。又或许，我们的老师太严厉，又鄙视我们，这让我们对他们产生了抵触。又或许，有一个老师告诉我们，我们那边的天气太热，我们吃的东西太辣，削弱了我们的动力，我们因此成了本能的囚徒，过于放纵自我。我们只有星期天不上课。

日常生活和陌生的环境让我筋疲力尽，除了去上课，我没有离开过宿舍，肯定是我到了那里两个星期后，我才在星期天的下午和阿里出去散步。诺伊施塔特是一座现代化的城市，一座新城市，一排排灰色和蓝色的房子排列成网格状，一排与一排之间的通道阴森森的，风很大。人行道上空荡荡的，大片的空地上也空无一人。房子的墙壁是用碎石砌的，窗户框架漆成了灰色或深蓝色，屋顶的颜色比较浅，电视天线林立。有一栋低矮的砖楼，墙上挂着三块招牌，表明它既是邮局，也是杂货店和蔬菜店，出入口低矮，黑洞洞的，看样子好像要通向地下，门口旁边放着空盒子。这幢砖楼还有两扇门，是金属框的玻璃门，用链条挂锁锁着。这里还是看不到人类生活的迹象，只有从一排排房子之间的缝隙隐约可以看到洗过在晾晒的衣服。

　　"今天是星期天，所以才这么空。"阿里指着一个公共汽车站说，"人们在这里只会睡大觉，他们平时在德累斯顿工作。不远。过几天，如果有钱坐车的话，我们就去一趟，在那里待一天。"

　　"我们距离德累斯顿很近吗？"我问，"我有个朋友在德累斯顿附近。"

　　"老乡吗？"

　　"德国人。"我说。

　　"你有德国的朋友？"阿里微笑着问，显然他不相信我的话，"你才来了两个星期，除了去上课和上厕所，你都没有走出过房间的门。"

　　"是笔友，"我说，"叫艾莱克。"

阿里吹着口哨，像是嘲笑我，也像是羡慕我。"你这个坏蛋，我们要尽快去找艾莱克。有照片吗？"

"没有带来。"我说。

说了她的名字之后，我觉得我可能把她出卖了，因为我一说出口，我就知道阿里会吹口哨，然后大谈和一个德国女孩交朋友的感受。我想，如果我给他看照片，他就会调侃她，对她的长相和着装指指点点，或者对着照片做一些猥亵的动作。说实话，我身边带了一张她的照片，和她的地址放在一起。我没有想到会离她这么近，我原来是想到了这里再给她写信，让她惊喜一下。以前，我故意不说我会去德国，尽管我有空就会想起她。我已经想好那封信的第一句话要怎么写。嘿，你猜怎么着，我来德国了！

我们学校发过一份通知，通知上留了她的姓名和地址，另外还有两三个人的姓名，说这些人是民主德国的学生，他们想找笔友。我随便写了一封信，原来纯粹是为了打发时间，没想到果真收到了一封热情洋溢的回信。她说她原以为会石沉大海，没想到会收到千里之外的来信。然后，在将近两年的时间里，我们来来回回写了一些客客气气、拉拉家常的信，不算很频繁，也没什么印象特别深刻的。这么多年过去了，我觉得没有哪一封信或者信里说到的哪一件事情让我记忆犹新，和阿里在一起的时候，我的记忆也不见得更加清晰。也许我们谈到了书，或者我们和朋友一起做过的事情。她寄给我一张黑白照片，那是一张集体照，六个人站成一排，都是女生，穿着大衣和漂亮的鞋子，好像是在郊游。"我是左边第二个。"她穿着一件豹纹大衣，浅色的头发梳了中分，左肩稍微向镜头倾斜，左脚比右脚靠前小半步。这是一个精心摆好的姿势，但她笑得很友好，也很调皮，让她显得很活泼，好像她知道她要模仿哪个摄影题材，心里早有准备。其他五个女生要么离镜头稍微远一些，要么直直地盯着镜头，要么一览无遗，要么躲躲闪闪。给她写信的时候，我想象她读信的时候也会那样笑。

相比其他笔友，我更喜欢读她的来信。没错，我还有其他几个笔友：克拉科夫的亚当、因弗内斯的海伦、巴士拉的法迪勒。也许是因为她的年龄和我最接近，或者是她写得好。亚当更喜欢出主意，而且，他认为拜伦好于济慈（而我更喜欢济慈），他给我寄来了他徒步旅行或攀岩的照片。我对一张照片的记忆特别深刻，他穿着短裤、靴子和短袖衬衫，坐在溪流边的石头上，旁边放着一个背包。他笑容可掬，充满睿智和自信，每当我看着这张照片时，我都会报以微笑。看着他的信，我仿佛能听到他不紧不慢地说着话，那是因为我们年龄有差距，他从一开始就像是我的一个大哥哥。说实话，他寄给我的信和照片，我无法具体形容。因弗内斯的海伦给我描绘了雪景，给我介绍最新的流行歌曲，她还从杂志和报纸上剪下来她最喜欢的明星的图片，随信寄给我。她让我给她描绘海滩和大海，问我在炎热的环境下生活是什么滋味。有时我根本不明白她在说什么，读完一段话再重新读一遍，还是不明白。她对济慈不感兴趣。法迪勒也对济慈不感兴趣，他的信抒情优美，主要是描绘巴士拉和介绍他的生活。他认为浪漫主义者软弱而虚伪，他说。他们所谓的理想主义和激进主义都是假的。他更喜欢惠特曼和伊克巴尔①的坦率。我在美国新闻处的图书馆读过惠特曼的诗歌，所以装腔作势地发表了一些看法，尽管我不是很喜欢《草叶集》，可能是我吹毛求疵吧。那时我更喜欢浪漫主义诗人。遗憾的是，我没有听说过伊克巴尔，这正好表明我们这些被殖民者的无知。我喜欢法迪勒的信，尽量都给他回信，也想写得让他喜欢，但我知道我做不到。他的语言清晰、庄重，读起来让人很愉悦，我写不出那样的文字，我很羡慕他，他怎么会写出如此完整和平衡的句子？艾莱克也不喜欢济慈，她很健谈，她说的事情都很有趣，虽然我发现她有点儿愤世嫉俗。她的信感觉都像是老朋友写的，我读着读着就笑了。

我不希望阿里跟男生宿舍的那些人一样起哄，拿她开玩笑，或者调侃我通过和她书信来往获得的快乐。我觉得我没有把她当成真实的人或者把她当成女人，尽管看着照片的时候，我都觉得她很漂亮。我从来没有想到过这些书信的背后有一只你可以抚摸的手或者一个你可以搂抱的身体。我只听到了一个声音，似乎看到了友好而调皮的微笑。这段记忆让我心里甜滋滋的。看着沉默的我，阿里也没有说什么。就在这时，我们看到一群小伙子颠着足球朝我们迎面而来。我感到阿里很紧张，我瞥了他一眼，看到他方方正正的脸上乌云密布，眼睛睁得浑圆，握紧拳头，准备迎战。如果我是那些小伙子中的一个，看到他粗壮的身体，会跑到街道的对面

---

① 伊克巴尔（1877—1938），印度诗人、哲学家，被公认为巴基斯坦之父。

去。但是，这些德国小伙子都很勇敢，走到我们跟前的时候，他们的笑容反而更加灿烂了，从我们身边走过去后，就开始笑出声来。有一个人说："非洲人！"然后大家都哈哈大笑起来。他们的大摇大摆和哄笑让"非洲人"这个词显得很丑陋。那本是漫不经心的嘲笑，但我们感到十分震惊，我们要渐渐适应，也许往后还有更坏的，我们必须赶快忘却被这些人蔑视和无视的心痛感觉。

后来，我们在黑暗中躺在床上，我们的床相隔只有几英寸。阿里说："那个女孩，你的笔友，是你来民主德国的初衷吗？"他说"民主德国"的腔调和我们的德语老师一样，一字一顿，听起来很厚重，但调侃的意味十足。

"哦，不，和她无关。"我很惊讶，赶紧笑着说。我是出于好奇，想出来开阔一下眼界。去哪里都可以，但我不是被迫背井离乡的。我就想离开家里。但我没有跟阿里这么说。我对他说："我来民主德国是为了学习，学习一项技能。学成就回家，我要回去帮助祖国的人民。"

阿里在黑暗中哈哈大笑。"你是少先队员吧？这就是你来这里的原因吗？我原本是不想来这里的。我想去法国，但只有兄弟社会主义国家肯给奖学金，要么来这里，要么就去苏联学开扫雪机。我想这里的学生都更希望去别的地方。"

我也有那个想法。我认为正因为如此，这些学生对待上课和老师才会那么放肆，因为他们不想留在这里。我们都希望置身于可口可乐和蓝色牛仔裤的世界，即使不仅仅是为了那些精致的快乐。我为什么来这里？是我妈妈叫我来的。有一天早上，我翻译完艾莱克写给她的一封信后，她就提出了这个问题。她说:"你要不要去那里? 我听说可以申请奖学金去那里留学。你去申请吧。"经过她几个星期的软磨硬泡,我果真去申请了。我想离开家里,去看看外面的世界。她帮我拿到民主德国留学的奖学金,不过,如果我可以选择的话,我更愿意去马萨诸塞。马萨诸塞,多美的名字啊!

"你呢? 你为什么要来这里?"我问阿里。

"我妈妈希望我来这里。"他说。

"我也是。"我说。我又惊讶地笑了。"为什么? 怎么了?"我们俩会心地笑了,我们的妈妈都很有手段。毫无疑问,我们俩都很想念妈妈,哈哈大笑的时候,我们的心里痛得很。

"因为她认为这里更安全。"阿里说。

我不记得那天晚上他跟我说了多少事情,但那是他第一次跟我谈这些事情。他说,他爸爸关在塞库·图雷的监狱里面,和许多知识分子一样。我记得他用了那个词。他爸爸在法国里昂当了十年的英语老师。阿里和他哥哥卡比尔都是在里昂出生的。1960 年,艾哈迈德·塞库·图雷,19 世纪抗击法国侵略者多年的萨莫里·图雷的曾孙,通过激烈的斗争,为几内亚赢得了独立。在祖国结束殖民历史之后,阿里的爸爸民族自豪感迸发,决定回到几内亚去。后来,热情变成了痛苦。谁知道他做了什么欠考虑的事情或者不小心说了什么话。塞库·图雷不能容忍哪怕是极其轻微的反叛,因为他遭遇过多次暗杀。像许多其他从国外回来的知识分子一样,阿里的爸爸被捕了。那是三年前的事情。他们不时向刚刚放出来的人或者在监狱里工作的人打听消息，得知他们的爸爸还活着。这些消息都是有偿的，虽然付的钱不多。然后，在他爸爸被捕两年后，他哥哥失踪了。一天晚上，他出去找一个工作上的朋友，但后来就再也没有回家。有人散布谣言说他逃跑了，跑到别的国家去了，当时许多人为了摆脱国家的迫害都跑了。但那是安全部门在抹黑他，他们想掩盖他所遭受的迫害。也许他被关进监狱了，但还活着，也许他已经被干掉了。他们打探不到他的消息。在这种情况下，阿里的妈妈劝他离开，去一个安全的地方，在科纳克里，他迟早要栽跟头。她说，如果她自己实在过不下去，她可以找亲戚帮忙，没有人会伤害像她这样没用的老太婆。于是，他申请了民主德国的政府奖学金，然后就跟我们大家聚在一起了。

是的，我们都聚到了一起，不过他还讲了许多事情，随着时间流逝，我已经记不大清楚了。他爸爸被捕后，他们搬到了奶奶的家里，也可能是外婆的家里，老太太跟他们讲了一些既神秘兮兮又充满智慧的故事，不知道为什么，这些故事给了他们很大的鼓舞，使他们不再那么焦虑，而是满怀理想。阿里谈到了十岁之前在里昂上学的学校，他在那里有几个好朋友，卡里姆、帕特里斯和安东（不知道为什么，他们的名字我记得很清楚），他也谈到了离开几内亚前几个月在科纳克里认识的一个女孩。他说科纳克里是个大港口，那里的雨季很长，雨下得很大。诸如此类，等等等等。我也不记得我跟他说了多少事情。我想我是很小心谨慎的，这是一种习惯。我不记得阿里对我说的事情有多大的兴趣，但我肯定我们聊得很热络，我们是透露了一些隐私的。不是说有什么事情非隐瞒不可，而是我现在觉得不好意思，我讲的那些事情都是我们家里的狗血剧，相比之下，他讲的则是他们所遭受的迫害和家破人亡的惨痛经历。我肯定我没有告诉他哈桑是怎么走的，尽管当他说到他哥哥在一个晚上失踪的时候，我告诉他我也有一个哥哥失踪了，不知道去了哪里。

在德国待了大约一个月后，我给艾莱克写了信，但没有回音。阿里笑我。他说，你在千里之外的时候，她对你有兴趣，而你来到了她的家门口，她反而不开心了。几个星期后，我又写了一封信，这次我很快就收到了回信，她非常客气地表示欢迎，并邀请我去她家做客，因为我说过想去看看她。无所谓。随便说说而已。

现在是隆冬季节，寒冷刺骨。过了新年，我们兑现了愿望，去了一趟德累斯顿，我买了暖和的衣服。我们在这座城市逛了一天。我们没有多少钱，也没有什么可买的，所以，我们一整天都在这座美丽的城市里闲逛，人们可能都盯着我们看，但我们不予理睬。我对德累斯顿一无所知，尽管这几个月来我一直住在它的郊外，坐公共汽车到市区只需二十分钟。对于德累斯顿在中世纪的辉煌，城市的富庶和精巧及其发达的工业和美丽的建筑，我都一无所知。我不了解萨克森选侯的伟大。我都没有听说过。我也不知道德累斯顿是易北河上的一个大港口。我甚至不知道有易北河。我没听说过1945年5月的大轰炸，或者它经历过什么恐怖事件，或者它给敌人造成了什么惨痛的灾难。我对纽芬兰的渔村、伦敦大火、克伦威尔、梅富根围城战役、奴隶贸易的废除等倒是略知一二，因为这是殖民教育的内容，但我对德累斯顿一无所知，对许许多多和德累斯顿情况差不多的城市也都一无所知。不管我知不知道，了不了解，它们都已经存在了几百甚至上千年，它们也对我一无所知，根本不在乎我的存在。这是一个令人震惊的念头，人太无知了，而且常常自以为是。

不过，阿里不像我那么无知。他带我参观了古城区，给我介绍每一幢建筑的名字，并描绘了1945年5月的空袭，说得栩栩如生，就好像他当时就在那里。我们去了茨温格宫博物馆，看到了拉斐尔的《西斯廷圣母》。这是我第一次去参观艺术博物馆，阿里走在前面，不慌不忙，而没有见过世面的我则一直跟着他。我们路过国家歌剧院，但歌剧院不让我们进去。一名武警把我们拒之门外，无论阿里怎么逗他，怎么求他，他都无动于衷。

第二天，我收到了艾莱克的一封信。来吧，来我们家做客！她还告诉我该坐哪路巴士，她会去哪里接我。整整一周，阿里一直纠缠着我，说如果我一个人去，我会迷路的，也有可能碰到德国暴徒，我和艾莱克见面的时候，我也可能需要他的帮助。"你年纪太小，"他说，"缺乏经验。还太嫩。碰到一个穿豹纹大衣的，你肯定需要有生活经验的人给你出谋划策。"我婉拒了他的好意，当然，我给他看了照片，豹纹大衣让他印象深刻。于是，星期天我坐巴士进了城，按她的指示在售票处等着。按原计划，艾莱克会去那里接我，然后我们一起坐巴士去她家，她家不远，她妈妈也很想见我一面。我希望见面的时候她不会拿出高人一等的姿态。我认识的许多德国人都显得高人一等。

我睁大眼睛寻找那件豹纹大衣，尽管我知道那张照片是至少两年前拍的，那件大衣可能不归她了，也可能已经旧了、褪色了，可能早就穿不上身了。我太专注于寻找豹纹大衣，没有注意不到一米远的地方有一个人，他首先和我搭讪。"我是艾莱克。"他说。

天啊！我不知道该怎么形容我当时的表情。我的下巴简直要掉了！也许我惊叫了一声。

"我的名字叫扬！"他说着伸出手来。他笑得很灿烂，尽管眼神里有一丝焦虑。如果阿里在现场，他会把那只手拍掉，然后掉头就走。艾莱克怎么了？这是她的男朋友吗？是来取笑我的吗？还是她哥哥？我握了他的手，他的笑容舒展开来，显然是纠结的心放松了。他说："我等会儿跟你解释。"

于是，我们从巴士车站走了一小段路，来到一个小公园，在长椅上坐下。我在等艾莱克的时候，我不会和一个叫做扬的人一起上巴士，即使这个扬的圆脸上笑容灿烂，也许，他自己也没有那么开心。他接下来的解释我姑且相信了，然后我和他一起上了车，去和他妈妈喝茶。艾莱克是不存在的，起码不是我想象的那样。一位嘉宾来到他们学校做演讲，谈到民主德国在非洲开展的工作。他是一个当地人，是市教育局的官员，在一个非洲国家当了一年的志愿者顾问，刚刚回来。那就是我们国家。他兴高采烈地谈到了民主德国在那里开展的重要工作，说德国的年轻人积极和非洲青年交流，双方结下了兄弟般的友谊。他写下了我们学校的地址，并鼓励学生们写信给校长，留下自己的名字，可能有人会和他们交笔友。于是，扬心血来潮杜撰了艾莱克这个名字，没料到居然有人给他写了信，他以为那个演讲嘉宾所谓的兄弟友谊纯属扯淡。我的信寄到他家的时候，他欣喜若狂，简直不知所措。他妈妈读了那封信，也很激动。他给我的回信写完后，叫他妈妈帮忙把关，看看语气是否恰当，因为他害怕读起来不像是艾莱克说的话。就这样，他妈妈成了他的同谋。扬寄给我的每一封信都会让她事先读过，有时她还会添加一些东西。我写给艾莱克的信她也都读过。

"只是为了好玩。"扬不好意思地笑着说，"希望你不要生气。"他比我高一英寸左右，可能比我大一岁。没什么大不了的。他说话没有想象中的艾莱克那么利落。

"你给我寄了一张照片，"我说，"那件豹纹大衣。"

我向他索要一张照片，他不知道该怎么办。自从收到我的第一封信，他就一直在考虑这件事。他该怎么圆呢？后来有一天，捷克斯洛伐克的一个表兄弟寄了那张集体照给他妈妈。他妈妈那边的亲戚以前都住在捷克斯洛伐克。那张照片刚刚好。他觉得他心目中的艾莱克就应该长那个样子。我知道他的意思，我对他说，那也是艾莱克在我心目中的样子。然后，我建议我们赶快去坐巴士。我问他，我到了民主德国后就给他写信，他为什么不回信？他沮丧地耸耸肩，我知道他那是什么意思。"我不想让你生气，"他说，"你来了之后见不到艾莱克，见到的是我，肯定会不高兴。但是，我觉得不回信不礼貌，显得很不友好。所以，我们决定邀请你来，我们当面说清楚。终于见到了你，我非常高兴。"

我们再次握了握手，路上，我们接着聊了一些无伤大雅的事情。那个学校怎么样？你觉得德累斯顿怎么样？你上过几年的语言课？我得知他是工业大学的学生，专业是汽车设计。"也许，你学完语言课程后可以申请去上这个大学。"他们住在一栋旧高层大楼里，他们家在一楼。楼梯井很肮脏，布满灰尘，电线一卷一卷地从天花板上垂下来。扬轻轻敲了敲门，过了一会儿，一位白发苍苍的老太太打开了门。她又高又瘦，脸型棱角分明，年轻的时候应该很漂亮。她长着一对棕色的大眼睛，目光很平静，或者也许已经焦虑和紧张过了。她稍微歪着头，笑了笑，这是表示欢迎的姿态。她示意让我进去，然后伸出手。我在门口的垫子上擦了擦脚，擦脚的时候我往下看，发现垫子上有血迹。扬的妈妈也看到了血迹，因为我听到她轻轻叫了一声。

　　有东西划破了我的鞋底，然后划破了我的脚，我自己却没有发现。这双鞋是我随身带来的，轻便，但鞋底薄，为了透气，鞋脸缝得不是很紧，那是在热带街道散步的鞋子，我出国的时候正流行。这种鞋在德国不好用，适应不了湿冷的天气，在湿滑的路面上走也很危险。穿着这种鞋在外面走路很痛苦，我的脚越来越麻木，最终完全失去了知觉。我回到屋里脚开始热起来的时候也很痛苦。我的袜子也很薄，那是一双很旧的热天穿的袜子。我平时穿很合脚的小拖鞋，不可能穿厚袜子。如果下雨，雨水会穿透进去，走路的时候会打滑，一边走，一边咯吱咯吱地叫。第一次在雪地里走路的时候，我刚走了一步就滑倒，一屁股坐到地上。然后走一步摔一次，每次都是屁股坐到地上。后来，我学会了在雪地上行走，样子就像刚学芭蕾舞的人，我也懂得最好不要到雪地上行走。可以待在房间里面，透过窗户看。几天前，阿里和我去了德累斯顿一趟，那一次我想过要换鞋，但没有换成，因为他认为我会冻伤，到时就不得不截肢，也因为我脱下鞋子的时候，那种气味他忍受不了。他说："可能已经太晚了。"可是，我们在德累斯顿没有找到鞋子，我们也没有时间去找鞋子。我们一直在穿街过巷，阿里一直在指着美丽的建筑物给我看，一边给我讲这些建筑物的故事。他说瓦格纳喜欢德累斯顿国家歌剧院，席勒在这条街上住了一段时间。席勒，我在民主德国文化研究所读过的诗人哲学家席勒！阿里的介绍让他变得很真实，而不是一个传说中的历史人物。我的脚越走越麻木，截肢的可能性越来越大。

我站在扬的妈妈家的门外，看着脚上的血流到垫子上。我的脚麻木了，没有发现被划破了一道口子。她走上前，拉住我的手，拽着我进屋。扬跟在后面，嘴里叽里咕噜，大概是说一些不好意思的话，尽管当时一通慌乱，但我注意到他锁上了门，然后把门闩也插上了。扬的妈妈让我坐在沙发上，她非常心疼我，脸都变形了。她向四周张望，想找东西给我垫脚，窗户下面有一小堆旧报纸，她去拿了一张。窗户的两边都有书架，厚厚的红色窗帘刚好垂到书架的上方。一个书架上放着两张照片，照片装在木头相框里，一张是一个穿着运动衫的男人，身后远处可以看到山脉，另一张是一个高个子女人，她穿着宽松的长裙，有一个穿着短裤的男孩站在她旁边的椅子上，下巴顶在她的右肩上，半边脸对着镜头。壁炉的另一边也有一个书架，旁边有一把棕色的旧椅子。后面是一张桌子，桌上一角堆着报纸和一小摞杂志。壁炉架上方的墙上有一块颜色深浅不一样的地方，显然那里原来挂过一幅画。我环顾房间四周，我看到另外还有两个一样的地方，画都摘下来拿走了。

扬拿了一块破布和一个盆回来，那个盆是玻璃盆，很大、很漂亮，上面刻着网格图案，盆口花纹是半抛物线形的钝齿。他把盆放在他妈妈的身边，他妈妈跪在我面前的地板上。扬说："不好意思，我们怠慢你了，这样的欢迎场面实在很糟糕。"他妈妈低声嘀咕着，小心翼翼地解开了我左脚的鞋带。她抬起我的脚帮我脱鞋的时候，那张报纸被带了起来，报纸被血粘住了。扬的妈妈把报纸撕下来，然后慢慢把鞋脱了下来。然后，扬托着我的腿，她双手脱下我的袜子，看到里面一塌糊涂，她啧啧不已。她把破布撕成三四片，拿一片放进碗里浸水，开始清洗我的脚掌。水很冷，但我感觉很舒服。过了一会儿，她说："里面没什么，我看没什么问题。"然后，她拿了一片干净的破布放到盆里，拧干后帮我擦脚，脚趾中间、脚背和脚后跟都擦到了。她又拿一片破布撕成条，给我包扎伤口，然后她微笑着，屁股坐在脚后跟上。

她说："我想我会认识你的，虽然我没想到会是你。"

我不明白她是什么意思，当时我肯定是皱了皱眉头，但我确实领会到了一些东西，她表达了一个愿望，而我帮她实现了这个愿望，方式很令人惊讶，她希望得到某样东西，结果那样东西就是我。我想我会认识你的，虽然我没想到会是你。这句话虽然听起来有些奇怪，但也算合情合理。如果有一个医生，或者是你乘坐的飞机的飞行员对你说了这些话，你听了之后肯定会出冷汗，但是，如果是一个曾经很漂亮的德国老太太在帮你清洗完伤口后、蹲在你面前的地板上跟你说这些话，而且她的表情很平静，整个氛围很轻松，你会觉得这里面有大道理。我相信是这样的，你会感觉故事刚刚要开始。反正，我就是那样想的。

"要我帮忙吗？"扬问。他伸出去一只手，想扶她起来。

"好吧。"她握住他的手，站了起来，然后，她对他笑笑，算是表示感谢。似乎她做的每一件事都经过深思熟虑，从容不迫。我猜想，无论发生什么事情，她都会露出同样的微笑，波澜不惊。"你还记得吗？奥德修斯漂泊二十年后回到家，并没有告诉大家他是谁，他的妻子佩内洛普也不认识他。你还记得吗？是一个老太太认出了他，好像叫做欧律丽塔吧，因为她帮他洗脚，对他去她家里表示欢迎。他还是个婴儿的时候，她就是他的奶妈。你还记得吗？许多故事都是这样的，每一位伟大的英雄或王子都是由奶妈辛辛苦苦喂养大的，然后，她就被人家忘却了，虽然还坐在皇家壁炉旁边，守着里面的灰烬。欧律丽塔认出了奥德修斯脚上的伤疤，她知道主子回来了。你回信给我们说要来的时候，我在想我们是不是也会认得你。"

那时，我不太了解奥德修斯回家的故事，没读过荷马的《伊利亚特》或《奥德赛》，只是看了《杰逊王子战群妖》、《解放了的大力神》和《木马屠城记》几部电影了解一些。我不喜欢电影里面的那个奥德修斯。希腊人打造木马靠欺骗的手段进入特洛伊城，那不就是他的点子吗？他造成了生灵涂炭，不知多少人被杀害、致残，不知多少妇女被奸淫，他们最后还放火烧了整座城市。我很同情特洛伊人。但是，她的笑容越来越灿烂，她好像很欣赏他的"伟大创意"。我瞥了扬一眼，发现他也笑得很灿烂。扬侧身向着书架，好像随时会伸出手去拿书，给我们大声朗读那段描写。接着，他果真拿出来一本书，手指在目录上滑动，而他妈妈则等着他找到那个部分。

"那个奶妈叫做欧律克勒亚。"扬终于找到了，然后不慌不忙地说，接着他读了一句话："'老妇人抓住他的脚，在她的手心，摸到那道伤疤，认出它的来历，松脱双手，脚丫掉入水里，撞响铜盆，使其倾向一边，泻水溅淌在地上。'"

"对，对，就是她，"她说，"没错，她叫做欧律克勒亚。那个老妇人一直躲在佩内洛普的花园里面。对那一段，奥尔巴赫做过精彩的阐释。你看过奥尔巴赫的评论吗？好吧，我借给你看看。德语书你看得懂吗？"我说："还不行。稍微难一点的就看不懂。"她做了一个表示同情的表情。"好吧，等到你看得懂，我就借给你。"她说。她英语说得很流利，但我觉得她的尾音很怪。他们把破布和盆收拾掉，然后给我端来了一杯咖啡。她问："你为什么要来这里？是什么让你离开你们美丽的祖国，让你背井离乡来到这里？收到你的来信后，我们都很难过。你住在海边，自由自在，沐浴着温暖的阳光，多开心啊！我总是替你感到高兴。在这里，一些小事情都会让我们担惊受怕。不过，人还是安全的。你看看，我就说了这几句话，扬已经在替我担心了，怕你告发我们。"

"没有啊……"扬心不在焉地说。他正拿着他的一只鞋，和我那只血迹斑斑的鞋比大小。我没有觉得他在担惊受怕，只是有可能发现我的脚特别大，被吓了一跳。我猜想他们看了我过去写的那些信，而我每一封信都写得很优美，所以他以为我住在海边自由自在，不用受冻，当然，我也想象不到他们的生活环境是这个样子的。我绝对想象不到，甚至不知道世界上有这样的地方，我只是仿佛听到一个声音从豹纹大衣里传出来，好像还看到了一张笑脸。

"你发现扬就是艾莱克的时候，是不是非常生气？"她舒舒服服地坐在椅子上，身体后仰，微笑着问我。她肯定是相信我不会生气。"你很失望吗？"

"刚开始有点。"我一边说一边小口喝着咖啡，咖啡很苦，但我忍着不做苦相。我的那只伤脚在抽动，可能是有一阵阵疼痛，也可能是刚才人家帮我洗干净了，或者是听了古代英勇而残酷的故事，受到了心理冲击。我不应该去医院打针吗？要是感染了呢？

"艾莱克是我的名字，"她说，"这是真的。扬懒得想别的名字。他冒了我的名，但你可以说见到了艾莱克，这个名字是真的。"

"那个穿豹纹大衣的女人，她的真名叫什么？"我问，"是你们捷克斯洛伐克的亲戚吧？扬说你的娘家在那里。"

她说："她的名字叫碧翠斯，古时候有个女巫叫做碧翠斯，是黑暗中的领袖。没错，我的娘家在那边。以前是莫斯特附近的大地主，其实不是在城市附近，而是在不远的一个村庄附近。莫斯特过了边境就到了。你应该和扬一起去看看，他已经好几年没去了。"

"我刚到不久，他们就收了我的护照。"我说。这件事一直让我很担心。他们为什么这样？是不是以为我会跑？怕我跑去莫斯特吗？我刚住进宿舍，办公室里的一个女人就来把我的护照拿走，给了我一张身份证。我刚到这里他们就这么不相信我，这让我很紧张，但我胆子小，吓坏了，不敢反抗。

"我小时候，莫斯特是奥地利的，"艾莱克说，"那是很久以前的事了。"她瞥了扬一眼，朝他苦笑了一下。"这种话他已经听过很多次了，听到我又要讲，他就很难受。"

"跟他讲讲那时候的故事吧，妈妈。"扬使劲点着头。你每次讲这个故事都不一样，所以我是百听不厌啊。讲吧，妈妈。"

"哦，不要了，别让我们的新朋友第一次来就觉得烦，"艾莱克笑嘻嘻地对扬说，"不过，你说的情况属实。我讲的故事每次都有所不同，随心所欲吧。"

"我很想听听那个故事。"我说。我觉得出于礼貌，我别无选择，而且，他们俩的"交锋"很激烈，让我兴趣盎然。

"好吧。我们在那里有一栋大房子，有个很漂亮的花园，"艾莱克说，"那个花园简直是一个公园，有一条小溪穿过树林，然后流入一个小湖。园子里有草坪和花坛，花坛上总是鲜花盛开。还有美丽的果园，春天开花，到了夏末秋初硕果累累，让人很有成就感。有一片深紫色的杜鹃花林，颜色非常深，好像是从植物里头提炼出来的汁液。园子里还有一条马车道，我们家有一个马车夫，有男仆，有马厩，有马匹和马夫，还养了一大群仆人和他们的家眷，他们个个都有事情干。车道两侧栽了各种各样的树木。我们家的祖先很喜欢树木。有一棵树来自克什米尔，是克什米尔柏树，已经有两百年的历史，老干虬枝，生命力十分强大。小时候，我们都觉得那棵树与众不同，特别有趣。"

艾莱克沉默了一会儿后说："这些东西都不复存在，只剩下记忆了。"沉默的时候，她看着我们，先看看一个，再看看另一个，同时喝了一口咖啡，那咖啡又黑又苦，但她没有皱一下眉头。她接着说："我可能记得不那么仔细。我记得每个房间里都有美丽的鲜花，即使是在冬天。现在一想起那些鲜花，我的灵魂就充满渴望，我也不知道是在渴望什么。我也经常想起那些仆人，他们许多人都干脏活累活，我们都不愿意干那种活，他们的生活都很苦，一贫如洗。那是在大战前。这场战争太可怕了，给很多人带来了灭顶之灾。奥地利先输了一场战争，然后又输了下一场，输光了老底。"

我发现，说起那些事情她就很失落，扬的情绪也不高，但我很想听她接着讲下去。他们是怎么从那边跑到这里来的？我看了一眼架子上的两张照片。"那个是扬吗？"我问。

"不，不是。"她笑着说，"我每天都能看到扬，为什么还要在架子上放他的照片？那是我妈妈和弟弟，左边那张是我爸爸。两张照片都是在我们去肯尼亚之前拍的,我们去了一趟喀尔巴阡山,算是和奥地利告别。"

"肯尼亚!"我几乎惊叫起来。怪不得他们说英语。我本来也想说"喀尔巴阡山",这是一个很阳刚的名称,不像马萨诸塞那么阴柔,但总觉得很神秘。"你们去定居吗?"

她皱了一下眉头。"是的,去定居。"

"为什么去肯尼亚?"

她停顿了一会儿才回答。当她又开口说话的时候,我看到她始终皱着眉头,全神贯注。"我觉得没有人这样问过我这个问题。你并不是问为什么去肯尼亚而不是别的地方。因为不管是去肯尼亚还是其他任何地方都没有区别。我们是欧洲人。在这个世界上,我们想去哪里都可以。所以,你应该是想说我们为什么去占人家的地方,还把人家的东西占为己有,靠欺骗和武力发家致富。那些东西本来就不是自己的,为什么要去把人家搞得家破人亡、非死即伤?你不是这个意思吗?嗯,因为在我们那个时代,我们有各种特权,黑皮肤和卷发的人世代居住的地方,我们是可以占为己有的。这就是所谓的殖民主义,大家都说我们想去哪里都可以去,不用太在意方式方法。我爸爸妈妈在恩贡山买地种咖啡。当地人很温顺,劳动力成本低廉。我爸爸妈妈没问过这种局面是怎么形成的,也没有人叫他们去问,反正,我们住在那里的时候,这种情况是司空见惯的。你知道恩贡山吗?你去过内罗毕吗?"

"不知道,我什么都不知道,"我说,"我哪里都没去过。"

"你去过德累斯顿。"扬笑着说。

"是啊,这个问题看似很简单。'为什么去肯尼亚?'"艾莱克没有理睬我们,而是继续讲她的故事,给我们上课。"我们要远离欧洲,远离战争。我爸爸妈妈不想再留在奥地利了,所以,他们卖了庄园,在恩贡山买了一个农场。那是1919年,我们在那里一直住到1938年,期间我们做了一些大事情,感觉收获满满。我们去了许多地方,学到了许多东西,尽管我知道我们还有许多需要学习的。久而久之,我们越来越觉得那些事情没那么大,收获也没那么多。"

扬说:"我妈妈写了一本回忆录,回顾在肯尼亚的生活。用德语写的。写得很优美。"

"纯粹是自欺欺人的怀旧。"艾莱克说。她微笑着挥手让扬别插嘴。"如果是现在写,我也会讲一些恐怖的故事,这样会让大家都不开心,我就变成了一个无趣的老太太。你知道为什么我们在大战即将爆发的时候离开肯尼亚前往德国吗?因为当局警告我们,一旦爆发战争,我们就会被抓起来,而且,过了那些年,我爸爸妈妈又觉得作为奥地利人是很光荣的事情。当然,他们所认识的奥地利已经不存在了。他们原来生活的地方已经归了捷克斯洛伐克,而奥地利的其他地方都并入了德国。但是,他们仍然回到了强盗式贵族的领地,宁愿看着他们戴着大盖帽、穿着镶金带银的制服,不可一世,耀武扬威,也不愿意留在肯尼亚被英国人关起来。我们大家都想走,不想被人家关起来,不想承受那种屈辱,更不希望被那些黑鬼嘲笑。原谅我,我们当时就是这么说的。如果你认为我们不值得原谅,你不原谅也没问题。但我们当时就是这样说的，我现在模仿当时的说法，并不是故意要骂你们，只是想让你了解我们当时的自怜和自大。我爸爸喜欢说，说我们比土著人优越，要他们同意才行。欧洲人都必须小心翼翼，不能逾越这条细线，否则我们会失去对于本地人的神秘道德权威，然后我们就不得不使用武力，靠谋杀和折磨他们来重新获取他们的敬畏。可怜的爸爸，他认为我们的权威并非来自酷刑和谋杀，所谓的酷刑和谋杀，都是莫须有的。他认为我们的权威很神秘，权威的来源很神秘，我们很有正义感，我们的行为很温和，因为我们都读过黑格尔和席勒的著作，我们也都去教堂参加弥撒，这应该就是我们的权威来源。别提什么排斥和驱逐，别提什么肆无忌惮的判决，也别提什么军队和监狱了。当地人之所以害怕我们，是因为我们拥有道德权威。好吧，我们很快就会有这样的权威，我们会逐渐明白，哲学和诗歌会让这个谜一样的权威变得更强大，而不会削弱我们的权威。但我们不能留在肯尼亚，不能让黑鬼嘲笑我们。所以，欧洲终究是我爸爸妈妈的归宿，我们躲不开欧洲的战争，我们来到了德累斯顿，一直住在这个家里。这里离我们的老家不远。哦，亲爱的，从现在开始，情况会每况愈下，我不想再给你讲那些无聊的故事了。你只想听碧翠斯的故事，真的，但我一讲到这些事情，似乎就停不下来。这是老年人的自大心理在作怪。"

"我问的是照片。"我说。我本是想让他们宽心的，但我的声音绵软无力，甚至有点怒气。我想是因为脚底受伤了，所以在发烧，而且，天黑了，屋里冷极了。

"谢谢！"她用斯瓦希里语说了这两个字，然后笑了起来。"我还记得一些词。亲爱的朋友，我们该叫你什么呢？我们可以叫你伊斯梅尔吗？你的朋友们是这么叫你的吗？"

"叫我拉蒂夫吧。"我说。我在飞机上就已经想好了。我不会用别人给我起的名字，我要用拉蒂夫这个名字，因为这个名字比较温和，是真主的名字之一，我对这个名字充满敬意，我用这个名字，丝毫没有冒犯或亵渎的意思。我原本的名字是伊斯梅尔·赖哲卜·舍尔邦·马哈茂德。这是我证件上的名字，这一串名字里面分别是我自己的名字，我爸爸的名字，我爷爷的名字，我曾爷爷的名字。在飞机上，空姐一开始叫我马哈茂德先生，民主德国的官员也这么称呼我，我没有机会跟他们争辩，我应该跟他们说清楚我是哪里人，应该叫我伊斯梅尔·赖哲卜，前面是我的名字，后面是我爸爸的名字。我想算了，没什么好争的。出于对温和品性的向往，我决定给自己另外取一个名字，从那时起叫拉蒂夫。就是这样。从那时起，我既是伊斯梅尔·马哈茂德，也是拉蒂夫，我的朋友们都叫我拉蒂夫。阿里就叫我拉蒂夫，在宿舍里大家都叫我拉蒂夫，扬和艾莱克也可以叫我拉蒂夫。"伊斯梅尔是我的正式名字。我的朋友们都叫我拉蒂夫。"我说。

"你瞧瞧。"艾莱克笑着说。她的眼睛里闪烁着喜悦的光芒。"艾莱克变成了扬，伊斯梅尔变成了拉蒂夫，不过，即使换了名字，也依然芬芳。"我知道最后那句话是从《罗密欧和朱丽叶》里来的，哈哈哈地笑了笑，让她知道我领会了她的意思。"拉蒂夫，我想你这只脚伤了，今晚是回不去宿舍了，我们还得帮你把那双单薄的鞋子洗干净补好。你必须弄一双好一点的鞋子，我觉得。你就在我们家凑合一晚吧，明天扬陪你回宿舍。他明天会把一切都解释清楚。我们现在吃点东西吧。"

我看到扬的脸上出现了惊慌的表情，然后他摇了摇头。"不，妈妈，拉蒂夫最好今晚就回宿舍。我陪他一起去。要是他不在，会出大问题的。他们对外国学生的管理非常严格，不能在外面过夜。之后我们也会有问题。我和他一起回去，一定要确保没事。他可以另找一个周末再来。"

我告诉阿里说所谓的"艾莱克"其实是个男人的时候，他很愤慨。更确切地说，艾莱克是给我写信并自称"艾莱克"的那个人的妈妈。阿里说："这些德国人找乐子的方式真是古怪。躲他们远点。说不定他们有套子等着你钻。"

我没有躲。第一次要再去德累斯顿看他们的时候，阿里瞪着我，气呼呼的，好像是我背叛了他。我的脚已经痊愈了，但那是个寒冷的二月天，待在宿舍里面，我的脚都感到麻木、僵硬。阿里拿了一双鞋让我穿穿看，结果穿着正合脚，他却失望地皱起了眉头。"跟我一起去吧，"我说，"我敢肯定，他们也想见见你。"但他做了个鬼脸，摇了摇头。他说："我不想和他们有什么瓜葛，他们爱怎么玩就怎么玩。你自己也要当心，千万别弄出什么事让当局逮住。我觉得他们不是省油的灯。"

除了我，巴士上只有一个乘客，一个身材矮小、皮肤黝黑的男人，后仰靠在椅背上。他盯着我看了大约五分钟，目不转睛。他穿着一件又黑又厚的工装外套，肩膀耸到了耳朵上方，双臂张开，放在座位扶手上，坐得稳稳当当。我看着窗外，心里很感激阿里给了这双鞋子，尽管鞋子太紧了，夹得脚趾有点疼。看样子就要下雪了。我回头往巴士的后面看，发现那人清澈的眼睛在注视着我，好像要揭开一个奥秘。他留着毛茸茸的大胡子，有些花白，当我瞥了他一眼，他的胡子微微抽动了一下，他好像有些紧张。我从后视镜里看到了司机的眼睛，我觉得他可能觉得挺好玩的。过了五分钟，那个人哼了一声，眼睛转向正前方。过了一会儿，他开始哼起一首曲子，然后轻轻地唱起来，他好像在笑，但没有发出声音，只是肩膀在不停起伏。我又看到了司机的眼睛，他好像也在笑。我不知道他们在笑什么。巴士过河之后，太阳就冒出来了，一轮低悬的太阳把水面照成了一片波纹状的铅块，河的两边泊着不少船只，灌木丛和连着码头的缆索影影绰绰，就像船只的巢穴。

关于第二次去扬和艾莱克家做客的情形，我记得不是很清楚，在我的记忆中，那次和后来几次融为一体，在我的印象中，他们的热情好客给了我快乐，虽然只是普通的饭菜，但都很有仪式感，餐具很精致，很漂亮，虽然有些已经褪色，但都透着优雅。我记得他们对待每一个问题都很严肃，好像都是在考验他们的诚信，好像他们都在提防故事被篡改，变成英雄的故事。我对他们的自信和笃定感到惊讶，我怀疑那是不是艾莱克所谓的自怜和自大，她说她爸爸妈妈在肯尼亚时既自怜又自大，我想也许还有其他原因吧，比如他们对某些思想的价值深信不疑，认定那是无可争议的。我现在应该更能理解他们对思想的执著和热情，那些不会被完全摧毁，即使是经历了龌龊的殖民主义、残酷的纳粹战争和惨无人道的犹太人大屠杀，而且，民主德国的专制和倒退也不能动摇他们对思想的执著追求。当时我知之甚少，在德累斯顿那套三居室公寓里，他们在简朴条件下的礼仪，让我觉得既古怪，又很有魅力。艾莱克说："我们的生活顺其自然走到这一步。先是让我们朝那里去，接着又掉头到这里来。"她所没有说明的是，经历了这么多曲折，他们始终抓住一些有意义的东西。

最重要的是，在我的记忆中，我去他们家做客的情形与艾莱克讲的故事和后来扬讲的故事融合在一起，我回想起来都是他们讲的故事。当他们来到德累斯顿的那年，艾莱克二十八岁，刚来就住在这里，他们家有一整幢房子，不像现在只有三个房间。她爸爸妈妈是带着很多钱回来的。艾莱克非常想念肯尼亚，那里有个人让她念念不忘。她笑着对扬说，他的名字叫丹尼尔，如果他叫她留下，她就会留下来。"那样的话，我就不会有扬这个儿子了，那有什么意义呢？"正是在那个充满渴望和躁动的时候，她开始撰写肯尼亚生活的回忆录。她爸爸妈妈积极鼓励她写，甚至还有些迫切。他们也想念肯尼亚，德国的情况让他们非常震惊。

她来不及写完回忆录，1938年8月，德国人吞并了苏台德地区，然后危机接踵而至，直到大战爆发。艾莱克没有对这场战争发表评论，只是摇了摇头，然后把目光移开，看着别的地方。她弟弟约瑟夫在北非被杀害，她爸爸在1945年恐怖的大轰炸前去世。他倒在街上，被陌生人扶回家。然后是1949年民主国成立。那一年，她妈妈去世，他们家的房子也被没收了，她认识了扬的爸爸康拉德。

"他把这套公寓弄来给我们住。他现在是一个大官，但当时还只是一个数学老师，在党内很活跃，"艾莱克说，"他是一个好人，但缺乏耐心，很浮躁。他想要的东西我给不了。也许他对我们这个社会更了解。"

"捷克斯洛伐克那边怎么了？"我问。

艾莱克说："战后，他们都被驱逐了。德国人在很多地方都遭到驱逐，苏台德，西里西亚，东普鲁士等。几百万人。德累斯顿只剩下残垣断壁，成千上万的难民在废墟上挣扎求生。正因为我们贪得无厌，破坏欲望强烈，造成到处荒芜、满目疮痍。"

"碧翠斯呢？"我问。

"她爷爷是捷克人。"艾莱克笑着说。她替她感到庆幸。

她说我们应该去那里看看，扬和我。我们的旅行计划就是这样展开的。我们坐巴士先去莫斯特，然后继续前进，到了布拉格、布拉迪斯拉发、布达佩斯，接着去萨格勒布，一路上景色非常漂亮，最后焦急地坐火车去奥地利的格拉茨。在我们出发之前，我就知道扬准备出逃，我之所以和他一起走，是因为他是我的朋友，也因为我年轻不懂事，我去了哪里或者发生了什么都无所谓。我们的路费都是他和艾莱克攒下来的。到了德国边境，我们自称是民主德国的难民，然后我们被遣送到了慕尼黑，在慕尼黑，我们在一家安全的招待所住了三个星期，扬想起艾莱克就感到伤心和内疚。我告诉讯问我的移民官员说我想去英国，他笑了笑，然后给我安排一次性生活补贴，够我买去汉堡的火车票。我和扬在慕尼黑火车站告别，之后再也没有见过面，也没有联系过。扬说："我拉上你一起冒险，希望不至于毁了你的生活。"我甚至没有事先和阿里告别，害怕他会劝阻我，有时我会想他在哪里、在做什么。1984年，塞库·图雷去世，孔戴领导的新政府打开监狱，我想到了他。不知道他爸爸是不是幸存了下来，熬过了黑暗地牢里面的饥饿和折磨，摇摇晃晃地走出来，在刺眼的阳光下面对另一种混乱局面，惊呆了，不知所措。在那年夏天三个月里，我几乎走遍了整个中欧，绕着一个大圈子，只是很遗憾没有去保加利亚。

我到达英国的时候是从普利茅斯上岸的，感觉好像环游了全世界的海洋。我和船员们一起下船，和他们一起悠哉游哉地穿过大门。没有人骚扰我，也没有人让我报名字。我在镇上走了好几个小时，迄今为止的流浪经历让我难以置信，而一直以来的幸运让我满怀感激。似乎没有人那么担心我。没有人要把我赶走，或者先把我关起来然后把我驱逐出境。没有人叫我效劳或者效忠。傍晚下了一场雨，虽然是夏天，但还是冷飕飕的，我转身朝港口走去，不知道下一步该干什么。也许我应该回到船上继续流浪，看看我的终点会在哪里。就这样继续流浪下去，让命运去安排我的归宿吧。我之所以这么想，是恐惧和意志消沉使然。这就意味着把我的生命交给别人，纯粹碰运气。但是，我回到港口的时候，船已经开走了，我的流浪结束了。一名门卫问我是否需要帮助，我告诉他我要找的那艘船，然后他就带我去码头警察局。

"我是难民。"我对一个留着短发和小胡子、表情严肃的警察说。听到我的话,他挺直了腰板,脸色更加铁青,一脸狐疑,皱着眉头看着我。

"先生,别说得这么吓人好吧,"他说,"我知道你是一个船员,船开走了,你没赶上。我先给你登记一下信息,然后想办法帮你找到你的伙计们。"

"我是难民。"我说,"从民主德国来的。"

"从哪里来的?"他微微侧了一下花白的头,左边耳朵对着我,似乎刚才没听清楚我说了什么,这次务必要听清楚。

"东德。"我说。

他笑了起来,既高兴,又将信将疑。他后仰靠在椅背上,咀嚼着,回味着,我想他正在根据离奇的开头,构建我这出闹剧的高潮和结尾。我和他相视而笑,他可能觉得我自己也发现了这件事挺搞笑的,也觉得我是个有幽默感的人,会自嘲,所以他很开心。他用德语说:"你好!"然后,他问了我几个问题,我一一作了回答,几分钟之后,我发现我的回答和我的经历让他对我产生了好感。他问我多大了,我说我十八岁,可能就是这个问答起到了作用,因为那时他微微摇摇头,笑了一下,虽然笑容一闪而过,不是很舒展,仅仅是象征意义的笑容,但毕竟还是笑了。就像握手,虽然轻轻握一下就放掉,但仍然是友好的信号。"十八岁的孩子常常会干这种傻事。"他说。我在码头警察局过了夜,那个警察给了我咖啡和三明治,我非常感激。我下船后就没吃过东西。他让我跟他讲在民主德国的经历和跨越中欧的见闻。我自己觉得故事讲得很棒，很动人。在回忆这段旅程的时候，我居然想起了原来我没有注意到的景象和细节。也许那是我凭空想象的，因为如果我更敏感一些的话，我是会注意到那些细节的。他时不时地打断我，叫我说得具体一些，除此之外，他就舒舒服服地坐在巨大的转椅上，用引导性的问题提示我，让我畅所欲言。"匈牙利是什么样子的？吉卜赛人就是从那里来的对吧？我老妈过去常说到处都有吉卜赛人，每个家族都说他们有吉卜赛人的血统。"我肯定说着说着就睡着了，因为我黎明醒来的时候发现周围没有人，身上盖着一条毯子。我通常很难入睡，也许是恐惧和紧张透支了我的体力。

他的名字叫沃尔特。换班之前，他给我留了一个难民组织的名称和地址，然后叫我赶紧走。"直接去找他们，不要在街上瞎逛。大门对面有一个公共洗手间，在主干道上。去把自己收拾干净。"他一本正经地说，"去理个发吧。你们年轻人都是这个德行。"

沉默

5

我站在公寓敞开的门口，伸出左手撑在门上。这是一个经过深思熟虑的姿势，一个事先准备好的姿势。我看到他转过楼梯的最后一个弯，然后停下脚步，右手扶着栏杆，光线透过巨大的落地窗户照射在他的身上。早上，阳光穿过楼房之间的通道，从窗户直射进来，在阳光的照射下，悬浮的灰尘颗粒和有机碎片特别显眼，一束束的，亮晶晶。过了中午，光线就在周围的墙壁上一点一点地下垂，洒到楼梯上的时候，楼梯闪着微弱的灰色光芒。午后的阳光照在他身上，他胡子刮得干干净净，显得有点清瘦。他身体微微前倾，脸绷得紧紧的，一副小心翼翼的样子。在街上，在英国的街上，我会多看他两眼，看看我是否认识他，看看他是不是我想象中的那个人。在英国的街道上，我经常和人们擦肩而过，他们的样子都那么奇怪，都很像外国人，我总是怀疑他们是我认识的人，虽然我知道那是不可能的。我想我也会在街上和他擦肩而过，他会莫名其妙地让我想起一个我曾经认识的人，也许不用太久，我就能想起那个名字。也许，我得赶紧忘却，免得那个记忆牢牢抓住我，唤起我已经完全屏蔽掉的其他思绪。随着时间的推移，许多曾经十分清晰的细节已经变得非常模糊。也许人上了年纪都这样，阴晴雨雪，日月流转，一行行地抹掉了画面，让精美的画面沦为一团影子。不过，尽管褪色了，模糊了，仍然有许多线条没有完全被抹掉，现在看起来更像是稀稀拉拉的碎片，比如脸型消融了，但温暖的眼神还在；他的身上还有一种气味，让人想起一段旋律已经完全记不起来的音乐；房子的外形和位置已经遗忘了，但一个房间的记忆还在；在路边一片空地上，人们依稀可见一块草地。也就是说，时间分解了我们这个时代的影像。或者用考古专业人士的话来说，我们的生活细节是一层层堆积起来的，有一些层面被后来的事件损毁，但一些碎片仍然散落着，说不定你走路的时候就会踢到。

我希望我能说我记得我站在公寓门口的时候看着我的那双眼睛，那双眼睛显得很平静，甚至有些茫然，那是在掩藏过去，但最终还是没有藏住。但是，我想如果我不知道它们是有意看着我的，我会不予理睬，从那个人的身边走过去。我会觉得它们对我毫无兴趣，我也会控制住自己，避免对那个人产生兴趣。他又迈开步伐的时候，我把手从门上拿下来，准备去迎接他。他刚才走得小心翼翼，害怕绊倒，但现在加快了脚步。他来到我的面前，满面笑容地伸出右手。

"愿真主赐你平安！"他面带微笑小心翼翼地说。这是阿拉伯人最普遍的问候，他用这种方式是不希望那么快被认出来。我点点头，握着他的手，没有按习俗说"愿真主赐你平安"回复他的问候。我发现他注意到了我的失礼，我想他接下去会更加小心翼翼。最好还是小心一点。他盯着我的脸看，同时握住我的手不放，我的手瘦骨嶙峋，握在他的手里，像一只被捕获的小动物一样，既感到害怕，又觉得暖和。他说："拉蒂夫·马哈茂德。"

　　我又点了点头，用力握了一下他的手，然后就放开了。"欢迎光临。"我说完让出地方，让他先走。我们站在敞开的门边，我家里的景象一览无遗，厨房在我们的正前方，起居室在左边，卧室在右边。我看到他迅速扫了一眼，他看到我厨房刚进门的橱柜上贴着一张小照片，是一个安达卢西亚式的庭院，就多看了几眼。我也仔细看过那张照片，心想它是否会透露什么我不想说的秘密，但后来没有动它，随它去吧，没什么好弄得神秘兮兮的。我早上烧了薰衣草和香胶，让家里有点生活的气息，或者说是衰老和死亡的气息。我最近打开过旅行箱，里面放着熏香裹尸布，正等着那个日子的到来。

　　"我想我应该来问候一下你，向你致敬。"在小起居室里，他站在我面前，手指捏在一起，指尖顶着指尖。"难民组织不久前联系上我……几个月前吧。我想他们已经跟你说过了。他们说你需要一个翻译，后来又发现你不需要。"他微笑着说。这表明他知道那是我的恶作剧。

　　"谢谢你，你真好！"听了他亲切的开场白，我也报以微笑。"说到英语，原先有人建议我不要说英语，叫我只说我要'避难'，别的什么也不要说。卖票给我的那个人就是这么告诉我的。他说得斩钉截铁，不容置疑。"

　　"为什么？"他问。他显然很感兴趣，而我很想问他是否知道答案。"如果不会说英语，你更像一个陌生人，一个难民，我想这样可能更能打动人。"这是他的猜测。"你这样就可以过关了，不用讲什么故事。"

"也许这样也可以避免回答刁钻的问题，"我说，"也许那个票贩子是在作弄我。他这个人挺坏的，爱干这种事情，还引以为荣。不过，我觉得他没有害我，反而促成你来看我。"

"我应该早点来的，"他说，"你在这里六个月了吧？"

他为什么没有早点来？我可以想象他一直想来，但一直在犹豫，左右摇摆，来来回回。他肯定对我的到来和我的名字感到很好奇，然后很愤怒。他一会儿想来，但一会儿又不想来。后来，可能是日子过得不顺，冲淡了来看我的愿望。

"差不多七个月了。"我感觉到我的声音迸出了火花。"你等了这么久才来，拉蒂夫·马哈茂德。他们几天前才告诉我说你想来看看。瑞秋。她跟我说了你的名字，说你想来看看我。不过，六个多月前，她就跟我提起你，说刚刚跟你联系过。"

"我应该早点来的。"他说完停顿了一会儿，也许是以为我没有认出他来，因为他改了名字，或者他的头发变得稀疏了，不那么油光了。不过，我觉得从他的眼神中我看出来他知道我知道他是谁。我们坐在起居室里，两只椅子互为直角，中间放着一张长方形的矮桌子，桌子很粗糙，没有任何装饰。我拿热水壶倒了两杯小咖啡，热水壶是刚才准备好的。

"我很惊讶，你居然等这么久才来，你怎么不好奇，不赶紧看看是谁冒用了你爸爸的名字。"我说。

就在那时，我们算是正式相认了。我们默默地相对而坐，我琢磨着他在想什么，他觉得坐在他面前稳如泰山的我在想什么，他觉得他来这里要干什么呢？

"我想到是你。"他说。

他脸上挂着淡淡的微笑等我开口，我也等着他，不紧张，没有焦虑，只是很惊讶地发现，我们彼此揭开化名后，甜蜜、残酷的回忆居然都汹涌而至。看到彼此的微笑和平静，我们都松了一口气。他不是来开战的。

"你凭什么认为是我？"我平静、温和地问。我很努力控制自己的声音，听起来很平稳，没有任何波动，尽管我对他那么直白感到惊讶。"我觉得难以置信。"

他耸耸肩说："我也不知道。本能的猜测吧。这种恶作剧听起来就像是你干的。"

听到他说得这么坦率，我情不自禁开心地笑了。"一定是诗人和先知的本能让你猜得这么准。"我说。

"你是怎么知道的？"他停顿了一下之后问。我居然知道他是个诗人，这让他惊讶不已，他觉得也许我知道的比他认为我知道的还要多。好吧，我非常喜欢这种毫无意义的所谓交流，我们净说一些俏皮话，在这里虚晃一枪，在那里做一个谜一样的暗示。我对目前毫无意义和毫无价值的生活还不满足，还需要更多无意义的东西。

"哦，我们都知道你是一位杰出的诗人。"我说话的时候表情有点严肃，显得对他很敬重。"我们都听说你在伦敦一所大学里当教授，是大学者。我们还听说你很会写诗，你有一个笔名。能够用第二语言写出高水平的诗歌！你对音乐一定很有鉴赏力。有人拿一本杂志给我看，那是一个亲戚寄给他的，里面刊登了你的一首诗。我们都感到非常自豪。瑞秋告诉我说拉蒂夫·马哈茂德想来看我的时候，我感到非常荣幸。我不知道你什么时候会来，不过我认为你总有一天会来。"

"我不是教授，也不是什么杰出的诗人。"他语气冰冷，眼睛看着别处，可能是觉得我在拍他的马屁，所以感到很不舒服。"我在一本小杂志上发表过几首小诗，他们是高抬我了。居然有人知道，我很惊讶。"

"嗯，大家都知道。"我说。他这么自谦让我觉得很好玩，毕竟发表诗作是真事，那些诗都是他自己写的。也许他把我们稀稀拉拉的掌声当成了嘲讽。于是我觉得他是一个对自己狠得下心的人。

"你为什么要冒用我爸爸的名字？"他问我。他直直地盯着我，逼我坦白，表明我再怎么客气都无济于事。"你对他都那样了，为什么还要用他的名字？不是说他的名字神圣不可侵犯。你为什么不用别人的名字？你既然那么对他。"

我早就知道他会问我这个问题，他可能憋着一肚子气，会冲我发出来。但是，当他果真问起来的时候，我发现自己竟然无言以对。什么对他那样了？我把他怎么样了？对于我所要说的话，对于推着我走到这一步的那些事情，我都感到非常厌倦，简直到了无法忍受的程度。但我也知道我必须回答，否则他会认为我是一个罪人，一个邪恶的老人，他会掉头就走，而他对我的印象和还没来的时候一样坏。即使我以前有罪，干过邪恶的事情，过了这么多年，总该给我解释和弥补的机会，一个老人总该有机会纠正年轻时犯的愚蠢错误，因此获得人家的谅解。我有一肚子话要说，而这是个绝佳的机会，因为他也需要知道我所知道的事情，填补他认知的空白，让他生活中的沉默发出声音。我想我应该跟他说说。"我冒用你爸爸的名字，是为了救命，"我说，"这样说很有讽刺意味，让人说不出滋味，因为你爸爸差点要了我的命。"

我是 1963 年结婚的。就在那一年，我起诉赖哲卜·舍尔邦·马哈茂德，官司赢了，收了他的房子，一年后，英国人突然撤离，留下一个烂摊子，到处是混乱和暴力。我爱上了她，我的妻子，虽然我很害羞，不敢直白地表达对她的感情。我了解她的家庭，我应该早就有所了解。小时候，我应该看到她跟别的孩子一样在街上跑来跑去，有时在玩耍，有时替她妈妈或者阿姨跑腿，有时穿着那件三文鱼粉色的围裙和奶白色的衬衫去上学。但是，过去的女人都有这种情况。到了一定的年龄，她们会躲在家里不出来，渐渐地你会忘记她们是长什么样的，甚至会忘记她们的存在，直到多年后她们以新娘和妈妈的身份再次出现。萨尔哈和她妈妈来我的店里，带来一块深绿色的天鹅绒，说是要做一个沙发套。萨尔哈的妈妈说，那是蒙巴萨的一个亲戚送给他们家的礼物，这块料子很漂亮，手感非常柔软，用手摸一下，简直会像波纹荡漾。她们觉得用这块料做沙发套再好不过了。萨尔哈，我非常喜欢这个名字的尾音，发那个音就像在吸气或者吞东西。我在店里就爱上了她，尽管我可能太过麻木，或者过于天真无知，所以不知道我已经爱上了她。我觉得没什么好反驳的，我当时确实不知道该用什么词语来形容产生的那种感觉。我想到的词语会让我觉得幼稚和害羞。当时我三十二岁,拿撒勒人耶稣完成慈悲和爱的使命的时候,也差不多那么大,但我居然不知道如何形容一个男人和一个女人的复杂感情。相反,我问她妈妈她家是否来了客人,我指的是萨尔哈。"没有,这是我女儿萨尔哈。你忘记她了吗?"萨尔哈站在她身边,一直笑着,而我想体现生意人的伶牙俐齿,但始终结结巴巴的。我说,可能她去了外地,好久没回来了吧。不,她一直都在这里,萨尔哈的妈妈说,她们时不时地会路过我的店,但也许我的眼睛只盯着生意。

说她们会路过我的店,我毫不怀疑,但她们为了保持低调穿着黑色长袍,俗称背背衣,我根本不知道谁是谁。而且,每当有穿着黑色长袍、裹得严严实实的女人从店门口走过,我总是把目光移开,尽量避免看她们。你怎么知道她们不是自己的姐妹或者兄弟的爱人?如果是,用不敬或者欣赏美色的眼光看她们,那岂不是很尴尬?我没有姐妹,也没有兄弟,但这种敬畏之心还是有的。我听说过这样的故事:有人看到女人从身边走过,就响亮地说了好色的话,对方骂了他一句,结果他听出来那是自己女儿的声音。所以,说实话,我确实没有看到萨尔哈从店门口走过,尽管她妈妈暗示说我之所以没有看到,原因在于我没有感情,只知道做生意,不管怎么说,我非常高兴在店里看见她,这是缘分吧,于是我爱上了她。

后来,她们来过我店里两次,有一次她站在街上和我说话,只是简单的寒暄,没有什么不合适的。"你好吗?萨利赫先生!"她说。我一开始不知道那是她,直到我要从她身边走过的时候，她的声音从头巾后面传出来，才听出来那个人是她。一个月后，沙发套做好准备交货的时候，我向她求婚，她接受了。一个月后，即1963年11月，我们结婚了。那一天是我一生中最幸福的一天。我听人家说过这样的话，原先总觉得没那么夸张，但对我来说，那天确实是非常幸福的时刻，许多人也那么说，尽管我觉得他们不是那么真诚。我本来只想办一个小型的婚礼，私下举行一个仪式，请几个客人和亲戚吃一顿，但她爸爸妈妈不同意。萨尔哈的爸爸告诉我，作为新娘的父母，他们会负责开销，不用我操心。萨尔哈是他们最小的女儿，他们不希望被人家在背后说家里不疼她。他们会把女儿的婚礼办得风风光光，即使过后会变成穷光蛋。于是，他们举办了为期三天的盛大婚礼，载歌载舞，仪式后请客人吃印度大餐，还专门订了哈尔瓦。在将她送到我家的路上，乐队吹吹打打，非常热闹，随后三天美食供应不断，三角炸饺、油炸圈饼、咖喱菜、芝麻面包、杏仁冰淇淋和各种印度小吃，客人络绎不绝，熙熙攘攘，有些人那几天都懒得回家，我觉得他们更像是蹭吃蹭喝的不速之客。婚礼一共花掉了几千先令。

我也曾经担心举办这么盛大的婚礼会让我出丑，因为我没有什么家人，更确切地说，我没有家人来祝福我。我也没有朋友至交，这些年来我只跟几个人有来往，因为赖哲卜·舍尔邦·马哈茂德的房子问题，这几个人也都和我翻脸了。就在几个月前，我赢了房子的官司，不过我强烈地感觉到，我这么强硬是不对的，特别是我收了房子后，赖哲卜·舍尔邦·马哈茂德一家人就要被赶出去。至少，这是少数几个谈到这件事的人向我表达的看法。有些人对大多数事情都有自己的看法，并且会毫不保留地表达出来，都是自以为高人一等的人，总是以为自己比别人更聪明，别人都是白痴。对于这些人的看法，我并不是很在意，倒是担心那些不好意思明说的人也是这个态度。我在向萨尔哈求婚的时候，我也害怕因此被拒绝。但我错了，我多虑了，对于婚礼，我也多虑了。那是一个无比欢乐、幸福的时刻，我从未感到如此幸运和满足，从未如此深刻地感受到我是群体中的一员。

那年她十九岁，我三十二岁，这个年龄差距并没有现在听起来这么大。她躲起来了五六年，和外界完全隔绝，直到有个男人向她求婚。她没有去过任何地方，几乎没有读过任何书，甚至没有听过收音机。那几年，她的成长成熟就是家里的工作中心和快乐来源，她的任务就是好好打扮，接待和走访与她一样躲起来的女性朋友。相比之下，我走过一些地方，学到了不多的知识，给英国人干过活，从而对我们这个不可救药的社会有些了解，我在做生意，拥有两幢房子。婚礼之前，我们几乎没有说过话，没有单独在一起过，甚至没有见过她的真实面目。然而，我们是幸运的，婚后并没有碰到什么难题。她和我一样喜欢这幢房子，喜欢楼上的那个房间，打开阳台的门，外面就是大海，距离没有几英尺远，另一扇门的外面也是阳台，阳台的下面是内庭，她喜欢和我一起坐在那个房间里面，一起听收音机或者打牌。我们会在那里聊天，说那些以前我们都没有说过的话。那时我才明白我之前的生活有多么无趣，我也体会到了伴侣之间即使沉默也是甜蜜的。

我们并不总是两个人相互厮守，客人来来往往，主要是女性客人，要求萨尔哈招待她们，我不能参与。之前几年，这幢房子没有接待过任何女客，自从我的继母去世后就没有了，我觉得她们闯入我私密的生活空间，反而把我排斥在外。我只能撤到楼下的房间，听着她们叽叽喳喳，没完没了。萨尔哈习惯了她们的陪伴，这些人不来，她会感到很失落，会觉得与陪着她长大的其他家庭断绝了联系，失去那个小圈子。我不是在开玩笑。我倒是觉得她们把她抢走了，让我们夫妻俩产生了隔阂。我觉得她们在吓唬她，因为她老是不怀孕。

　　她很难过。她在两年里面流产三次，身心都受到了重创。那两年，她的健康每况愈下，体重不断下降，经常无精打采，沉默寡言，长吁短叹。我安慰她说，亲爱的，你的身体健康是首要的，先别管会不会生孩子了。她去医院看妇科医生，医生说她的子宫不正，想要怀孕的话，经期必须卧床休息。我觉得是那些女人喋喋不休吓唬到了她，但也许不是这个原因。这可能是她想要的结果，她无法想象生小孩是个什么样的情况。那时我们国家刚独立了几年，刚刚经历了艰难时期，局势动荡，现实很残酷，不是生小孩的好时候。不过，我们结婚三年后，她真的怀孕了，按照医嘱，她只好卧床养胎。我们只是大概遵循医生的建议，因为那个女人不在医院工作了。她那时已经逃到了外国，许多在外国可以挣到钱过上体面生活的人也都逃了，所以，萨尔哈的妈妈搬过来和我一起照顾她。

　　萨尔哈生了一个女儿。为了生这个小孩，她真的十分辛苦，既要卧床养胎，又要克服焦虑，而且那个时候物资短缺。我很替她担心，我担心每一个小小的闪失都会造成高昂的代价，没有医生，没有药品，萨尔哈的妈妈给她弄了那些树皮和粉末，趁我不知道就弄给她吃。但我们运气很好。长期卧床让萨尔哈变得心情烦躁，动不动就发脾气，但在那几个月里，她的身体越来越好，体重增加，精力旺盛。她有很多人陪着。从白天到晚上，除了她妈妈，什么时候都有女性朋友在房间里陪着她，有时有说有笑，有时会心满意足地躺在她床边的地板上睡着，还会打鼾。女儿出生后，我想给她取名"莱娅"，公民的意思，我是想通过她表达一种愿望，希望我们的统治者对我们仁慈一些，对土著人一视同仁，都当作公民来对待。我告诉萨尔哈，这是一个有传承的名字，几百年以来一直用来指被征服的国家的人民。诚然，那些征服者是穆斯林，而被征服者不是，在剥夺了被征服者的自由意愿之后再赋予他们一些权利，那并不是什么宽宏大量，但公民权利是一个崇高的概念，我们可以用这个名字来表达我们自己的愿望。萨尔哈说不行，这个名字的挑衅意味太强，没有人知道它还有一层意思，这个名字会让孩子日后成为笑柄。所以，我们叫她鲁凯亚，和先知跟原配夫人哈迪贾生的女儿一样。家里哭声和叫喊声四起，但也充满了喜悦，出现了意想不到的转变。女人在叽叽喳喳和笑声中来来往往。

拉蒂夫·马哈茂德说："我去过你家。我不知道你是否还记得。那是很久以前的事了。过了半辈子，我又来找你，不过是在另一个地方。好像有一小根绳子把你的爪子绑在一根柱子上，你在那里抓啊抓，就这样，你就觉得自己已经飞越了整个世界。"

"我记得你去过。"我说。我等着他说我们下一步去哪里，但他好像还不想说。

"既然你提到了，是的，去到你家的时候，我听到了女人的声音。那一年我去了德国。"他语气很温和，若有所思，我们经历了一些事情之后反思自己过去的所作所为，一般都是这个样子的。我们会为失去纯真和信念而感到痛苦，但是，随着勇气消逝，我们总是希望记住过去。"1966年。我出国前去了你家，大约是出发前十二天吧。我记得你们家的房子很漂亮，有个庭院，墙上贴着瓷砖，二楼有阳台俯瞰庭院，阳光透过窗棂照射进来。一面墙边放着两盆棕榈树，墙上还长着别的植物，我想是茉莉花。对吗？墙上长的是茉莉花吗？没错。我以前没有见过那种庭院，尽管以后在照片上见过，照片上有说明文字，大致是说：一幢海边房子里的典型传统内院，体现了摩尔伊斯兰建筑的特色。我以前没有见过墙上贴瓷砖的庭院和倚楼，也没有进去过那样的小房子，所以我不认为它有那么典型。也许其他海边地区有更典型的。对不对？我没有去过其他海边地区。"

"是吗？瑞秋说你是那个地区的专家。"我无法掩饰我的惊讶，虽然我已经恢复了足够的智慧，最后拿了瑞秋来当挡箭牌。

"我不是什么专家。"他说，"我教的是英国文学。我还住在那边的时候，没有去过别的地方，离开以后就再也没有回去过。一次也没有。将近三十年了。现在，坐在你的面前，我似乎又看到了你家。我又来到了你的另一个家，可能没有你留在那边的那个家漂亮。"说话的时候，他脸上挂着微笑，那不是不尊重的意思。"也许，来这里看你，就像是回到了老家。我这样说是不是有点吓人？"

"是的。"我说。他点点头，但我发现他没有什么话要说。

"有个人到门口来迎接我。是替你干活的，你的家奴吧。我不知道这样说对不对。人们叫他'犀牛'。他来到门口的时候，就像是《一千零一夜》故事里的那些看门人，通常是大块头黑人，总是板着脸替主人看门。"

"'犀牛'，是的。他的真名叫做努胡。"

"我不知道你在笑什么。"拉蒂夫·马哈茂德皱着眉头对我厉声说，那个样子不像是个彬彬有礼的人。他等着我抹掉脸上的笑容，我照他的意思做了。"也许你还记得他，想起他你很开心吧？在《一千零一夜》的故事里面，看门人都是被阉割过的，这样他们就可以毫无杂念地保护主人的万贯家财。他们下面的东西割掉了，一点欲望也没有，所以才会长那么胖，性格那么温和。你觉得故事里面是怎么弄的？你觉得他们是怎么阉割的？用手术刀切掉还是用石头砸碎睾丸？应该不是用石头砸，那样会引起并发症，有生命危险。所以肯定是用手术刀切，绝育的科学做法。所有，关于'犀牛'的传言都是说你害怕他觊觎你的女人，所以你把他也阉割了。这是不是真的？"

"努胡不是我的奴隶，我控制不了他，更不可能阉割他。"我说。

"那么，他的样子那么丑陋，完全可以把我吓跑，你为什么不让？"他怒冲冲地问。我没有想过要去阻止他，说他太过分了。而且，我也不觉得他是个极端的人，不然他就不会来了。"你的生意也很丑陋，不是吗？你乘人之危，居然在那些东西里面挑值钱的去卖，'犀牛'就是替你干这种龌龊事的人，不是吗？他专门干丑陋的事情，你这个主人就可以装得人模狗样。"

然后，好像他确实太过分了，接着就退缩了，静静地坐了一分钟，凝视着窗外。那扇窗户也对着大海，大海很远，踮起脚尖，也只是若隐若现的，但是，阳光明媚的时候可以看见水面闪烁的光芒，金灿灿的。他来的那天阳光明媚，我想告诉他，如果他踮起脚尖，越过屋顶看过去，就能看见大海。"这么多年过去了，我不是来和你吵架的。"他说。他脸上带着微笑，但显得挺沮丧的，好像对自己很失望。他的微笑真是微笑，微弱的笑容，但脸上和眼睛里都有。"我来看看你，看看你是谁，看看你是不是我想的那个人。我不要和你吵，不是来你家里找茬，也不要给人家戴帽子。不过，发表一点意见，做个评判也是人之常情，不是想克制就能克制的。只是今天我突然想起了他，你的那个'犀牛'。想到上次去你家找你，我就想起了他，他的名字正好，表明他有多丑。总有像他这样的人，看门狗，太监，自己没有思想，但尖酸刻薄。也总有人乐于使唤这种人。"

我听了他的评判，以前也听过这样的评判，但我没有回应，因为我以前也随意评判过别人。但我也不想让他暴跳如雷、掉头就走，他给了我暖心的微笑，所以我也要对他温和一些。我问他要不要咖啡，他说不要。我说那就泡茶吧，尽管我很不乐于从座位上站起来。我感到很疲倦，提不起精神，不知道我是否有力气面对几百万年来难得一见的残酷。此外，最近我偶尔会有一种感觉，感觉胳膊和腿都是空的，里面好像什么都没有，只有几根骨头。在那种时候，我发现想动弹都动弹不得。他也不想喝茶。

　　"他的名字叫努胡，'犀牛'是我爸爸给他起的绰号。那是很多年前的事情。"我的语气不像刚才那么冲了。"我爸爸以前卖过哈尔瓦，哈尔瓦是他和努胡一起烙的。努胡什么都干，真的，所有的苦差事都干。他要劈柴。我爸爸说必须用丁香木，干燥度适中，火候才合适，哈尔瓦熏了丁香木的独特香味更好吃。努胡会称酥油、淀粉和糖的重量，每天烙的哈尔瓦不一样，配料的分量也不一样。他也要剥坚果，清洗、捣碎香料。这些准备工作就要花一整天的工夫。然后，努胡把直径五英尺的巨大黄铜哈尔瓦锅清洗干净，涂上油脂，接着点燃灶膛里的柴火，我爸爸会坐着搅拌哈尔瓦，面对着外面的街道。等我爸爸准备好了，努胡把配料倒进锅里，我爸爸就开始搅拌哈尔瓦。烤着柴火，他们俩不一会儿就汗流浃背了。街上的人们有时或者说经常会停下脚步来看他们忙活。搅拌哈尔瓦是一种技术活，有时站在灶台上，有时坐在灶台上，要用长柄勺不停地搅，而下面灶膛里的柴火熊熊燃烧。哈尔瓦必须不停搅拌才能均匀，才能达到合适的黏稠度，否则淀粉和酥油几秒钟就会凝结成块。努胡身强力壮，所以我爸爸可以一边看着他搅拌，一边唱着赞美他的小曲。'看看他，他就像一头犀牛。'他的绰号就是这么来的。'看看那头犀牛！'听着这样的小曲，努胡会乐呵呵的，做一些搞笑的动作，像个小丑。

"刚开始帮我爸爸干活的时候，他还是个孩子，比我大不了多少。大概九岁、十岁左右吧。他的活本来应该是我做的，如果不是他，我就要帮我爸爸烙哈尔瓦，然后穿着油腻腻的汗衫坐在店里，用小碟子卖哈尔瓦堂吃，也有用草编篮子外卖，每篮半磅重。但我有别的天赋，至少我妈妈觉得我有，坚持让我去上学。愿真主保佑她的在天之灵！所以，努胡帮忙烙了很多年的哈尔瓦，烙完了坐在店里卖哈尔瓦和别的东西，到了后来，他觉得自己是我们这个家庭的一员。如果家里还有其他活，他也会干。如果他发现有人对我出言不逊，或者在威胁我，他就会对付他们。在他的心目中，这就是他在我们这个家中的位置。

"后来，我爸爸突然去世了。我觉得你当时太小，不会记得这些，即使你年纪不是那么小，过了这么多年，你也不会记得这些。来得很突然。有一天清晨，他突然从床上坐起来，不停地呕吐，然后就死了。他年纪不算小，但他身体没什么病痛，所以大家都觉得很突然。他大约十年前刚刚再婚，我妈妈很多年前就去世了，愿真主保佑她的在天之灵！那时我们刚刚搬进你去找我的那幢房子。我正在外地上学，回来发现我们已经搬了家，我还多了一个继母。我爸爸去世后，我没有接着做哈尔瓦生意。我不知道努胡是否想过有一天会发生这种事情，但事情还是发生了，他就没有什么活可干。我意识到我都不知道他住在哪里，他是否有家人。我后来得知他住在姆布尤尼，在一幢房子里租了一个房间，而他的家人都在彭巴。他一辈子都在为我爸爸工作，我爸爸去世后，他就为我工作，我叫他干什么他就干什么。我不能就这么让他走了。他在店里打扫卫生，帮我跑腿，帮忙把家具运送给顾客或者送到仓库里面。每天早上他都来上班，自己找活干，不管我有没有叫他干什么活。你说他在替主人看守贵重物品，那也是他自己给自己找的差事。"

"你说得他像是个受害者。"拉蒂夫·马哈茂德说。他的表情让我觉得自己是一个编瞎话的人。"他好像受尽压迫，值得同情，而你把自己说成了通过他的悲剧收益的人。不过，你一定见过他对人家气势汹汹、欺负人家的样子，你一定听过他在街上和其他大摇大摆的恶霸肆无忌惮地开着玩笑。你一定知道他是一个臭名昭著的年轻男孩捕猎者，一周又一周，他拿硬币和哈尔瓦勾引他们，折腾他们，直到他们屈从，或者直到他的浓厚兴趣让别人迫使他们屈服，之后，他们虽然感到羞耻，但有别人追逐他们的话，他们也会顺从。他和跟他一路子货色的人都觉得自己身强力壮，有男子汉的阳刚之气，因为他们会跟踪、折腾和恐吓年轻的男孩，直到迫使他们含羞屈从。你一定都知道。许多年前我去你家的时候，我就目睹了。他不是一个没有童年的可怜虫，不是你舒舒服服去上学的时候被迫给你爸爸烧火的用人。我看到的是一个食人者，残忍、趾高气扬，折磨着穷苦年轻人的肉体。哦，天啊！我又和你吵架了。"

"也许你觉得和我吵架是不可避免的。"我说。

"我宁可不要吵架。"他笑着说。

我盯着他看了一会儿。"巴特比。"我说。我不是故意要说给他听的，我随便嘀咕了一声，但因为周围很安静，还是听得清楚。

"《抄写员巴特比》。"他说。他笑容可掬，因为惊讶和开心，眼睛四周的皮肤都皱了，突然间气氛变得欢乐起来。"你知道这个故事啊？这是一个动人的故事。你喜欢吗？我看得出来，你也喜欢。那个人的失败中透着坚毅，虽然徒劳，但显得崇高，我喜欢这一点。告诉我，你是怎么知道这个故事的？你研究过吗？我几年前跟学生讲过这个故事，我刚开始工作的时候。"

"我读过。很久以前。我收了一个人家的家具，得到了一大批书，数量大得惊人。那时，英国人正准备卷铺盖走人。我在做家具生意，从很多方面讲，他们都是我最好的顾客，我从他们身上学到了很多。"

"是的，大家都说你非常喜欢英国人。"他说。他嘴角微微露出笑容，不易觉察，藏在角落里，这表明他还没有把话说满。

"我知道。"我说。

"事实上，他们说得很难听。"他现在咧开嘴笑了，忍不住运用了他从他爸爸那里学到的智慧。"他们说你给英国人舔屁股，说你是殖民统治者的走狗。"

"是的，我知道。"我说。但我没有说那是他爸爸说的，是赖哲卜·舍尔邦·马哈茂德散布了谣言，他说我替英国人买卖女人，给他们当奸细，为了他们，我可以无恶不作。"我先是卖家具给他们，后来他们要走的时候，我买了他们家里的东西。但是，是的，我知道还有别的说法。总之，有时候我会从他们手里买到书。不是说一买就是几百本，而是这家人十几本，那家人也有几本。我想有一部分是前一任官员留给后一任官员的，和家具一起。如果他们觉得这些东西有价值，就不会留在这里。他们喜欢书，从他们的藏书数量和种类，就可以看得出来，而且，打包的时候，他们的书都经过仔细挑选。也许，卖给我的那些书，他们已经读腻味了，或者英国的家里还有。有书我都会收下来，我想总有一天我能都读完，至少会尽量去读。”

“是什么书？”他问。他仍然微笑着，显然还放不下那些抹黑我的谣言。

“大多是你猜得到的，诗选、殖民历险故事、童书等，有一部分在我们的殖民教育中使用很广泛，很多人都读过。吉卜林、哈格德和亨蒂的书。吉卜林的书很多，好像他们已经对他失去新鲜感了。有几本《物种起源》，还有历史书，《世界历史》，还有一些旧地图册。很有意思，我是说那些地图册，很有吸引力。不仅仅是世界上有很多地方被涂成了红色，那一页页插图都按顺序排列，就像在排名，比如说，世界上最高的山脉属于大英帝国，后面跟着一页是其他的山脉，分别注明是属于哪个帝国的，还有世界上落差最大的瀑布，最长的河流，最深的海洋，最干燥的沙漠。插图里还画了那些山川沙漠的居民，顶着强烈的光线，他们的眼睛都眯成了一条缝，小孩面黄肌瘦，手脚细长，但挺着大肚子，几乎一丝不挂，手里抱着一捆棍子，也有一些裹着头巾的农民在河岸上踩水车。在这些书里面，我发现有赫尔曼·梅尔维尔的短篇小说。我没有听说过这个小说家，当时我没有读完，到后来才都读完。当时我读到《抄写员巴特比》的时候，觉得故事非常感人。不知道是怎么了，来到这里，我就想起了这个故事，从此一直无法完全忘掉。我时不时会想起来。"

我们家的东西里面有书吗？我想我看到他的眼里闪过一道光芒。我不记得有没有。他垂下眼睛，手托着下巴，在我对面坐着，这个姿势透着不可思议的沉着，也显得很滑稽。

"有没有人像我那次一样去要回他们的东西？"他终于问出口，"你还记得吗？"

"没有，从来没有，"我说，"人家卖掉家具，是因为他们需要卖掉，或者不再喜欢那些家具，想处理掉。那是生意。"

"那张乌木小桌子是我哥哥哈桑的。你还记得吗？我去找你想要回来。你还记得吗？"他说着，手还托着下巴，坐着没有动。过了一会儿，他挺直身子，看着我，分明是给自己壮了胆。"是你的那个朋友侯赛因给他的，就是要把他勾引走。那是三十四年前的事情。过了这么久，这些事情还是难以忘却。他们走了之后，我再也没有听到过他的任何消息。我还在那边的时候，他没有给过我们任何消息。你为什么不把那张桌子还给她？还给我妈妈。你为什么不还给我？房子、里面的家具还有那些垃圾都归了你。你有自己漂亮的房子，你有妻子，有一个女儿叫鲁凯亚，那是先知和原配妻子生的女儿的名字。为什么你非要占着那张桌子。"

"我不知道，"我说，"你可以说我贪婪，我卑鄙。但那是生意。我真希望我当时把它还给你。"他的眼神让我怀疑他所知道的不如我想象的多。他很难过，因为这一趟差事让他非常尴尬。他们也因为哥哥而难过，他哥哥跟那个波斯情人跑了。但他并没有因为我太吝啬没有把桌子还给他而难过，我为当时的吝啬付出了高昂的代价。他也替他自己感到难过，因为他对那边的情况没有显得很关心。我想应该是这样的。

"三十四年了。他回来过吗？哈桑。任何人都没跟我说过他的任何事情。我甚至不知道到底有没有他的消息。"他说。

我等了很久。等到他不再自言自语的时候，我问："你要喝点咖啡吗？"

他注意到我没有反应，我看到他轻轻叹了一口气，似乎他并不是真的想知道他哥哥到底怎么样了。"不，不，我不喝咖啡了。谢谢你，我一会儿就得走了。"他说，"你女儿，鲁凯亚，她现在多大了？三十左右吧？"

"她还不到两岁就死了，"我说，"说她是我的女儿似乎挺荒谬的。她没活多久。她死的时候，我并不在身边，她妈妈萨尔哈也死了。"亲爱的！

鲁凯亚出生于1967年1月24日。所以，他来家里要桌子的时候，萨尔哈可能正在卧床待产，他听到有说话声，那可能是她和她妈妈在说话，或者是跟客人在说话，那时女客来来往往，络绎不绝。我和她相识的时间很短，但失去她的痛刻骨铭心，我时不时会想到她或者梦到她。我和她在一起生活了四年，她死后，我经常产生幻觉，我说不清楚到底发生了什么，哪些事情是真的，哪些是我做的噩梦。如果有人说起她，提起她做过的那些事情，回忆起我认识她的那些年所发生的一些事情，她就似乎更真实一些。

如今，过了这么长的时间，我不还那张桌子的事情居然还让他耿耿于怀。当时如果直接还给他，不多啰嗦，我就是个慷慨的好人，是个文明的人。我之所以不还桌子，那是脾气使然，尽管当时我认为自己的脾气不大，我并没有介入之前的恶意争吵。

我想，侯赛因向我借那笔钱的时候，我是受宠若惊的。他是一个有故事的人，他给我描绘过那些遥远而美丽的地方，对我来说，那些地方只是地图上的标记而已，那些地方之所以美丽，是因为太遥远了，而且他编了那些故事。即使他没有亲身去过那些地方，他讲的那些故事都和他本人有关，让人觉得他是见过大世面的人。还有，跟我讲故事的时候，他显得和我很亲切，而且故事是用英语讲的，这凸显了我们和那个地方的格格不入，那就是一个又穷又旧、破破烂烂的小地方。我以为正因如此我们成了朋友。我被他骗了。他向我借钱，代表着他对我的信任，他看得起我，把我带进了他的大世界。当然，我当时有钱。我生意做得很好，他问我借钱的时候，我自然而然觉得很神气。但是，尽管我受到了他的蛊惑，如果我不是相信侯赛因第二年会再来，我想我是不会同意借钱的。我对他深信不疑，至少有一段时间我很相信他，尽管我听到过他在追求一个男孩的传言。我对赖哲卜·舍尔邦·马哈茂德的房子和房子里的东西都不感兴趣。我不知道侯赛因会给那家人造成什么样的破坏，也不知道他会把那个年轻人拐走，让他妈妈蒙受那样的耻辱，然后把这个事情说给人家听，而那些人听了之后当成笑话再说给别人听，流言就是这样传开的。他走了之后，那个年轻人也一声不吭地消失了，然后那些事情就传开了。也许侯赛因曾经叫崇拜他的人等到他离开之后才说出去，可以当作丑闻来说，具体的细节一点点透露，其中有些是杜撰的。

我慢慢往下讲，除了言语，我也用手势，有时我会沉默。我说的一些事情他也知道。我没有用和现在完全一样的说法，但我还是一点一点地往下说。有些事情说出口会让人无法忍受。所以我等着看他的反应，慢慢讲，一边观察他对我讲的事情是怎么理解的。他朝我点头，我就接着说下去。

这就是那个故事，人们一边喝着咖啡，一边重复讲着这个故事，添油加醋，大义凛然。他们说，侯赛因和这家人住在一起的时候，就在追求那个年轻人，手段丰富，因为年轻人的妈妈起了疑心，她就跟他说，如果他放了她儿子，她愿以身相许。她的名声早就不好了，所以，她这个不知羞耻的举动是有点可信度的。侯赛因同意了。关于他让她干什么，大家也都说得绘声绘色，都是令人难以启齿的事情。正是在那个时候，他和赖哲卜·舍尔邦·马哈茂德达成了协议，合伙做生意，由他出面去借钱，用赖哲卜·舍尔邦·马哈茂德家的房子做抵押。第二年他再来的时候，他宣布他们合伙的生意败了，但没有必要恐慌。与此同时，他继续勾引那个年轻人，得手后秘密安排他跟他去巴林。信风转向后，他回到巴林，那个年轻人也失踪了。这就是那个口口相传的故事。

那是 1960 年的信风季，那年我认识他并和他交了朋友，也是在那年他来找我借钱，用赖哲卜·舍尔邦·马哈茂德的协议作为担保。我应该更谨慎一些，可惜我还是上当了。我以为那只是一种权宜之计，只是法律手续而已，下一年他回来的时候就会还钱，换回他给我的抵押协议。

等到他勾引年轻人的事情传出来并成为花边新闻的时候，我就知道侯赛因不会回来了，我也上当了。很可能他所谓的生意根本不存在，他和赖哲卜·舍尔邦·马哈茂德签的协议是恶意的欺诈，他用一个虚构的故事搞了恶作剧，既让赖哲卜·舍尔邦·马哈茂德戴上绿帽子，又骗走了他的房子。侯赛因说他本不想加害赖哲卜·舍尔邦·马哈茂德，这可能是实话。那可能只是一个恶作剧，他勾引了那个男人的老婆和孩子，然后再羞辱他一下。那时他刚好认识了我，他看我刚开始做生意，没什么人脉和威望，于是开始酝酿这个恶作剧，拿一份协议在我眼皮底下晃了晃，就从我这里拿走了几千先令，还骗我说他会回来。

我的生意起步不错，但我的运气并不是一直都很好，这一大笔损失令我很恼火。1961 年 3 月的选举以暴乱和杀戮而告终，国家宣布进入紧急状态，而当时英国人正准备让我们获得一定程度的自治。于是军队只好出来维持秩序，英国的军队，他们还帮助英王非洲步枪团从肯尼亚飞过来。我们的统治者受不了了，暴乱平息之后，他们便开始就独立问题展开谈判。在大撤离的气氛之下，没有人对购买精美的物品感兴趣，当然，游轮也不会在这里停靠，不会再有游客上岸一日游。在一定意义上，我的生意也做到头了。我觉得最好的出路是扩大家具制作范围，至少要提高家具质量，为当地顾客制作更好的家具。为此，我需要追加一点投资，购置机器设备，提高专业知识，扩建厂房。我的木匠都是手工作业。他们用手工锯、用手工刨，上漆很费劲，有时还吃力不讨好，效果差强人意。时尚在变化，要制作流行的款式，要达到质量要求，例如光滑度，我需要新的机器。我去了一趟达累斯萨拉姆，看看那里的大厂在干什么。他们都是印度人，对生意和政治都满腹牢骚。他们的生活和企业始终处于即将崩溃的状态。在我的眼里，他们却欣欣向荣，那些人一如既往地守口如瓶，神秘兮兮，跟我说一些半真半假的话。不过，我还是学到了很多东西，可以制订一个计划，并测算我需要多少钱。

　　1961年大选后，侯赛因没有任何消息，知道他在巴林，我就给他写了信。我感谢他送给我地图，说我非常开心。然后，我问他觉得什么时候能还我钱，并解释了我为什么需要钱。他没有回信，我也叫律师给他写了一封信，他同样没有回。我陷入了困境。那年7月左右，我让人给赖哲卜·舍尔邦·马哈茂德传话，要求和他见一面，要当面讨论一些事情。这是我当时的想法，即使到现在，我仍然觉得这是一个合理而且体面的想法。我会向他说明他和侯赛因的协议是怎么落到我手里的。我觉得他应该不会想到那是我买来的。我会进一步解释，说我不想占有他的房子和房子里的物品，但我需要钱来做投资，我想重振我的生意，为应对独立后可能发生的变化做好准备。我提议他让我用他的房子作为抵押申请一笔银行贷款。银行不知道房子已经抵押给我了，贷款到手，我就撕毁他和侯赛因的协议以及侯赛因和我的协议，然后我就把以前的借款当作经营损失注销掉。反过来，我会和他赖哲卜·舍尔邦·马哈茂德签一份新协议，承诺用分期付款方式，分几年偿还他替我借的银行贷款，并用我的生意作抵押。那样，房子又归他所有了，尽管抵押给了银行，而我能够投资我的企业，并能替他偿还银行贷款。他不会有任何损失，能收回他的房子，不用付出任何代价。我的提议里面没有会计方面的陷阱。我叫努胡去他家传话，跟他说我想和他讨论一件事，如果他方便的话，请他到我家里来，我会不胜感激。努胡没有带回来任何答复，他说赖哲卜·舍尔邦·马哈茂德听了，道了一声谢，就把门关上了。不得不和他做交易，我感到很不开心，因为他不是我喜欢或者尊敬的人。在他家发生变故之前，他表现得很谦卑，脸上总是带着一副委屈的表情，似乎觉得生活对他不公。白天，他走路的时候若有所思，好像突然有什么声音都会让他吓一跳，晚上，他喜欢在街上徘徊，等着女人向他要钱，然后他就去喝酒。在那个地方，真主是禁止喝酒的，喝酒是丢人的事情，是非常愚蠢的事情，因为喝酒会招致嘲笑和迫害。大家都迟早要跟真主清算，那是他们和造物主之间的事情，但在那个地方喝酒，就意味着放弃了被尊重的权利。

他爸爸舍尔邦就是那样的，但人们没说他什么，因为他爷爷马哈茂德是一个神圣的人，有时事情是这样的，虔诚的人会生出邪恶的孩子，好像撒旦亲手挑了他们，让他们制造腐败和罪恶，从而揭露人类意志的薄弱，展示邪恶的力量。

舍尔邦·马哈茂德做着罪恶的事情，却毫无羞耻心，夜里醉醺醺地在街上晃来晃去，扯着嗓子唱歌，逛妓院，有时还住在妓院里，白天则神气活现，像个没事人似的，看上去一脸和善。他甚至四十多岁就死了，比他神圣的爸爸还早一年，他之所以早逝，是要避免给大家惹麻烦。他爸爸去世的时候，赖哲卜·舍尔邦·马哈茂德大概七八岁，比我大一岁。我记得，不知道是为什么，我曾经很害怕舍尔邦·马哈茂德。如果我在街上看到他，我会毫不犹豫地朝相反的方向跑开，即使那样毫无尊严可言，况且，到了晚上六点左右，我也无所谓尊严不尊严。他知道我怕他，有一次，我在警察分局对面的楝树下和小朋友们玩，他蹑手蹑脚地走到我的背后，把手搭在我的肩膀上，就想听我吓得尖叫，看我落荒而逃。然后，他跟街上的人一起哈哈大笑。

至于赖哲卜·舍尔邦·马哈茂德为什么会走上同样的道路，我不得而知。那一定是个渐进的过程，悄悄变化的结果。大家都很清楚，他对自己的弱点心知肚明，他感到很羞愧。然后，当关于他妻子的谣言四起，大家都说他活该。她失去了对他的尊重，也失去了自重。还好，他爷爷死得早，没有看到他的堕落。我不知道这些故事有多少真实性。我没有看见过他逛妓院，也没有看见过他喝酒，但人们都是这么说的，反正，我个人觉得，关于他家的传言，都是他招惹来的，不管这些传言有多少是真的。然后，他家突遭变故，他的宗教热情突然高涨，让我觉得很别扭。他变得更加谦逊，他说话带着哭腔，走路的时候总低着头，侧向一边，像一个可怜的牺牲品。好像一切都是他的错，都是对他的惩罚，他曾经太显摆，太狂妄。下班后，他一直待在清真寺里，阅读经文，做祷告，好像他已经在炼狱里面，他的那种生活方式和慢性自杀没什么区别。从此以后，我一直在想，也许侯赛因让他蒙受的羞辱，夺走了他的心智，让他变得偏激。

　　不过，他还是受到了委屈，而我给他的提议也不合他的心意，虽然有一定的合理性。此外，他觉得我欺负他的事情不止于此，尽管当时我不确定他心里惦记着哪些事情。所以，几天过去了，我都没有收到他的消息。有一天晚上，昏礼结束后，我在清真寺和他说了话。我是挤出时间去清真寺的，我希望真主能够谅解我，我确实没有按时满足他对我的要求。我欠着造物主一大笔债。我在赖哲卜·舍尔邦·马哈茂德的老地方找到他，那里距离米哈拉布只有一两步。我问我是否可以去他家，探讨一下我们俩之间的事情，要不然，他在第二天下午是否有空去我店里找我，中午过后吧，就是他下班回家的时候，而我的店中午通常会关门几个小时，因为大家都要睡午觉。好吧，他说。他会去我店里。

　　我让家具店的一扇折叠门微微开着，这样路过的人都不会以为我们在里面偷偷摸摸地说一些见不得人的事情，同时，我们也能呼吸到一点街上的空气。他坐在一张小木凳上，有客人来，我通常让他们坐在那张凳子上，那是一张精致的板条凳，可以折叠，稍微有点弯曲，刚好支撑弯曲的背部和凸起的臀部，坐在凳子上的时候，你会感觉板条好像在悄悄移动，让你觉得坐在上面刚刚好，很舒适。凳子靠背最上面的一根木条上镶着黄铜，样子像花边，折叠框架用涂成黑色的轻质铁艺制成。那张凳子曾经是一位银行家的，这位银行家是古吉拉特人，在 1939 年战争爆发前的那几年很有权势，但此后财富不断缩水。他的名字刻在靠背中央的黄铜板上，日期是 1926 年，也许那是他的鼎盛时期。他的一个后人现在是旅行代理人，当时要把办公室的家具换成新的，就把那张凳子连同其他几件东西卖给了我，充当我的木匠去他的办公室做装修的部分报酬。赖哲卜·舍尔邦·马哈茂德坐在这张美丽的凳子上，低垂着眼睛，头微微侧向一边。我距离他不远，坐书桌前的椅子上。他的表现让我觉得不大乐观。

那是一个炎热的下午，刚刚开始刮燥热的东北信风，海面起了波澜，风向转向东北，渐渐稳定下来，成为信风。我拿着一只陶罐，给我们俩分别倒了一杯水，水浸过香胶，所以有芳香气息。我喜欢这样的水，有陶罐的清凉和树胶的香味。我首先解释了他和侯赛因的协议是怎么来到我手里的。我猜得没错，他还不知道协议在我手里。他盯着我看，他觉得难以置信，也许还有点害怕，有那么一会儿，我以为他会哭出来或者大喊一声拔腿就跑。听到我的提议，他微微皱起眉头，然后又垂下眼睛。我想我说得很清楚，很直接，在他做出回复之前，我不会做任何美化工作，不会说服他做什么决定。我想我料到他会反对，但说实话，我认为他最终除了同意别无选择。他当然是拒绝了。

我说完后，他默默坐了一两分钟，双眼仍然低垂着。真的很难忍住不多说几句。然后，他直直地看着我，说他不敢相信他真的听到了我说这些话。他和他的家人发生了这么多事情，我怎么能坐在他身边跟他说这样的话？我肯定是早就算计好了，我和那个万恶的骗子，那条狗，那个恶魔。他没有说出那个人的名字。我们肯定是早有预谋。越想越像，越说越像那么回事。"真不敢相信你居然跟我说这些话，我真的不敢相信。你们一定是早就串通好了。"每次我想说话，他都伸出食指来警告我。闭嘴。他的额头上冒出了很多汗珠，顺着脸颊流下来。他的目光里充满了羞耻和愤怒，说了一通气话之后，他喃喃地做着祈祷，想让自己平静下来。等他停下来，我跟他解释说我自己损失了一大笔钱，这不可能是什么算计，不存在什么串通，至于我的提议，对他来说只是名义上的风险，因为根据我们的协议，他向银行申请贷款，是用我的生意去做担保。我认为我说的话他都没有听见。

我都说完后，他站起来，像电影里矫情的王子一样，伸出一只手臂，用僵硬的食指指着我说："你是贼。你偷了我姑姑的房子，现在又在打我家房子的主意。我们到底对你和你的家人干了什么？你为什么这么恨我们？是因为你觉得我们软弱和愚蠢吗？你这个贼！"说到这里，他已经是在咆哮了，手指指着我，朝我吐口水，一边倒退着走向门口，好像害怕我会站起来攻击他。他把门踹开，怒气冲冲地在那里站了一会儿。"狗贼！"他恶狠狠地说，"你偷了我们的房子，现在你又想把我们家榨干。我真的不敢相信，真主会让人变得像你这么邪恶。"说完，他溜进明晃晃的阳光下，从我的视线中消失了。

我们谈话的时间不是很长，大概十分钟左右。他没有碰那杯水，我把杯子拿起来，走到门口把它扔到街上。眼前一个人也没有，但不知为什么，我总觉得街上有人听到了赖哲卜·舍尔邦·马哈茂德的控诉。这肯定是一种妄想症，跟人家亲密相处太久形成的习惯。街上确实没有人，这种场合也不需要观众。我相信，赖哲卜·舍尔邦·马哈茂德会立刻到处讲述他的故事，他需要出气、宣泄。当然，我自己也去过银行，向他们提出要贷款。镇上的三家银行我都去过了，他们都拒绝了我。英国的银行经理一般都不会贷款给我们，我想，那三位银行经理肯定都是英国人。反正都是欧洲人。所谓"我们"，我是指印度人以外的商人。我没有别的意思。这是他们自己的钱，他们可以交给任何人管理，交给他们认为最有可能保值和增值的人。我只是说说而已，欧洲银行经理都认为我们不值得信任，也没有生意头脑，据我所知，这是他们拒绝贷款给我们的原因。所以，我的困难依然存在。现在，我已经不可能和赖哲卜·舍尔邦·马哈茂德达成任何协议，尤其是他给我列了那么多罪状。听到这些罪状的时候，我感到非常震惊，尽管我觉得那是意料之中的事情。从来没有人当着我的面说过这种话，尽管那些喜欢说三道四的"圣贤"已经向我转达了街上流传的谣言。

听完我的讲述之后，拉蒂夫·马哈茂德冷笑着说："这么说，是自尊心促使你下狠手，收了我们家的房子。"我担心他听不下去，担心他会觉得我在编造谎言和捏造事实，对我大发雷霆，然后拍拍屁股走人。我在这里说的这些话，并没有全部说给他听，但也差不多。差不多吧。

"是的，也许是自尊心在作祟，"我说，"他的指控都是莫须有的。帽子太大了。而且，我需要钱，我已经说过了。我觉得我别无选择。"

他点点头。我想他可能饿了，急着要走，不想听我再说下去，但他没有走，只是说他应该走了。我没有请他吃饭。我几乎一穷二白，给不了他看得上眼的"饭"。晚上，我一般会煮一根香蕉，或者一块西葫芦，或者一块南瓜，撒一点糖，就那样凑合着吃，然后再喝一杯温水，这足以让我过一夜。我想让他到此为止，以后再来，但我又还不想让他走。我想找合适的时机对他说，可以了，我累了。你走吧，改天再来。

"我记得那天他回家的情形。"拉蒂夫·马哈茂德很平静地说，回过头去，没有看着我。"嗯，我记得他的确说过你曾经偷了他姑姑的房子，现在又想偷我们家的房子。我不知道我是否记得那是哪一天，但我记得他说过那个事情。这是我青少年时代的记忆。我第一次读《抄写员巴特比》的时候，我就觉得我爸爸就是那个躲在角落里的可怜虫，而你是他的霸道老板，你就是那个迫害他的人。后来，我懂得用不同的方式来解读这个故事，明白了这不全是可怜不可怜的事情，但我第一次读的时候，确实在里面看到了他的影子。你觉得那个故事很感人吧？我记得你说过。感人。你为什么没发现他很可怜？我爸爸。你有为他心动过吗？我说你是迫害他的人，你会介意吗？我知道你肯定会介意，这是当然，但是，你会觉得这种说法很烦人，很不合适，很不礼貌，让人受不了吗？"

我摇了摇头。我现在感觉很累了，想叫他走，想着等他走了我就打开一听甜红豆罐头，冷着吃，不加热。我不知道如果被逼无奈，我是否有勇气再讲一遍那个苦难的过程。

拉蒂夫·马哈茂德很生气，可能也累了。他说："刚才我还在想，我真的不敢相信有这种事情。太难以置信了。我想到是你。我不知道为什么会想到是你，没有理由的，那只是一种猜测，一种直觉。然后，即使想到了你，我也不想来。我来这里，不就是要和你吵架吗？过去了这么长的时间，我不想再和你吵架。现在我觉得我不是真的生气了，而是我必然会生气。我对任何人生气，那就是对我自己生气，但我认为更多的是对我自己的无知，对我的生活和时代脱节感到内疚，所以怀有戒心。你介意我这样和你说话吗？我最终还是来了，你却这么跟我说话，这么肆无忌惮。我真的不敢相信有这种事情。我不敢相信会这么巧，运气真好。我不想听你说这些东西。我不知道我是不是想碰一下运气，但一定是的，因为我来了。好吧，我还想随心所欲一回，我知道自己在干什么。好像这是我故意为之，我不想总是束手束脚，什么有风险的事情都不敢碰。然后，我们一直很坦诚，以礼相待，在来的路上，我还没有想到会这样。我曾经想象你是一个老古董，代表着我的身世渊源，我想来看看你是什么样的，结果你却坐着一动不动，还装模作样，怒气冲冲，像一个从地狱里出来的精灵。我这样和你说话，你介意吗？"

"非得这么说就说吧，"我说，"你想到了哪个精灵？有哪个精灵坐着一动不动，还装模作样，怒气冲冲？"

"你是问是哪个故事里的精灵吗？"他微笑着反问。同时，他眉头紧缩，分明是在记忆里搜索着，希望能回答我的问题。"我不记得了。我有印象。"

"有角？精灵有角吗？大额头中间长一只角吗？"我问。

"是的。"他得意洋洋，满脸堆着笑，有那么一小会儿，他看起来很像他妈妈，而不是眼前这个整整一个下午都若有所思、显得十分内疚的人。此时，他的身上有她破罐子破摔尽情寻欢作乐的影子。他有种她那毁灭性的快乐。"你是一个聪明的老头，不是吗？好吧，告诉我是哪一个，哪一个故事？"

"'卡玛尔王子和白都伦公主'，"我说，"那个故事里的精灵，是《一千零一夜》里面最安静、最狡猾的精灵。额头中间长了一只角。是我最喜欢的精灵，一个彻头彻尾的怪人，在你的心目中，我就是这个样子的。"

"不，不，绝对不是'卡玛尔王子和白都伦公主'。"他说，"这个故事我非常熟悉。"

"那么，你说是哪一个故事？你是专家呀。哪个故事里有一个从地狱里出来的精灵，坐着一动不动，还装模作样，怒气冲冲。'卡玛尔王子和白都伦公主'里的精灵完全符合。"

"不，不是那个。我还想不起来是哪个，但我会找到的。我下次来的时候告诉你。"

日近黄昏，外面阴沉沉的，空中还亮着，但变成水灰色的，让心情很沉重。我故意看着窗外，想提醒他注意时间。既然他下次还要来，也许他现在就可以走了，让我休息一下，整理一下思绪，平复一下心情。

"你累了吗？我马上就走。"他说，"最后问你一件事。

你说你最终收了我们家的房子是因为我爸爸莫须有的指控。什么莫须有？你能解释一下吗？"

我摇摇头。"说来话长，也许听起来也很累。今天说得还不够多吗？"

"如果你觉得可以继续讲，我就可以接着听。"他脸上有点愧色，因为他知道自己有点过分，他硬要我解释给他听，强迫我自证清白。

我知道我会告诉他的。我需要摆脱罪恶感。我有罪，但算不上邪恶，我主要是小气又虚荣，但已经对我和他人造成了不堪设想的后果。这些罪恶几乎不可能减轻，我需要把那些故事讲出来，从而减轻我的心理负担，与此同时，讲述这些故事也可以满足我得到倾听和理解的渴望。他是我倾诉的对象，我知道我会满足他的要求，知无不言，言无不尽。然后，我会在适当的时候停下来，跟他说即使是山鲁佐德也会在每天日出的时候停下来休息一下。我占着主动，可以假装不乐意讲，这样，我回答了他的问题之后，他就会穷追不舍。他说得很好听，我不希望显得那么不近人情。于是，我泡了一壶甜的红茶，然后接着讲。

1950 年，我从麦克雷雷大学回来时，我第一次了解到那幢房子的归属有多么复杂。我离开了三年多，课程结束的时候，我没有马上赶回来。在坎帕拉的时候，我交了两个非常要好的朋友，一个是来自肯尼亚马林迪的塞福·阿里，学美术专业的，另一个叫贾马尔·侯赛因，家住在维多利亚湖西岸的布科巴，专业是工商管理。塞福对什么都充满热情，说起话来就好像他只要对得起自己和自己的良心就行。他是一个纯粹的艺术家。贾马尔之所以学习工商管理，因为这是他家人的愿望，当塞福抨击习俗和责任的时候，他会站出来强调责任和实用技能的重要性。我学的是民政管理专业，似乎当时就注定要到殖民地政府里面去任职。我们的宿舍房间在同一条走廊上，彼此紧挨着。除了我们上的课不同，我们平时都在一起，一起干了许多事情。我们在一起复习参加各种考试。我们结伴去食堂吃饭。那时，我们只能穿着红色的学生礼服进入餐厅，好像我们是在赤道上的牛津大学上学。我们一起走着去镇上，一起踢足球，一起在庞然大物般的无花果树间晃悠，斋月期间，我们每天日落后一起进餐，然后一起庆祝开斋节。干什么都在一起。

我们正年轻，我想。其他一些学生取笑我们，说我们甚至上厕所都一起去，还有别的事情。但那是一段美好的时光，我们建立了深厚的友谊，我们希望这种友谊能持续一辈子。我不记得我们是否说过这样的话，但过后想起来，我知道那就是我所期望的，那是兄弟般的友谊，纯粹、永久的友谊。对不起，我没有兄弟。做这样的比较，我是想表达一种非常美好的愿望，我真希望有兄弟，在我的心目中，兄弟就是那样的。反正，我们毕业后，我们难舍难分。与这些好朋友分别，比什么都让我感到难过，除了我亲爱的妈妈去世，愿真主保佑她的灵魂，我十一岁的时候她就去世了，那时就像是发生了天灾，比分手告别、身体痉挛、海啸或者日食都厉害得多。

因此，为了推迟离别时刻的到来，我们决定去对方家里住几个月，待一两个月，只要双方父母或者我和塞福要去任职的政府部门同意，想住多久就住多久。首先，其他人都离开之后，我们还留在学校里，睡睡懒觉，打打牌，学学网球，年轻人不在家，没有人管着，就这么自由自在，真是痛快。最后，那个通常都很随和、善解人意的会计对我们失去了耐心，把我们赶走了。然后，我们去了布科巴，住在贾马尔·侯赛因的家里。我们从恩德培搭轮船过湖，我记得一路上都在下雨，雨水把岸边一望无际的纸莎草都压了下去，湖面变得灰蒙蒙的。闪电不时划破黑压压的天空，狂风就像受惊的动物一样咆哮。那是我唯一一次穿过维多利亚湖，我却看到了这种哥特式的夸张景象，更甭提轮船在倾盆大雨中摇摇晃晃的时候，所有乘客越来越恐慌，这让我非常难过。

贾马尔·侯赛因一大家子在大街上开了一间五金店，卖锅碗瓢盆、锤子钉子、珐琅花碗托盘等等，东西都摆到了路边。他们还有一间店，在城郊一个通风的仓库里卖自行车和农机设备。战后，随着经济繁荣起来，他们家在农机店的旁边开了一间汽车展厅和一间汽修厂，专营奥斯汀牌的汽车。不是奥斯汀牌的，就是莫里斯牌的。那里是英属坦噶尼喀，在那里很难做福特或者标致等外国汽车的生意。简而言之，他们家的生意很红火，也许正处在暴富的边缘。我一直没有弄清楚他们家族成员间的关系，总之，他们家有一大群叔伯姑父姨父和堂表兄弟在帮忙打理生意，这些亲戚走路风驰电掣，大摇大摆，有时会聚在一起，吆喝着传播流言蜚语，这算是平时焦虑之余的喘息机会。他们家里的姑妈阿姨和其他女眷同样不得闲，洗衣服，做饭，来来往往，互相叫嚷着。

我说是"叫嚷",是因为她们用古吉拉特语说话,我听不懂她们在说什么,不知道她们是在争吵,还是在沟通像轮到谁打扫院子之类的日常问题。不过,她们火急火燎地比划着手势,分明是在吵架。

整个大家族住着并排的两幢大房子,共用一个后院,院子四周用网眼铁丝网和木豆篱笆围了起来。贾马尔把这个院子叫做花园,里面种了几棵香蕉树、几丛茉莉花、一棵番石榴树,后门边有一小片香草和一个鸡笼。一个角落里铺了一块水泥地,装了一个水龙头,除了星期天,每天都有一个洗衣工在那里洗衣服,洗好的衣服晾在院子里,晾衣绳纵横交错。院子里有一间小屋,塞福和我住在这个小屋里,小屋有两个房间,门都开在院子里,中间有一个卫生间。另一个房间一直锁着,用作储藏室,有时我们会看到塞福的兄弟来拿生活用品。

我们刚刚到,我就感受到了紧张气氛。贾马尔没有提前跟家里人说我们要来,他跟他们说过我们的亲密关系,所以想当然地以为他们会欢迎他的朋友来家里住。在坎帕拉的最后几个月,我们都非常开心,这种美好的期待也是原因之一。贾马尔是我们三人中离坎帕拉最近的人,放假的时候只有他能回家,他只要搭渡船过湖就行,在第一学年结束的时候,塞福也回去了一趟,回去参加家族的葬礼。我知道贾马尔跟他家里说过他在坎帕拉有几个好朋友,因为他的几个堂表兄弟分别跟我们复述了我们的顽劣事迹。由此,贾马尔觉得我们应该会被安排睡在他的房间里,或者和他的堂表兄弟住在一起。看到他们忙忙碌碌的样子,看到他们家里的年轻姐妹，我马上就知道我们不可能受到欢迎。让贾马尔苦恼的是，我们居然要住在储藏室里面，他敏感地意识到，我们可能觉得这是不尊重的表现。

其实那不是储藏室，中间有个卫生间，这就表明了那是给仆人或者园丁住的地方。只是他们家没有雇仆人或者园丁，所以这两个房间就派了其他的用途。我们和贾马尔开玩笑说早上一出门就进花园多好啊，我们通宵打牌也不用担心打扰他的家人，这个地方私密性很强。但还有其他的问题。我们分开吃饭，贾马尔的一个姐妹会来叫我们去端饭菜，总是同样的花卉图案搪瓷碗，好像那是专门给我们准备的。贾马尔自己经常被叫去干各种活，但他不会都跟我们说是干什么活。最让塞福难过的是，我们在院子里的时候，那些姑姑阿姨和兄弟姐妹们常常当着我们的面，用古吉拉特语对我们指指点点，他们直直地盯着我们，毫不掩饰他们的厌烦。过了几天，贾马尔说，他每天都要去一家店里，不是这家就是那家，所以，他无法兑现承诺带我们去附近好玩的地方，不过，他们家下个星期天要去湖边野餐，在几英里之外，我们可以一起去。

最终我们只能在那里住两个星期左右。一天下午，我和塞福沿着房子的背后，从小路朝大路走去，打算去湖边散步。贾马尔不见踪影，尽管他说过，如果他能够脱身，他会和我们一起去散步。突然，一盆温水浇到我们头上，我们抬起头，看到楼上窗口有一张女人的脸，冲我们笑一笑就消失了。然后，我们听到了一阵兴奋的笑声，过了一会儿，窗口又探出来三张脸，她们都是来看我们狼狈相的。我们束手无策，我们都知道泼在我们头上的肯定是人家用过的肥皂水。过一会儿，贾马尔从楼上匆匆跑下来，一边回头大喊大叫，这时我们已经自己擦干净，换好了衣服，也收拾好了我们的行李。他一来到我们跟前，就使劲道歉和解释，塞福提起他那只笨重的大箱子，跟跟跄跄走出房间。当然，我紧紧跟在他的身后。我们快要走到路上的时候，他转身对贾马尔说："你们都是傲慢而愚蠢的混蛋。一群混蛋。"我对贾马尔说："过一阵子给他写信吧，你有他的地址。把事情说开，解释一下。"但他一直没有写。太可悲了。也许是他羞于启齿，或者他认为没有什么可写的。我记得布科巴的甜李子，以及傍晚时分湖边的紫色霞光。

我和塞福先搭一辆汽车去姆万扎，然后又搭另一辆汽车去了基苏木，从那里坐火车去内罗毕，最后到了蒙巴萨。我们在路上花了四天时间，有一天晚上睡在汽车站，然后都在火车上睡觉。我们在蒙巴萨过了一夜，住在塞福的一个亲戚家里，第二天早上坐汽车去马林迪。来到海边就像回到了家，甚至不止于此，那好像是冥冥之中早已注定的。我在坎帕拉学到的很多东西都是颠覆性的，让我认识到自己有多么无知，我们一直都无足轻重，却总是心安理得。回到了海边，我却看到了那里的大气和高尚，我和那里已经融为一体，而我以前却认为那里有多么蹩脚，这实在是太草率了。我在塞福家住了三个月，和他的各种亲戚住在一起，在此期间，我们沿着海边到处旅行，一直向北，到了帕特和拉穆，在塞福认识人的地方和经过人家介绍有人乐于收留我们的地方停留了几天，然后搭汽车或者坐船去别的地方。每到一个地方，我们都得到了盛情款待，他们简直把我们当作自己的孩子。每到一个地方，人们似乎都知道塞福是谁，即使那些人他都不认识，从未见过面。那是一段不可思议的美好时光，到处都有人向我张开双臂，热情欢迎我。塞福想劝我留在肯尼亚找工作，但他知道我留不下来，因为我的奖学金有个前提条件，就是我必须回去为殖民政府效力至少三年。

刚到海边几个星期，我就写信给我爸爸，告诉他我在哪里，我跟他说我正在回家路上，虽然行程有点缓慢。我没指望会收到回信。毕竟，在过去三年左右，我有一搭没一搭地给他写过几封信，但他都没有回过信。在我看来，这算不上不通人情，我觉得他不是不通人情的人。我隔三岔五地给他写信，那是我的义务，而除非有重要的指示要传达，例如指令或禁令，做爸爸的通常不会写信。他居然给我回信，寄到了马林迪，说我要尽快回去，因为有一名政府官员去找过他，询问我的下落。我必须尽快去报到上班，那是我的义务，而我似乎已经忘了我的义务。总之，我必须赶紧回去，我不是闲人。他还说我一定要让他知道我会搭哪一艘船回去，因为他想去码头接我。最后一条指示是说他再婚了，他说得很委婉，云里雾中，我回到了家才完全明白。我爸爸两年前结婚了。他第一次跟我说的时候，我根本没有当一回事。我们从码头走回家，我沉浸在久别重逢的喜悦之中，路上碰到多年不见的人，我要跟他们打招呼，可能注意力不集中，听得不是很清楚。但我知道，在笑容可掬地和人们挥手致意的同时，我心里一直在想：他这么大的年纪，为什么还想要结婚？当然，我没有对他说那样的话。要是我冒失说错了什么，他会毫不犹豫地揍我，把我赶到马路对面。总之，我很高兴我没有说漏嘴，因为我知道现在不一样了。我知道你从未放下过对生活的渴望，希望有人陪伴，生活要有盼头。他一定在担心我听到这个消息可能会反感，因为我们俩一直都深爱着我妈妈。但是，那件事情没有让我为难过，那时候没有，一直都没有。我们到了他再婚后搬进去的那幢房子的时候，我想起了以前住在那里面的人。"这是你妈妈。"我爸爸说。他的妻子和我礼貌性地亲了一下，然后我们客套地聊了几句。我应该说"我的继母"而不是"他的妻子"，但我从未把她当作我的继母。她是我爸爸的妻子。我记得她以前叫做玛利亚姆阿姨，我一直都这么叫她，没有不尊重她的意思。

我刚才说我想起了以前住在那幢房子里的人，这样说可能让人觉得他们距离我很遥远。也许我应该说我很清楚他们是谁。玛利亚姆阿姨的前夫是一名船长，三角独桅帆船的船长，也是一名商人。所有人都知道他是谁。他是一个见过世面的人，见过风浪的人，对商品和技术问题了如指掌，在退潮或风停之前，他会吆喝搬运工和船员干活，所以，他走在街上总是招人注意。看到他走过去，人们都会跟他打招呼，向他呼喊，有时喊他的名字，有时喊他的头衔。我不记得他是怎么死的，一定是在我去坎帕拉读书的时候死的，而我爸爸一定是玛利亚姆阿姨刚刚守丧期满就把她娶了。我不知道他是怎么娶到她的，也不知道他为什么要娶她，或者她为什么会嫁给他。我所能说的是，在我和他们一起生活的那几年里，他们似乎都不觉得有什么别扭的，落落大方。不了解情况的人会觉得他们已经在一起生活了几十年，而不是刚刚结婚了几年。他们俩似乎很了解彼此的心思，碰到大事情，我从未见过他们意见不合。我爸爸就什么事情发起攻击的时候，玛利亚姆阿姨的手里一定会攥着一块小鹅卵石或一只飞镖，随时准备扔出去，扔向爸爸的敌人。总的来说，我爸爸不称心的时候总是不依不饶，而她的手法比我爸爸更加巧妙。我爸爸想要吃某种特别的美味佳肴或者玛利亚姆阿姨对某种安排不满意的时候，他们从来不会相互发脾气，至少在我面前不会。简而言之，我不想假装不关心或者视而不见，我得说他们似乎都对生活很满足。

我知道的就是这样，因为我回来几个星期后我爸爸就告诉了我，所以，当流言传到我耳朵里来的时候，我就会有心理准备，流言是迟早要传到我这里来的。我在这里说的都是我理解和相信的事情。我很尊重我爸爸，尽管在许多方面，他是个无知而又顽固的人，跟他们那个时代在艰难条件下长大的人一样贪婪。我相信他跟我说的都是实话，他能告诉我的都告诉我了。我没有问他是不是迫不及待地娶了玛利亚姆阿姨，是不是因为她很有钱才向她求婚。我不能问他这种问题。他会觉得我太放肆。他可能认为能够抢先娶到这个有钱的寡妇是运气好，也是因为他自己有本事。我不知道这是不是真实的情况，还是说多年来他一直都喜欢玛利亚姆阿姨，机会一出现就扑了过去。

我知道的是这样。玛利亚姆阿姨的前夫纳索尔船长备受爱戴，走在街上，人们会报以微笑并亲切问候，但他的亲人们每天都围绕着遗产继承问题吵吵闹闹。首先，他的亲人们不让他继承他爸爸的遗产。他还没有出世，他们就把他们家的所有家产都霸占、瓜分掉了。他是遗腹子，在他爸爸死后才出生，他还没有出生，他的男性亲属就把遗产都拿光了，没有给他留下一丁半点东西。就像老人常说的，甚至没有留一块布来裹尸体。那是在阿曼的马斯喀特市。他妈妈也没有得到丈夫的任何遗产。相反，她刚刚脱下丧服，她丈夫的一个哥哥就向她求婚了。这个哥哥已经娶了两个妻子，生了一群孩子，他向纳索尔的妈妈求婚，他说这样就能够保护她，让她得到尊重。她觉得自己别无选择，只能答应了他，因为她看不到希望，不答应他，她就无依无靠。他妈妈的新丈夫接受了纳索尔，把他作为投靠的亲属抚养成人。

纳索尔渐渐长大，等到他懂事的时候，他妈妈就告诉他，他与生俱来的权利，就是继承权，是怎么被剥夺的。她告诉他，他们娘俩都遭到了背叛，她是忍辱负重，常常躲在阴暗的角落里，为她可怜的丈夫哭泣。她告诉他，亲人们的所作所为违背了真主的旨意，对于遗产继承，是有明确穆斯林教法的。具体是这样的。一个人死后，他的财产要按以下方式分配：一、死者生前的债务必须偿还，包括生意上的负债和公共义务；二、剩余遗产的一半由儿子平分；三、另外三分之一归妻子所有，由她们按比例划分；四、剩余的遗产由女儿平分。纳索尔是他爸爸唯一的男性后代，也是唯一的后代，按理他可以继承他爸爸一半以上的财产。他爸爸在马斯喀特有两幢房子，在他们老家还有一块地，种着波斯枣。而她是他唯一的妻子，按理可以得到遗产的三分之一。他爸爸去世的时候，亲人们都知道她肚子里怀着孩子，迫不及待地瓜分了遗产，这样，孩子出生后就无所谓遗产继承权了。而她，纳索尔的妈妈，被迫嫁给一个亲属，因此失去了她应得的三分之一。他们的所作所为就是背叛，就是犯罪。对于这个问题，教法的规定是明确的，《古兰经》里有详细的阐述，尽管她说不出是哪一章、哪一行。先知本人也是遗腹子，他也没有继承到爸爸的任何遗产。他与生俱来的权利被他的伯伯叔叔们瓜分了，而他只能交给爷爷监护，一穷二白，由贝都因人在沙漠里抚养长大。正因如此，真主在经书里规定了每个亲人应得的遗产份额，以免无知时期的不公正再次发生。

纳索尔还很小，大概十二三岁吧，就作为船员首次踏上了我们这一带的土地，此后，他每年信风季节都会来。正是那时，他发现了自己在航海方面的天赋，回到马斯喀特后，他就成了一名水手，他的伯伯先后把他送给好几个船长当学徒，根据学徒契约，船长要给纳索尔发一些工资，但他的工资都被伯伯拿走。情况就这样持续了好几年，而且会一直延续到他的末日，因为等到他伯伯的儿子当家，他们没有理由去改变他的待遇。他妈妈的情况较好，用不着担心，因为她给伯伯生了几个孩子，但纳索尔只是一个投靠的亲戚，必须尽最大的努力，让自己成为有用的人。他妈妈一直在唠叨，盯着他不放，催促他要求继承爸爸的遗产，但纳索尔知道，如果他提出这个要求，哪怕他敢于提起遗产的事情，他的堂兄弟就会揍他，把他赶出这个家门，不久之后，他就会莫名其妙地丢掉性命。因此，有一年信风季节他没有回去，他给妈妈写了一封信，说等到可以回去他就回去，换言之，如果他必须回去，如果没有别的出路，或者说如果因为他没有回去让她左右为难，他就会回去。那时他一定有十七八岁了，他找到了一份工作，在沿岸做贸易的船上当水手。他勤奋、机智、节俭，到了三十岁左右，他已经跟人家合伙开了几家小企业，他既是船长，也是那艘三角帆船的半个船东。

　　那些年，纳索尔一次也没有回去过马斯喀特。有一天，他收到伯伯的一封信，是一个信风商人捎来的。在信里，伯伯祝贺他取得了成功，马斯喀特的人们都有所耳闻。伯伯叫他回去，趁他妈妈还活着，他要赶快结婚，这样，他妈妈就还能参加他的婚礼。他们已经为他挑了一个对象，是他的一个堂妹妹，希望他等今年的信风转向就回去。纳索尔很愉快地回信说，他已经结婚了，不想再要一个妻子，只要健康状况允许，他会在生意比较淡的时候找机会回去看看。他永远不会回去。他现在明白了，他的亲人们了解他的情况，他开始担心，如果他出了意外，他的新婚妻子该怎么办呢？因此，他买的房子落在玛利亚姆阿姨的名下，这样，如果他意外去世，房子就不会被他那些贪婪的亲人们夺走，毕竟，在海上跑生意总是有危险的。按照他的计划，等有了孩子，他会把生意记在他们的名下，这样他们就没有后顾之忧。遗憾的是，他一直没有孩子。这个消息也传到了亲人们的耳朵里，他们又提出要送给他一个妻子，并以他妈妈的名义叫他别忘了他的家族责任，他要确保他爸爸的名字不会消失。

　　在亲人们找到他的下落之前，纳索尔和玛利亚姆阿姨一直过着美满幸福的生活，而亲人找上门，让他下定了决心。他决定把财产都记在她的名下，包括所有的生意，因为在他有生之年，没有法律可以阻止他任意处置自己的财产。这样，如果他出了什么事，亲人们爱怎么闹就怎么闹，反正他的妻子是安全的，没有后顾之忧。但是，因为他想对这个安排保密，这样才不至于引起生意伙伴和同事的焦虑，所以他一直拖而不决。最后，他还没来得及全面落实计划，仁慈的真主就把他带走了，他一直担心会在海上出事，但他并非死在海上，而是一天早晨起床的时候突发中风倒下的。玛利亚姆阿姨还在守丧，还不能接待男性访客或做生意，就从马斯喀特来了一个堂兄弟，他代表大家族向她提出财产要求。由于她没有儿子，根据法律，在纳索尔的债务还清后，亲属可以获得他的大部分财产。除了房子。那是抢不走的。结果，大部分财产都落到了亲属的手上，玛利亚姆阿姨得到了遗产的三分之一，那是法律规定的。每个听说遗产分割结果的人都为玛利亚姆阿姨庆幸，并称赞纳索尔船长的未雨绸缪，于是，他死后比生前更受人们的爱戴。没有人嘀咕过一句批评真主旨意的话。

　　话说到这里，我应该交代一下玛利亚姆阿姨是谁，她和谁有亲属关系。我之所以一直没有说，是想先把纳索尔的故事讲清楚。玛利亚姆阿姨是虔诚的马哈茂德的小女儿。虔诚的马哈茂德有三个孩子，老大是萨拉，老二是舍尔邦，玛利亚姆阿姨最小。舍尔邦就是赖哲卜·舍尔邦·马哈茂德的爸爸，同样的嗜酒如命。也就是说，我爸爸的妻子玛利亚姆阿姨是赖哲卜·舍尔邦·马哈茂德的姑姑。

玛利亚姆阿姨嫁给纳索尔的时候，她的爸爸还在世，这位虔诚的老人同意了这门婚事，大家都觉得那是船长的福气，尽管人们对在海上谋生的人都极其怀疑。怀疑什么？这些人长期在海上谋生，远离人们的视线，不知道他们养成了什么怪癖。大海那么空阔，常常大浪滔天，完全可能扭转人们的思维方式，让人们变得偏激，甚至有暴力行为。但是，虔诚的马哈茂德对纳索尔船长毫不怀疑，他没有丝毫的犹豫，玛利亚姆阿姨也是如此。

　　她的哥哥舍尔邦也还在世，晚上常常喝得醉醺醺，在街上摇摇晃晃，大声歌唱，让他爸爸觉得羞耻和痛苦，但他对玛利亚姆阿姨挑选的丈夫也很满意，因为大家都知道这个人很慷慨大方，心地很善良，由于他忙于事业，很少在清真寺里出现。舍尔邦希望躲避频繁出入清真寺的人。

　　玛利亚姆阿姨第一次结婚的时候，她的大姐萨拉已经结过三次婚，前两任丈夫都是结婚后不久就去世了，第三任丈夫矮矮胖胖，性情温和，但嗜烟如命，喜欢吸鼻烟，非常不讨人喜欢。萨拉阿姨只比玛利亚姆阿姨大四岁，但她心里面比较阴暗，总是非常悲观，所以，听到一点点流言蜚语或者哪怕最温和的丑闻，她总是添油加醋，经过她的嘴，就像是大难临头。她没有孩子，而且考虑到她疾病缠身，她似乎不可能生孩子了。但是，她的前两次婚姻还是给她留下一些财富的，第二任丈夫去世后，她继承了现在居住的小房子。如果说是这幢小房子给她招来了第三任丈夫，可能显得很刻薄，但是，尽管她是个虔诚的人，但她缺乏魅力，不招人喜欢，而且她的悲观心态会让许多人望而却步。正是第二任丈夫留给萨拉阿姨的这幢小房子，后来成了我和赖哲卜·舍尔邦·马哈茂德争执的对象。

结婚大约十年后，纳索尔船长突然病死，那时舍尔邦也已经去世了，他生了一场不知道什么病，然后很快就死了。几个月后，他爸爸马哈茂德也紧跟着去世了。萨拉阿姨的第三任丈夫也死了，她也没有费心再去找一个丈夫，也有可能是她克夫的坏名声把人家都吓坏了，所以她无法说服任何人冒险和她结婚。她邀请赖哲卜·舍尔邦·马哈茂德、他美丽的妻子阿莎和他们的两个孩子去和她一起生活。她本想叫他们早点搬过去，但她必须等到赖哲卜·舍尔邦·马哈茂德的妈妈去世之后。她说，她受不了那个女人，不能和她住在同一个屋檐下，因为她有个很恶心的卫生习惯，她经常放屁，臭气熏天，她没有任何克制的意愿，况且，每次放完屁，看到大家四散而逃，她就哈哈大笑。我自己没有见识过，但她的坏习惯几乎妇孺皆知。她一定是肠胃有问题，据说她的脑子也不太好使。

因此，纳索尔船长去世之前，他一直很担心能否把财产留给他亲爱的妻子，等到纳索尔船长去世，赖哲卜·舍尔邦·马哈茂德就是玛利亚姆阿姨唯一的成年男性亲属。在遗产继承方面，男性亲属举足轻重，要出席谈判，他对安排的意见至关重要，有些礼节是要遵守的。当时，赖哲卜·舍尔邦·马哈茂德已近三十岁，有一个妻子、两个孩子，但他举止温和，可能被纳索尔船长那些贪婪的亲人们吓坏了。萨拉阿姨叫他去问我爸爸的意见，我爸爸是个商人，有一定的经济能力，面对复杂的事情，他是靠得住的。

几年前，萨拉阿姨和我妈妈是好朋友，好到她非要我叫她阿姨，在情绪激动的时候，她甚至让我叫她妈妈。我妈妈去世后，她很多事情都要问我爸爸，而那时我还太小，所以没有告诉我。也许她把他当作她的后备丈夫之一，一直和他保持着联系，以备不时之需。也许吧。我们互动频繁，方式多样，相互还要一些手段。总之，萨拉阿姨叫赖哲卜·舍尔邦·马哈茂德来征求我爸爸的意见，他可能尽了最大的努力，提供了睿智而世故的建议，但还是不能阻止纳索尔船长的亲人们分走大部分财产。于是，等到玛利亚姆阿姨守丧期满，我爸爸在求婚者中排到了首位，这可能是因为她感激他的鼎力相助，也可能是因为萨拉阿姨拼命撮合。我没有问过我爸爸或者玛利亚姆阿姨他们是怎么结婚的。也许他们就是相互看上了眼。他们结婚的时候，他五十岁，她也快四十岁了，和前任丈夫在一起十多年，一直都没有生小孩，而她的前任丈夫是个好人，备受人们的敬重。刚刚认识她的时候，我对她的印象不坏。她是个四十岁的妇女，名下有财产，又很成熟，不是一个要生活在父母庇佑和阴影下的孩子，而她嫁给我爸爸并非盲目的决定，毕竟她是个有见识的女人。从坎帕拉回到家，我觉得他们都很幸福，在此后八年里面，他们的生活也一直很美满幸福。刚才说过，我没有问过他们是怎么走到一起的，因为看到他们相敬如宾、相濡以沫的样子，我就认定这样的生活就是他们想要的。

　　在我去坎帕拉之前，我们住的房子是我出生的地方，也是1941年我妈妈去世的地方。那时我还很小，没有人告诉我她是怎么死的，但我记得非常突然，她脸上的表情痛苦极

了，她发出凄惨的声音，显然她是痛得受不了，简直痛不欲
生。后来，从坎帕拉回来后，我问我爸爸她是生什么病死
的，他说是阑尾破裂。他当时很无知，对这种情况一无所
知，以为是她的肠子里有东西，堵塞了，所以他给她吃了泻
药。当时的人们都很相信泻药。他想叫一辆出租车送她去医
院，但她说不用，刚刚吃过泻药，先看看有没有效果再说。
她想表现得勇敢一些，结果耽误了病情，腹腔感染，所以在
痛苦中悲惨地死去。最后，他把她送到了医院，那里的医
生，一个英国人，冲着他大喊大叫，说了一大堆他听不懂的
话，但他知道肯定是在数落他的无知和疏忽。护士没有如实
翻译，免得让他难受，只是说了一些表示同情的话，但他知
道医生很生气，是他让她死得那么凄惨。"你妈妈就是那样
死的。"他哽咽着说。愿真主保佑她的灵！

　　当时，我们租了两间楼上的房间，有自己单独的前门，
楼梯在外面。那时这种建筑结构并不罕见。去坎帕拉之前，
我一直都住在那里。我妈妈还在世的时候，前门一整天都开
着，女客来来往往，她们有时也叫孩子跑腿来送东西。她死
后，我爸爸就把前门锁起来，要么是在外面用挂锁锁住，要
么是在里面插上门闩，我回家的时候，只能去找他，或者敲
门叫他开门让我进去。我爸爸住在前屋，俯瞰着主干道，我
住在后屋，可以看到渔民挖鱼饵的泥水沟。满月的时候，潮
水沿着那条水沟涨上来，那条臭气熏天的水沟不一会儿就变
成了闪闪发光的咸水湖。

　　和玛利亚姆阿姨结婚后，我爸爸搬进了他妻子的房子，
我们所有的家当都一起带过去。所以，从某种意义上说，他

把我也搬了过去，事先都不跟我打个招呼。这些年来，他们花了一大笔钱改造房子，他肯定出了绝大部分，因为除了房子，丈夫去世后，玛利亚姆阿姨没有继承到多少钱。我爸爸又燃起了生活的激情。我和他住在一起的那些年头里，他对装饰房子和改善生活环境没有一丁点儿兴趣，在我的记忆中，他没有粉刷过房间，也没有更换过任何家用物品，除非彻底不能用了，即便是彻底坏了，不等到出现紧急情况他也会不换。我从坎帕拉回来的时候，我发现我爸爸对他和玛利亚姆阿姨的房子一丝不苟，要求很高。她的前任丈夫纳索尔船长对别人都很慷慨，所以备受尊敬，但他对自己和妻子倒没有那么慷慨。房子里没有通电，卫生间里很阴暗，空气沉闷，通风要靠墙上两个狭窄的缝隙，就像是一个地牢，里面的设备十分简陋。房顶有几根横梁生了虫子，墙面也斑驳了，需要翻新。玛利亚姆阿姨和我爸爸对房子进行了现代化改造，做了许多小改动，加了几个窗户，装了格子百叶窗，种了盆栽，通过改造，房子变得更明亮、更通风、更漂亮。

我想，和纳索尔船长在一起生活的时候，玛利亚姆阿姨就一直在为财产的归属而焦虑，和我爸爸在一起的时候，焦虑也一定都伴随着她。也许，他们婚后生活无比美满，她想通过具体行动来表达她的信任和爱。她把纳索尔船长想方设法留给她的房子记在我爸爸和她的名下，成为共同财产。直到他去世后，我才知道这件事，玛利亚姆阿姨经历第二次丧夫，她在极端悲痛之际，把这件事告诉了我。她趁他们夫妻俩都还在世就变更了产权，这样一来，他们不管哪个先走，另一个都不会遭受亲人们的折腾。不过，她没有料到这一天会来得这么快，这么突然，毫无征兆就来了。

在他去世的那天晚上，我听到她在大喊大叫，我还没有上楼就知道是他出事了，他快要死了。我来到他跟前的时候，他的脸上还有表情，玛利亚姆阿姨跪在床边，她的手在他身上乱抓，像发疯似的，好像在找什么东西，她想要把它拉掉或者关掉。他的脸上还有表情，但他已经没了呼吸。他的睡衣上溅满了呕吐物。我也跪在爸爸身边，握住他的手。他的脸上还有表情，但他已经死了，我几乎难以接受，他已经去世了，离我们而去了。我为他妥善办了丧事，邻居们纷纷来帮我们，大家都很沉痛。我和努胡帮忙给我爸爸擦洗身体，他瘦骨嶙峋，让我惊讶不已。不过，虽然他已经死了，但我爸爸看上去还是那么坚强、有力。当时我不知道死人往往都是这样的。努胡不停地抽泣着。第二天下午，我们把尸体装进棺材里，抬到清真寺，在那里为死者做祷告。我们默默念着经文，有几十个人排队站在棺材前，念了四遍赞主辞，"安拉至大"，但不下跪，也不俯伏。然后，我们把棺材抬出清真寺，高喊真主的名字，看到我们经过，街上的人都站起来，跟着队伍走一段路，所以，我们来到墓地的时候，送葬的人群有一百多人。与此同时，玛利亚姆阿姨又一次按照真主教法的要求，守丧了四个月零十天。

对我来说，他不是一个特别好的爸爸，对他来说，我也不是一个好儿子，我们彼此疏于照顾，父慈子孝都是礼节而已，但是，对于玛利亚姆阿姨，他付出了真心，也得到了真心，所以玛利亚姆阿姨悲痛欲绝，久久难以平复。在守丧期间，寡妇只能接待女性访客和最亲近的男性亲属，所以，我无法拿玛利亚姆阿姨的悲伤和别人做比较，但访客离开的时候，她们往往都泪流满面，没有访客的时候，她就一个人静静地坐着，穿着黑色的丧服，眼睛只看着房间里头。她的姐姐萨拉阿姨总是病恹恹的，不是生这个病就是生那个病，在那几个月里面，她每天都挣扎着来到我们家，但是，即使她对于这种悲剧有切身的体会，也不能说服玛利亚姆阿姨不要那么伤心。她把她的事情全都交给我处理。现在，我拥有纳索尔船长留给她的房子的部分产权，而她也拥有哈尔瓦店的部分权益，努胡以我们俩的名义经营着这家店。我爸爸也有一点存款，按法律规定，这些钱应该由我们俩分，不过我们都还没有想要去碰这些钱。就在那个时候，我开始筹划关掉哈尔瓦店，将哈尔瓦店改成家具店，但她对这种事情没有兴趣，说我觉得应该怎么办就怎么办。

在她守丧的前三个月里，她的侄子赖哲卜·舍尔邦·马哈茂德没有去看望过她一次，尽管他是她唯一的男性亲人。有一段时间，他的妻子阿莎会和萨拉阿姨一起来，带着小儿子来过一两次，但赖哲卜·舍尔邦·马哈茂德本人始终没有露面。也许是他认为他来我们家的话，他的姑姑会惶惑不安，也许是因为他一家人都和萨拉阿姨住在一起，萨拉阿姨每天都会将玛利亚姆阿姨的情况通报给他，所以，他觉得没有必要亲自上门去了解情况。后来有一天晚上，我正在楼下听收音机，玛利亚姆阿姨那边出现了异常状况，她在喊叫，可能受惊了。我爸爸去世后，晚上她不喜欢一个人睡在楼上，所以，收听完新闻广播之后，我会上楼去，睡在隔壁的

217 ······

空房间里面。那天晚上，我可能在楼下多坐了一会儿，也可能是她比平时更慌。总之，我听到她在歇斯底里地叫我，然后以最快的速度跑了上去。她坐在接待室的垫子上，背靠着墙，看起来似乎已经奄奄一息。"我要走了，"她说，"我不行了。"

我跪在她面前，劝她不要说那样的话，那样只会让她自己更难过，也让我更难过。我说我马上就去请医生，我想起来我妈妈死得那么惨，就是因为我爸爸太犹豫，迟迟没有去医院，所以我记得一个电话号码。但我最终还是劝不了她。她心里很明白，知道自己快要死了，她叫我马上去告诉她的姐姐萨拉，如果她愿意来或者能够来，就请她在她被真主带走之前过来和她告个别。我听她的话，急忙跑到萨拉阿姨家，发现她家里吵吵闹闹。赖哲卜·舍尔邦·马哈茂德刚刚喝得烂醉如泥回家。通常，他会尽量躲开人，但不知道怎么回事，这次被萨拉阿姨逮住了。来到她家的时候，是萨拉阿姨自己为我开了门，我发现她正在为侄子的邪恶行为大发雷霆。他就是一个邪恶的废物，和他爸爸一样坏，都是个酒鬼。如果他的爷爷还活着，看到他这样，会说什么呢？我没有看见赖哲卜·舍尔邦·马哈茂德，他应该是在楼上，萨拉阿姨在黑乎乎的院子里走来走去，有时会倚靠在楼梯上，骂骂咧咧。我说了玛利亚姆阿姨的情况，她就立刻消停下来，急忙跑上楼去拿她的背背衣。下楼前，她站在楼梯转角又喊了一句话，说她妹妹就要死了，死了更好，至少不用受他这个气。

玛利亚姆阿姨没有死，当时没有马上死，也许是被萨拉阿姨的怒火给烧回来了，萨拉阿姨似乎无法遏制自己的怒火，虽然她在将死的人跟前伺候着，通常，面对一个将死的人，总是很严肃，该放下的都要先放下。也许是因为这些年来她自己多次跟将死的人打交道，她认为玛利亚姆阿姨不会那样一下子就死了。那天晚上，萨拉阿姨在我家里没有走，我能听到她一连说了几个小时的话，发泄着她内心的愤怒。第二天，我在上班的路上顺便去找了巴尔博亚医生，请他尽快去看一下玛利亚姆阿姨，因为她前一天晚上发病了，不知道是什么病。下班回家的时候，我发现医生已经给她开了一些镇静剂，并按常规给她打了一针，萨拉阿姨一直在等我回家，看到我回来就回自己家去了，用她自己的话说，她家里也不消停，已经被罪人玷污了。巴尔博亚医生采取了果断的措施，终于让玛利亚姆阿姨平静下来，此时，她看上去目光清澈，意识清楚，不像痛不欲生的样子。

　　几天后的一个下午，我正在哈尔瓦店里干活，我已经开始帮努胡分担工作压力，赖哲卜·舍尔邦·马哈茂德趁我不在，应玛利亚姆阿姨的明确要求去了我家。她后来告诉我，她之所以叫他去，是因为萨拉阿姨跟她说了一些事情，她想跟他说清楚。在怒不可遏大发雷霆的时候，萨拉阿姨说赖哲卜·舍尔邦·马哈茂德不仅是个邪恶、放荡的酒鬼，他还信口雌黄地说我爸爸是个骗子，用欺诈的手段让玛利亚姆阿姨在房产证上写了他的名字，他死后将房子的产权传给了我，而且，等玛利亚姆阿姨死后，我还会继承她的所有财产。他赖哲卜·舍尔邦·马哈茂德是她的亲侄子，是她的合法继承人，他打算在他姑姑去世之后把我告上法庭，想把我爸爸和我从她那里偷走的所有东西都要回去。玛利亚姆阿姨跟赖哲卜·舍尔邦·马哈茂德说那是她姐姐告诉她的，要求他亲口证实有没有说过那样的话。据玛利亚姆阿姨说，赖哲卜·舍尔邦·马哈茂德结结巴巴地说他没有别的意思，只是替她和家族着想，但他没有否认。

玛利亚姆阿姨告诉我这件事的时候，已经过去好几个星期了，想到纳索尔船长和那些亲人之间的烂事又要重演，她越想越害怕。告诉我那件事的时候，她已经考虑好该怎么应付。那时她刚刚守丧期满，她想叫律师尽快起草文件，把房子和生意都记在我的名下。这样一来，等到她死了，就不用吵吵闹闹了。她说，她的侄子已经堕落成了酒鬼，跟他爸爸一样。她担心，如果让他分到她的财产，他只会拿去喝酒。在她看来，我拥有这幢房子的部分产权是理所应当的。自从我回来和他们夫妇住在一起，我就拥有作为儿子的一切权利，等她死后，她的那份产权也要归我所有，这是她唯一的愿望。因为教法明确规定了亲属继承遗产的比例，要确保她的愿望能够实现，唯一的办法是趁她还活着，把她所有的财产都记在我的名下。她侄子编派我爸爸的那些话，她是无法忍受的，而对我的指责也没有任何道理，我没有做过任何对不起她的事情，等她死后，如果我受到任何非议，那都是不应当的。

我感到非常惊讶。我不知道赖哲卜·舍尔邦·马哈茂德在背后说我的坏话，不过我现在知道了，还有一些人在试探我，看看我有没有什么要补充的，然后他们会添油加醋，话越传越难听。面对玛利亚姆阿姨，我的第一反应是劝她三思，先冷静一下。我不想看到两家结成世仇。但是，经过思前想后，我放下了一些顾虑。面对玛利亚姆阿姨，我的虚荣心和贪婪得到了很大的满足，我找到了能够消除顾虑的说辞。玛利亚姆阿姨和我爸爸做出如今这种安排是有道理的，是出于相互的信任和感情。而且，我爸爸也有所付出，他改造了房子，让它变得更加漂亮。另外，如果玛利亚姆阿姨希望由我而不是她的侄子来继承她的份额，那是她自愿的选择。既然幸运不期而至，我为什么要躲闪呢？经过商量，我们各让一步，她暂且叫人起草文件，但不着急生效，可以再想想，再等等。

不过，我后来发现她并没有等。起草之后没几天，她就把文件提交了，那是萨拉阿姨再次来我们家过夜的第二天。这一次是萨拉阿姨来找我们，她看到赖哲卜·舍尔邦·马哈茂德就心烦意乱，他喝醉了，泪流满面，骂骂咧咧，叫他的儿子都下来，说他们要离开这个妓女、骗子、阴谋家住的房子，去找一个干净的地方。阿莎从外面把儿子的卧室闩住，这样他们就出不来，看不到他们的爸爸的洋相。萨拉阿姨站在楼梯顶头，很渺小，很脆弱，但她挡住他，不让他接近他的妻子，而他距离她的脸只有几英寸，泪流满面，冲着她嘶吼着，净说一些不干不净、不着边际的话。最后，萨拉阿姨被这个发疯的侄子吓坏了，感到痛苦、绝望。于是，她丢下阿莎，来找妹妹诉苦，这让玛利亚姆阿姨再次陷入恐慌。几天后，玛利亚姆阿姨找她的律师落实她的新愿望。

不久之后，她们俩就都去世了。三个月后的一天早上，萨拉阿姨在海边的台阶上摔倒，摔断了髋骨。谁知道她去那里干什么。也许是去找渔民买刚刚捕回来的鱼，也许是心血来潮，也许是想起了年轻的时候去过那里，或者是出于好奇，但没有料到那些台阶那么滑。她再也没有醒来，手术后几个小时就死了。医生说她身体虚弱，扛不住这么大的创伤。很多人来参加她的葬礼，似乎她是一个深受喜爱的人，一个圣洁的人。人们不禁要想，大家都看不见的时候，萨拉阿姨在干什么。一个月后，玛利亚姆阿姨悄无声息地死了，她在巴尔博亚医生的诊所旁边买了一杯水果饮料，这杯饮料不干净，她喝过之后得了伤寒。那天早上，她去诊所找他，他给她开了镇静剂，并跟往常一样给她打了一针。参加葬礼的哀悼者认为，紧跟在姐姐和丈夫的身后离世，对她而言还算死得其所，这并非在骂她，反正一切都是真主在掌握，他们是觉得她在亲爱的人突然被带走后没有留恋尘世是对的。对我来说，这是一个小小的悲剧，毕竟她已经快从悲痛和抑郁之中走出来了，而她来不及重新考虑她所做的所有安排。我把她的丧事办得很体面，为她感到很伤心，也为她在最后几个月里遭遇的伤痛感到痛心。

赖哲卜·舍尔邦·马哈茂德继承了萨拉阿姨的遗产，包括他一家人住的房子，以及一些黄金首饰，那很可能是她的嫁妆。后来，他得知玛利亚姆阿姨生前就把一切财产都记在我的名下，就到处传播谣言，说话越来越难听，也都有人来说给我听。他们说我爸爸和我欺骗了她，那些文件都是我们骗她签的，我们通过操纵一个不谙世事、不明事理的女人，夺走了虔诚的马哈茂德家族的继承权。不过，我继续布置我的家具店，用漂亮的蓝色瓷砖装饰家里的院子，跟我多年前和塞福一起去肯尼亚北部旅行时看到的瓷砖一样。

　　坐在椅子上的拉蒂夫·马哈茂德身体向后靠，憔悴的脸绷得紧紧的，做出一副坚毅的表情，嘴唇紧紧地抿在一起，挤出来一个诡异的微笑。我猜想，他是不知道是该对我咆哮，因为我说了他爸爸不好听的话，还是应该微笑，像一个生活经验丰富的人那样，认为家里人再怎么吵都无足挂齿，而我为自己开脱才是可耻的。那时正是英国夏天的黄昏，起初，到黄昏时分，房间里的灰暗让我感到焦虑和踌躇，但我正在慢慢调整适应。渐渐地，我学会不为了驱散那沉重的暮色而把窗帘拉上、把电灯打开。我想我应该站起来，再去泡点茶，打开厨房里的灯，打破我们持续了几分钟的沉默。但是，我身体刚刚动了一下，拉蒂夫·马哈茂德就放下二郎腿，身体前倾。我等着他开口，但他什么也没说，过了一会儿，他叹了口气，身体又往后靠了靠。我小心翼翼地站了起来，这样才不至于因为过分疲惫而摔跤，或者让他看出我很虚弱，然后，我朝厨房走去。我打开灯，尽量不去看映在窗户玻璃上的那个形容枯槁的人影，避免看到那张脸上挥之不去的酸楚，那个表情就像是一个十分显眼的缺陷，再怎么伪装都掩盖不了。我转过脸，把窗帘拉上，然后站着一动不动，眼睛直愣愣地盯着水槽，身体不由自主地颤抖着，我终究还是孱弱得很，似乎是那个永远不会模糊的记忆所致，我不仅自怜，还可怜许多同样孱弱、灵魂同样软弱和破碎的人。那么多人死了，还有那么多人即将死亡或者残伤，有些记忆我无力抗拒，我无法预测这些记忆什么时候会出现，什么时候会消失，我看不出有什么规律。我不知道我在那里站了多久，也许我站了非常久。也许是我发出了声音。总之，我听到另一个房间里的拉蒂夫·马哈茂德有动静，所以，我赶紧灌满水壶，冲洗杯子，准备泡茶。我听到他进了厨房，那个空间很小，我能感觉到他的存在，我转身过来面对着他，我看到他的眼睛又大又亮，闪烁着伤痛。他直直地看着我，我垂下眼睛，害怕他会说什么，厌倦了把我折磨得精疲力竭的相互指责。

"因为我，你累了。"他语气温和地说。他给了我喘息的机会，哪怕只是暂时的，我尽力克制自己，不要哭出来。我终究非常虚弱。我抬起头来，看到他脸上有笑容，虽然有点勉强，我想他自己也需要缓和一下。

"我跟你说了那些事情，你也肯定听累了。"我说，"都是很不愉快的事情。"

"很多事情我都已经忘记了。"他说。他先是眉头紧锁，然后眉头展开，接着脸上的笑容更加舒展，他在尽力。"是故意的，我觉得。我是说，那么多事情都忘记了，是我刻意忘记的。刚才听你说的时候，我在想，真主啊，事情就是那样的。你说得一点也没错。吵吵嚷嚷，小题大做，恶语相向。老人的心里都怀着怨恨和恶意。这是我小时候的感觉，大家都在嘀嘀咕咕，说一些莫须有的话，他们总是怒气冲冲，一直都这样，时间很久了。刚才听你说起来，我又重温了那种感觉。还有萨拉奶奶，我已经有很多年没想起奶奶了。你叫萨拉阿姨，但在我们家里，我们都叫萨拉奶奶。我已经忘记她了。不，那不可能，有这个可能吗？我一定是刻意忘记她的。她不太喜欢我们，尽管她晚年让我们去她家，和她一起生活。不过，是的，我还记得那天晚上的事情，你说的那天晚上。你提醒我，我就想起来了，你是在逼我回忆，逼我想起从前的事情。听你讲这件事，我很不舒服。我本认为这是我们家里的事情，外人是不知道的。然而，你一直都知道，还有谁知道，你还知道什么？那时，我大概七八岁吧。对于奶奶逮住爸爸的那个晚上，我记不得了，一点记忆也没有。我一定是睡着了。我没有感觉到丝毫的紧张或者怎么样，不像你，你心里藏着这么多记忆，我只是有点好奇。是的，我记得那天晚上我爸爸大喊大叫，叫我们下楼，妈妈从外面把门闩上，喊我们去睡觉。我记得，我爸爸一边嘶吼，骂骂咧咧，一边哭哭啼啼。其实，他从来没那么吼过。他哭成那个样子，真是不可想象，如果你爸爸哭得那么伤心，你感觉怎么样？如果你不说，我可能不会想起来这档事。但那天他歇斯底里的样子太吓人了，妈妈也跟着吼，骂他是酒鬼，奶奶一直哭着、喊着，叫他消停一下，你这个孽障，想走就走吧。没错，我现在想起来了。就因为喝了酒，就这样大吵大闹，就是小题大做，无事生非。至于奶奶离开家里，离开她自己的房子，我完全记不得了，但我记得她在大喊大叫。奶奶总是没完没了，爱挑人家的毛病，指指点点，我们有什么小疏忽，她都会发牢骚。我觉得我们让她失望了。我觉得她不喜欢我们。"

水壶烧开了，我转过身去泡茶。我泡的是英式的茶，因为没有时间把牛奶烧开，也没有时间把茶放到里面煮。

他在我身后说："还是不喝了吧。我来太久了。得走了。"

我转过身，冲他咧嘴一笑。我说："我觉得你走不了。"

"你这个嬉皮笑脸的黑摩尔人！"过了一会儿，他微微笑着说。"我喝了茶就走。但是，我会再来的。如果条件允许的话。毕竟，我们好像还是亲戚。"

"裙带关系而已。"我同样用开玩笑的语气说，"毋庸置疑。"

"没错，但你用了我爸爸的名字。这种巧合也是缘分吧？再说，我们都身处异乡。老乡的关系也是很亲切的，人们打电话来请我帮忙的时候，他们会这样说。你还没告诉我，你为什么要冒用他的名字？反正都已经成为历史了。都无关紧要，真的。我不是说历史无关紧要，所谓历史，就是要了解曾经发生过什么，了解我们的身份、我们的来历，我们有什么样的故事可以讲。我的意思是说，我不要相互指责，不要纠缠于家长里短，不要去翻那些陈年旧账。你有没有发现伊斯兰的历史和家族纷争是密不可分的？我来换一种说法吧，免得你误会。我知道我们穆斯林有多么敏感。你有没有注意到，在伊斯兰社会历史上，家庭纠纷造成了不可思议的后果？倭马亚家族的穆阿维叶取代了先知的孙子哈桑，在大马士革建立王朝，延续了将近一百年。后来，先知的伯父阿巴斯·本·阿卜杜勒-穆塔利卜的家族以神圣家族的名义发动战争，将倭马亚家族赶出巴格达，接着统治了五百年。其实，那五百年并非都由他们家族统治，说实话，过了一两百年之后，将军和土耳其商人成了真正的统治者，但都扛着阿巴斯家族的大旗。另外，北非有法蒂玛王朝，统治者宣称自己是先知女儿法蒂玛的后裔，也是她儿子哈桑和侯赛因的后裔。接下来是奥斯曼帝国，他们号称是奥斯曼·本·阿凡的后裔，他们统治了半个世界，虽然统治半个世界的时间很短暂，但对其中很大一部分的统治延续到了二十世纪。如今，阿卜杜勒阿齐兹·伊本·沙特的后裔也还在，他们的屁股下面坐着一大片黑色的金子，他们用自己的姓氏把国家命名为沙特阿拉伯。我讨厌所谓的家族。"

我递给他一杯茶，他立刻喝了一小口，好像他等不到茶凉下来。他做了个鬼脸，退了一小步，然后转过身去。我想也许他是想在发了那一通火之后让自己喘口气，于是，我先走回起居室。

"你的朋友塞福后来怎么样了？"他问道，"他成为优秀艺术家了吗？"

"他当了教师。"我说。我看到他咧嘴笑了，好像他早就猜到了答案。"不过那是一开始的事情，后来就不清楚了。我们有书信来往，他也来看望过我们，和我们在一起住了一阵子。但我再也没有去过肯尼亚。过了几年，刚刚独立，他就拿到了去美国读书的奖学金，然后我再也没有得到他的消息。我想他现在应该住在那里。我不知道他在那里当艺术家还是回来了。回来的人不多。"

6

星期六傍晚，她突然来了。

是瑞秋。没打过招呼。她就喜欢自作主张，自说自话。去别人家里是要讲礼节的，一般都要先跟对方打招呼，征得对方的同意。不速之客通常会遭到仆人的阻拦，要经过从门房到管家的重重包围，好不容易到了起居室，肯定累得气喘吁吁，而且脸面尽失。自说自话的人都很滑稽。瑞秋按了门铃，算是打招呼。有几次她跟我说会来，叫我等她，结果一直都没有现身。这一次她却毫无征兆地来了。我觉得她这样出其不意是在展现个人魅力，不过她总是彬彬有礼，所以还是可以忍受的。

"你应该装个电话。"她说。这是在为她自己辩护，因为她看到我皱着眉头，我生气了。

"我有一次差点就装了，"我说，"早些年。"

她等着看我是否会多说几句，心里在盘算着是否应该给我一点暗示。当然，所谓早些年，我是指玛利亚姆阿姨精神状态很不好的那段时间，我确实申请过安装电话。那真的是很久以前的事了，当时我已经进入等候名单，后来却再也没有得到什么消息。瑞秋靠在起居室的门口，没有坐在我指给她的椅子上，也许是想表明她就待一小会儿，马上就走，也有可能是她想把我拉到哪个地方去。她时不时地会把我带到某个地方去。那个周六下午，她是想马上就走。大概就是这个原因，她才没有逼我回应她对于我拒绝装电话的习惯性抱怨。她的眼睛是棕色的，透明的，接近琥珀色，很灵动，闪烁着心机，而在其他时候，她的眼光是柔和的，平静之下藏着警惕。她想听的时候，她是一个很棒的倾听者。"我妈妈要和我一起过周末，如果你能来和我们一起吃顿晚饭，我们都会非常高兴。她正在做饭，一定会很好吃。"她说完就皱起眉头，因为她已经看到了我在摇头。她微微扬起眉毛，让我做个解释。

"我宁可不去。"我说。

"哦，你又在背巴特比的台词了。"她说完夸张地叹了口气，显得很无可奈何。"亲爱的。我希望不像上次一样拖那么久。请你告诉我为什么不去。对于我这么真诚和慷慨的邀请，你这样的回应似乎不是很有礼貌吧，我是请你去和我妈妈见一面，尝尝她的手艺。我真的希望你能去。你没有见过我妈妈，我想你见到她会很开心的。"

我跟她提起过巴特比的故事，她也读过那篇小说，她想不通这篇小说为什么被人家说得那么好。她觉得整体基调太阴暗，太压抑，墙壁、坟墓、金字塔、监狱院子里稀稀疏疏的草等等象征性的描写让人窒息。她不喜欢那么浓厚的自怜气息，十九世纪的情节剧都这样。也许她担心我把自己和巴特比相提并论，背着沉重的历史包袱，不得不沉默。

我很了解她，所以先发制人地问她是否发现他的身上有一种精神。难道他身上没有似曾相识的东西吗？一种渴望。英雄主义精神。

"一点也没有，"她说，"我反而觉得他是个危险角色，他居然对自己那么狠，对待自己和其他比自己弱小的人一直那么恶劣，他就是一个施虐者。"

我从来没有想过巴特比是这样的人，虽然我知道他对自己够狠，但那是真的。"也许，谦逊低调的人都是两面人。"我说，"你是不是说，这些人都是受到过伤害，不可挽回，所以，他们只会进行疯狂而残暴的报复？也许，人们已经对那种渴望孤独的人失去了宽容，而这种人通常都有雄心壮志，他们的信仰和灵魂都有英雄的色彩。所以，巴特比那种自惭形秽的退却隐藏着不可预测的危险。尤其是故事里面没有交代是什么导致巴特比走到那个地步，我们就无法对他表示同情。我们很难说，好吧，既然如此，我们能够体谅他。这个故事只跟我们说有这么一个人，对于他的来龙去脉只字不提，似乎没有做出任何价值判断或者分析，似乎他不指望得到我们的体谅或宽恕，只希望不被打扰。"

"一个存在主义的英雄。"她微笑着说，优越感十足。"在我看来，他就是一个自怜自艾的人，觉得失败很有滋味。"

经过短暂的沉默之后，我们俩都想起了刚才的话题，她说："今天晚上，为什么不去和我们一起吃饭呢？"她问完就坐下来，身体前倾，希望我能改变想法。"我妈妈很想见见你。我知道。我跟她说过你的情况，她今天下午来我家，问起了你。所以，我问她请你去一趟怎么样？她很高兴，我出门来这里的时候，她就已经开始烧鱼了。她是一个著名的厨师，但她很少来看我，所以，这个机会十分难得。我爸爸妈妈住在遥远的伦敦，都很忙。我爸爸一次也没有来看过我，他甚至不接我的电话，更不用说给我打电话了。无所谓……不管怎么说，她来了。她有很多故事可以讲，她读过很多书，很有学问。我也跟她讲过你的一些故事，希望你不要介意。你会喜欢她的。你不要像刚才那样着急摇头。你们会相处得很好……我知道。你需要出去透透气，不要把自己关在这里。快点，穿上运动鞋，走吧。"

她买了一双运动鞋送给我，我努力说服自己穿过一次，但穿着它在海边走的时候，我觉得很俗气，很滑稽，所以，我就没有再穿过。她给我买运动鞋，就是在向我示好。一天下午，她叫我和她一起出去散步，故意带着我进去了一家大百货商店。以前我没进去过这家百货商店，尽管我漫无目的闲逛的时候进去过另外几家，一开始不大习惯，后来渐渐喜欢上了。我每次都从香水柜台走过，很喜欢空气中弥漫的香味，年轻女服务员在明亮灯光的照耀下，面孔轮廓分明，让我赞叹不已。在她带我去的那家百货商店里面，她让我试穿了一双运动鞋，感觉像是闹着玩的。我照她说的做了，然后说了几句客套话，算是配合她，显得我是个知趣的人，然后她告诉我说这是她要送给我的礼物。我一开始说不要，但是，我看到她脸上露出了尴尬的表情，我觉得既然她表示了关心和尊重，我就不能那么无情，不然就显得没有教养，不懂得感恩，所以，我千恩万谢地接受了她的礼物。

"你为什么说我是把自己关在里面？我每天都出去的。"我说。

她说："去家具店吧？"

我告诉过她，有一次我没有防备说漏了嘴，本来她是想叫我出去，午饭时间到了，随便出去吃点快餐什么的。她说这条路上有一家很不错的黎巴嫩快餐店，我会喜欢的。"我每天都出门，"我告诉她，"我每天早上都去中央广场公园的家具店。"她一定觉得这是一个百无聊赖的孤独老人会干的事情。或许任何人都会这么想。"今天早上，我出去散步了十五分钟，还是原来那条路线。"我说。面对她的步步紧逼，我笑了笑。"从阿瓦隆体育中心一直走到码头。汉普顿酒店的外面有一群穿着棕色和白色衣服的修女，她们站在人行道上，好像是在准备迎接什么达官显贵。她们旁边站着两个看门人，身材高大，派头十足，制服上装饰着绶带，戴着大盖帽，正等着豪华轿车，轿车一到，他们就会上去帮忙开门。汉普顿酒店的旗帜在他们的头顶上飘扬。两个大个子的看门人站在马路牙子上，威风凛凛，而那一群相貌平平的小个子女人在他们身旁翩翩起舞，头巾左右摆动，看起来就像一群雌孔雀想'开屏'。这一幕很有象征意义，尤其是那两个男人趾高气扬的样子。"

"你说那两个男人是什么？门童，你是怎么说的？"她问。

"Bawabs，"我说，"看门人的意思。在任何文明繁荣的文化里面，都少不了这种看门人。第一次出海航行结束，辛巴达带着一大笔钱回到了巴士拉，他先是买了一栋房子，然后买了一个看门人，再买了妾侍和奴仆来招待他的朋友。"

"在这里，这种人叫做门警。他们趾高气扬，威风凛凛，都是正常的。是还没有到家具店，还是已经走过了？"她问。

"过了家具店。家具店最好是清晨去，等到开始做生意，人造纤维的颗粒就被搅动起来，很难受。他们进了一批新桌子，我今天早上去的那一家，和平常的风格不一样。厚厚的白木头，线条直挺挺的，"我说，"我喜欢有些卷曲线和细条纹，最好有精致的花边。我看得出这些桌子的木料质量都很好，但我不喜欢那种大胆的功利主义傲慢，简直是以丑为荣。"

"你的巴特比情结是这样来的吗？所以，你觉得沿着海边散步会让你平静下来，对吧？好吧，穿上你的运动鞋，我开车带你去海边兜兜风，去悬崖边。我们一起看夕阳照在海面上闪闪发光，然后说不定你就会答应去和我们一起吃晚饭。"

我推托说我太累了。我看到她已经退却了，但是，每当到了这个时刻，我都觉得很对不起瑞秋，她一直在表示善意，而我却无动于衷。我本想说"好吧，我去。"但我忍下了这个冲动。我真的感觉很累，要去见一个我从未见过的人，从头开始认识，我是没有这个精力的。也许我是心灰意冷了，我今天在花店旁边的二手书店买了一本中亚游记，我只想着坐下来安安静静地看这本书。马路对面还有一家二手书店，但是那个人看样子好像很讨厌他自己卖的书，他穿着肮脏的西装，打着领带，双手抱胸，眼露凶光，站在书的旁边，好像是在看守着一群随时要造反的狒狒。他把书都装在箱子里，随便堆在一起，就像匆忙进错了货然后要低价甩卖的商品。《赫拉特游记》，G.B.马勒森著，1880 年出版。我打开这本书，看到了这句话，就买了下来："地毯上散发着琥珀色的蒸汽。"这句话让我想起了我的沉香，想起了香胶的香味。

我已经爱上了瑞秋，尽管我不敢告诉她。她来找我的时候，有时是临时起意，更多时候是有备而来，她早有计划，想带我去干一件什么事。不是所有的计划都是好的，我必须提高警惕，防止被拉去干什么不好的事情。但是，她的计划往往出人意料，迫使我重新考虑，不再一开始就拒绝，而说要待在家里看书或者研究地图。我想，她并不乐见我研究地图，但我不知道为什么，因为她永远不会说，最近还给我带来了一本书，讲中世纪葡萄牙人制作地图的历史。也许是整天研究地图有点古怪，或者是坐太久不好，她希望我活泼一些，参加一些活动，这样，虽然我外表显老，但也留住一些青春的气息。

她的来访对我很有好处，如果我总是孤单一人，我不可能了解到那么多事情，我可能会忘却礼节和真心的关怀，她给我带来了热情，也给了我展示热情的机会。这些都不是微不足道的好处，绝对不是，不过，我担心我会念念不忘，即使是在独自一人的时候，我担心会误解了她的意思，自作多情。但是，我知道她的来访对我很有好处。我不知道她为什么会来看我，也不知道她为什么会关心我有没有出门，为什么希望我去这个山谷或那个悬崖看看，或者去没什么好景色的石头海滩散步。我没有问过她，她也从未主动提起这个话题。反正她就是来了，要么来了马上就走，要么坐在椅子上，我们一边喝着苦咖啡或者甜红茶，一边聊一会儿天，如果她有想法而我也有心情的话，我们就去海边散步，或者我坐她的车，她想去哪里就去哪里，她说话总是风风火火的，让人放松戒备。她的来访给我带来了很多好处，也让我爱上了她，我第一次和她见面，她就让我想起了我的女儿，我把她当成了我的女儿。有时，我看到她伸手去抓头发，把头发抓成一团杂草，那好像是为了分散一下注意力，缓解一下紧张，这是她的习惯，没有特别的原因，那个时候，我就想起第一次在拘留所和她见面的情景，同样，我也会莫名其妙地想起我的女儿莱娅，我的女儿鲁凯亚，我和我女儿相处的日子并不多，她出生没多久就夭折了。她每次抓头发，我都会想起我的女儿莱娅，我的女儿鲁凯亚，尽管她没有长过那样的头发，也从来没有那样抓过。我不敢如实告诉她，我也不知道她为什么要不辞辛苦地来看我，用她的话说就是"突然袭击"。她总是抱怨说我没有电话，所以她不能事先给我打电话，结果，她风尘仆仆地来找我，问我想不想去干什么，而我却很不情愿，然后她就只能像龙卷风一样掉头回去，反正是一无所获。就像这次一样。但我不想装电话。我不喜欢听到电话铃声，有了电话，别人就可以随时打进来，他们爱什么时候打就什么时候打，不管我想不想接，不管在哪里都可以打，不管是谁打电话来和我说什么，我都不能看到身影，来不及准备去迎接或者找个借口把他赶走，所以，他就吹着刺耳的、咆哮的、嗡嗡的号角跳进你家里来，迫使你一定要接着，而且要彬彬有礼。我更喜欢瑞秋的突然袭击，我担心这种突然袭击将会渐渐减少，但我知道总有一天她不会再来。想到这里，我就担心我无情地拒绝去和她们母女俩一起吃顿饭是否会加速那一天的到来，然后我就屈服了，所以我说，好吧，我去。

"明天，午饭。"她笑着说，"明天来吃午饭。一定要来。如果你不来，她会说你这个人根本不存在，是我杜撰的。她喜欢说我总爱做梦，我生活在一个幻想的世界里。至少她曾经这么说过。直到我开始做难民工作，她才觉得我已经醒了，回到了现实世界。'这份工作很有意义。'她说。她总是以为她很了解现实世界，我的妈妈。我必须说，当我听到她讲述她家族的故事，我们家族的故事，我也觉得她生活在幻想当中，她编造了一个虚幻的历史世界。她说，很久很久以前，我们祖先住在海法，然后去了西班牙，成了西班牙系的犹太人，几个世纪以后，我们被驱逐到了的里雅斯特，然后迁徙到日内瓦，然后，上世纪末，她爷爷来到了伦敦。我觉得有点牵强附会。"

"她知道迁徙路上的故事吗？"我问。更确切地说，我是想听听类似于奥德修斯回家的故事，惊险离奇的故事。"那时，穆斯林和犹太人都被驱逐出西班牙，也就是安达卢斯王国，对吧？"

"我想她应该了解，"瑞秋说，"你为什么不自己去问她？我看你们俩可以一直聊到凌晨，科尔多瓦的庭院就够你们聊的了。她收集了许多有关西班牙犹太人的书。她曾经给我看过一本，记载了安达卢西亚的宗教诗歌，穆斯林诗歌。这种诗歌你们叫什么？"

"颂诗。"我说。

"没错。一本破旧的小书。"

"我很想听她讲安达卢斯的故事，但我明天有客人。"

我说完感觉自己像做贼一样，神秘兮兮的。"拉蒂夫·马哈茂德。你还记得吗？你安排的那个人……"

"记得，我知道。我和他通过电话。他没几天就给我打了电话。"她笑着说，她的笑容很神秘，像是掌握了重大秘密，也像是在傻笑。

"哦。"我说。现在怎么办？

"他跟我说你们是亲戚。你从未提到过这层关系。我想他见过你之后肯定非常激动。他说，你让他想起了各种各样的事情，他已经很多年没有想起过那些事情了，有些事情他自己都不了解。我很羡慕他。他非常激动。想象一下，换做是你，如果说自己家里有些事情你自己都不知情，而如今终于从别人的嘴里知道了，你是什么感觉？这让我想到了我们这个工作。我们经常叫别人回忆，如果能想起来一些事情，他们的申请就能批下来。如果他们实在想不起来，我们就必须自己编。如果有人能够帮忙补一些细节，那就太好了。就像是一个孩子，爸爸妈妈说你干了什么、说了什么，可是你自己记不得了。"

"有些事情不值得知道。"我说。

瑞秋想了一会儿，侧着头，表情很严肃。"不对，我认为那是通往谎言和混乱的单行道。我觉得，总的来说，还是应该知道。他来找你，你们聊到什么不好的事情了吗？我是说，你是不是告诉了他那些他已经忘记或者根本不知道的伤心往事？"

"是的。"我说。

"也是你的伤心事吧？对不起。他没有惊扰到你吧？"

"没有。我希望他来。"我说。

"他见到你很高兴，他说了好几遍，所以，你们聊的，不可能都是伤心的事情。总之，听他的语气，他状态很不错。这是什么意思呢？……哦，我也不知道，他很冷静，很沉着，也很风趣。我很想见见他。下次他来的时候，我也来，也许我们可以一起去干点什么。开车去水谷，在那里吃午饭，然后沿着湖岸散散步什么的。你是不是不希望我来？"

"不，没有，"我说，"下次你也来。"

门铃很准时地响了，我怀疑他之前就一直在楼下等着。我做了午饭，东西不多，除了米饭，就一份放蔬菜煮的鱼，他一进门，我就带着微笑和渴望，带着他进厨房去吃饭。我事先并不知道他这次来会是什么状态，尽管瑞秋说过他上次很激动，但我心里还是忐忑。我不知道他会不会一见面就冲着我咆哮，指责我虚伪，说我歪曲事实，要不然他会不会很尴尬，不知道该说什么。我想，他的表情可能会让我大吃一惊。虽然我几天前刚刚和他在一起聊了一整个下午，一直聊到天黑，但我记不得他脸上的表情。也许，在说话的时候，我的视线始终躲着他，而在他说话的时候，我也一直躲着他的视线，所以，在后来一个星期里面，我想起他的时候，我发现我无法形容他的表情或者眼神，尤其是在听我讲故事的时候。我不是说我会认不出他，只是我不记得他脸上的细微动作。正因为这样，他一进门我就拉他去吃午饭，这样，我们就有时间，好好重新开始攀谈。

好吧，他到的时候面带微笑，很热情地握了我的手。所以没问题了，他可能不是来冲我咆哮的。然后，我们又开始说一些客套话。最近怎么样？工作怎么样？家里怎么样？他说："我家里没有别人。"这个问题我是这样问的："家里人都好吧？"随后我没有再说什么，我发现他注意到了我的沉默和微笑。

我把午饭端来放在桌子上，叫他自己动手的时候，他说："曾经有个人和我在一起很久。六年，但注定是要结束的，迟早的事。我们在一起不是很开心。她叫玛格丽特。我们相处还算融洽，有好玩的事情会相互分享，但我们并不快乐。我们经常生气，我知道有时候我很不喜欢她，恨她。我们在学生时代就认识了，自然而然就走到一起。我们相互太熟悉了，尽管也有快乐的时刻，相互很关心，但我们早就对彼此感到厌倦了，一开始不敢承认，到后来很久才都说出口。然后，我和另一个人处了两年半。不算很久远，大约一年前分手的吧。我们偶尔会说起来要找个地方住到一起，但都没有实际行动。有时过了几个星期，我都快忘了，然后会发生一些事情，我就想算了，我们永远住不到一起。后来就不再说了。我再也没有跟谁住在一起。保持现状吧，这样更自在，更安全。她在克拉彭有一套房子，复式公寓，我在巴特西也有一套公寓。你了解伦敦吗？"

"我没去过那里，"我说，"她叫什么名字？刚刚分手的那个。"

"安吉拉。"他笑着说，可能是刚才忘了说，觉得不好意思。说到她的名字，他就开始想她，脸马上绷紧了。她是一名自由译者，翻译教科书、科学文献之类。她讲意大利语。反正，她比我更早感到厌倦，她叫我做决定。我做不了决定。我是说我不想要成家。我忘不了刚认识的时候她跟我说过的一些事情。有一个周末，她和她哥哥必须回去多塞特的家，去和他们的妈妈谈一谈，因为妈妈不愿意再和爸爸做爱了。她说她妈妈这样不对，太不公平了。她和她哥哥回家和她谈了谈，告诉她说她这样是自私的。是他们爸爸怂恿他们去跟她谈的。我对那个故事念念不忘，尤其是在我们经常谈论是否要住到一起的时候。我想会不会有一天我的孩子们也要赶回家来，教训我说不和安吉拉做爱是错的，是自私的，而安吉拉就坐在旁边，不停地煽风点火。我想到这里就受不了。我是真的不想结婚，但我就是忘不了那个糟心的故事。于是，最终她拒绝像以前那样随便地和我见面，我们就不再来往了。从此以后，我就没怎么想到她了。谢谢你请我吃饭。"

"没什么。便饭，能吃饱就不错了。"

他说："谢谢你又让我来。我以为上周我就让你受够了，我逼着你说了那些难过的事情，我很不好，很失礼。"

"不，我希望你来。你不用客气。"我说。

"哦。反正，整整一个星期，我都在想你上次说的那些事情，想跟我记得的和我觉得我知道的事情对上号。说实话，我内心有点抵触你说的话，可是我实在难以忘怀。所以，我一直在想，我把这些故事拼在一起，看到了一些填补不了的空白，有些是我们上次刻意回避的。这么多年来，我一直在反思那个时候和那个地方，我已经感到筋疲力尽了。

而且，在这里，我还要面对各种敌意、轻视、傲慢。我真的很累了，感觉筋疲力尽，浑身酸疼。你能明白我是什么意思吗？你肯定知道那种感觉。这个星期我一直在想，这么多年来，发生了那么多我知道的和我不知道的事情，我有多累啊，而且我无能为力，真的无能为力，无法改变。所以，我很期待到这里来，听你说，看看你能不能让我们俩都得到解脱。”

"是的，要寻求解脱。"我说。

"告诉我，那个'犀牛'怎么样了？我曾经问过你的。"

"努胡。他的名字叫努胡。他后来去海关当警察了。你知道，他的工作就是站在码头的大门前搜查车辆，把没有证件的人挡在门外，想办什么事都要先给他好处。干那种工作不需要识字，在大多数人眼里，那是一种下贱的工作，我想，努胡之所以能够得到这份工作，原因就在这里。我不知道他喜欢那种工作，他可能喜欢穿制服，觉得穿着厚重的靴子很帅。我后来得知，我被捕后他就去了，因为他原来是我店里的伙计，这是当然。"

"我不知道你被捕了。"他说，一勺米饭没送进嘴巴，停在半空中。从他说话时脸上的震惊表情来看，我用不着怀疑，但我还是继续说明情况。

"很多人都被捕了。"我说，"成千上万。几年后，努胡想办法逃走了，不知道逃到了哪里。你可能会想，他在干那份工作，要逃走很方便，但是，在那些年头，码头的警察看得非常紧，他们有枪，有动力强大的摩托艇，而不是无精打采的看门人，努胡自己就是那样的看门人。当时，如果有人企图逃跑，被抓到的话，惩罚是非常严厉的。他肯定是藏在货船上溜走的，根据当时在我们那里停靠的船只的最终目的地来判断，他应该是去了俄罗斯或者中国或者东德。如果他一路上都没有被发现，或者船员发现他但没有把他扔下海，或者他没有在亚丁、摩加迪沙或赛义德港从船上偷偷溜下去的话。"

"我在东德待过一段时间。"他说。听到我们的遭遇，他摇了摇头。"在德累斯顿。嗯，在德累斯顿的附近吧。"

"是的，你告诉过我。"我说。

"我跟你说过我在德累斯顿有一个笔友，对吧？我从家里给他写信，但等到我去了东德，居然发现他住得不远。他妈妈教我荷马史诗。嗯，她没有直接教我，但她让我有了读这部史诗的愿望。抱歉，你刚才在说'犀牛'。"

"是的，你来找过我，见到努胡，就在你去东德之前。有一件事你没说。你在我家的时候，萨尔哈下来和你说了话，这个事情你没有提到。也许你已经忘记了。努胡跟她说你来了，她就下来了。她坐月子的时候，你妈妈常来看她，她一定以为你给她带来了什么口信。她不应该下来的。萨尔哈。她是必须卧床静养的，千万不能上下楼梯，但她还是下来了，因为你妈妈常来，尽管我和你爸爸之间有点纠葛。女人的心比较细，比较注意平衡。她们会互相照顾，不大会走极端。萨尔哈和你说了话，她问候了你和你的妈妈，但你连看她一眼都不肯。然后，你没有跟她打招呼就走了。我想你是已经忘记了。毕竟过去那么久了。"

"不，我没有忘记。我没有提起这件事，我没觉得是什么大事情。对不起，我对她太失礼了。"

"过去那么久了。我本不应该跟你再提这件事。这么小的事情。萨尔哈让我归还，但我太生气了。听说我拿走了你爸爸家里的东西，她感到很震惊，虽然也没有什么好拿的。她说这是在泄愤，是不可原谅的，也许，如果她当时和我在一起了，如果我们已经结婚了，她会劝我放下仇恨。那时身边没有人来劝我，我就是感到憋屈。我受不了诽谤，被怒火烧昏了头脑，觉得自己怎么说都是对的。当你来要那张桌子的时候，本来就有各种流言，而你爸爸却装得跟圣人一样，他宣称真主会让我认识到自己的罪过，有一天我会无地自容，把所有东西都归还给它们的合法主人。我哪里受得了？我不可能还给你的。不过，如果我还了，结果会更好。最终，我就把你妈妈给得罪了。"

即使是在赖哲卜·舍尔邦·马哈茂德拒绝了我的第一个方案后，我还提出了一个折中的方案，即使这个案子正在英国殖民法院审理。我说过我不想要房子。我只是希望能够拿到一笔贷款，因为我的企业需要资金，我还准备要结婚。那笔钱是我应得的，但我不想要房子，也不想叫他们搬走或者支付租金。对于房子，我只需要名义上的所有权，这样我就可以去办理抵押贷款，等我的生意走上正轨，我会把房子的合法所有权归还给他。但他拒绝了，没有任何余地，后来，这个案子判决之后，他带着一家人搬走了，他在另外一个地方租了一个小房子。那时已经没有回旋余地了，我已经忘了当初的想法。我把房子租出去，好说歹说借到了一笔钱，但远不能满足我的需求。独立后不久，银行都很保守，后来的事实证明他们做得对。一开始只是经济萧条，政府有点乱来，过了两年，所有银行都被国有化，也就是被抢劫了。所谓国有化是以人民和自力更生的名义开展的，但这实际上就是光天化日之下的抢劫，跟抢劫别的东西没什么两样。我们的统治者自称是革命者，他们只会抢了前人的成果，中饱私囊。

我收了赖哲卜·舍尔邦·马哈茂德的房子并申请抵押贷款的时候，抢劫运动还没有达到高潮，但银行已经察觉到了危险，所以都很小心谨慎。我好不容易借到了一小笔贷款，但不足以实现我制订的计划，也做不成多少事情。最后变成是可有可无的。不到一年，国家陷入了混乱，有点门路的人都在想办法把钱转移出去。而我只能像以前一样维持着，尽管现在精美的好货已经卖不出去。乌木桌子收回来后一直放在店里，那不是因为我觉得它能卖掉，而是因为它很漂亮，而且，每天看到它，都让我进一步认识到所谓友谊和野心都是扯淡。

尽管赖哲卜·舍尔邦·马哈茂德已经搬走了，但他一直会来这边的清真寺做礼拜，每天他都低着头从我的店门口走过，就像一只斗败的公鸡。路上的人们看到他，都对他和他家人的遭遇感到同情，同时把罪过强加在我身上，在他们眼里，我就是一个邪恶的人，而他倒成了真主的虔诚信徒。那时，他的妻子阿莎已经是发展和资源部长阿卜杜拉·哈尔凡的情妇，也许还有别的说法。政府的公车会去她家里把她接出来，带到部长指定的任何地方，完事以后再开车送她回去。相传他们很多年前就已经勾搭上了，现在阿卜杜拉·哈尔凡成了大人物，他们认为没有理由再躲躲藏藏。我想，部长也算是个好人，他得势之后没有抛弃原来的情妇，再找一个更年轻的。阿莎已经不年轻了，尽管她仍然很漂亮。部长也不年轻了，但周围的人都恭维说他们是郎才女貌。尤其是在虔诚的赖哲卜·舍尔邦·马哈茂德的背后这样说。

后来，我拒绝还那张乌木桌子，而在我妻子卧床待产的时候，阿莎来看过她，在法庭审理期间和之后，她都做出了和解的姿态，还让她的儿子伊斯梅尔前来求情。我的不领情一定让她感到十分恼火，所以她变成了我的敌人。从此之后，她开始耍手段对付我，最终取得了胜利。当然，她得到了部长的帮助，尽管他插手的效果过了一段时间才开始显现出来。不管她想用什么手段对付我，一旦恐怖的机器开始运转，事情就不是谁都能控制的了。在接下来的两年里，我遭遇了一系列的迫害。我现在就按时间顺序罗列一下。首先我应该说明，在这一系列事件开始不久之后，萨尔哈结束了卧床待产，生下了我们的女儿鲁凯亚。愿真主保佑她们的灵魂。

他打断了我，这已经不是第一次了。他另外几次打断我的情况我没有提到，是因为我不想把我的叙述弄得支离破碎，也因为他主要是想表达惊讶或者叫我讲得更细一些。但这一次，他站起来走开了，离开了餐桌，走出了厨房，当然，我们早就吃完午饭了，吃完一直坐在那里而已。不过，他很快就回来了，气呼呼的。

"你终于要数落她了。"他皱着眉头，脸色阴沉，厌恶和愤怒之情溢于言表。"我猜想你和他的故事已经讲不下去了。他只是被仇恨蒙蔽了理智。你觉得他不可理喻。再也没什么可以讲了。现在终于轮到她了。没错，我知道那个部长，大家都知道。她是个好女人。在我的记忆中，她是个好女人。以前，每到下午看见她浓妆艳抹去见他，我就会感到恐慌。我曾经很害怕，我不知道我在害怕什么。我不知道她为什么会变成那样。听你说这些事情的时候，我一直在想：'他在撒谎，他在撒谎。他是故意编的，自以为是而已。'可是，你变本加厉，煞有介事，说得跟唱戏似的，那么夸张。现在轮到我妈妈和她的部长情人要迫害你了。"

我躲着他的目光。这不是什么大智慧，是在监狱里学到的，在监狱里，我总是尽量避免和憋着一肚子火的人对视。我知道要坐在他旁边，朝着和他一样的方向看。所以，他站在门口的时候，我看着别的地方，等他宣泄愤怒。

"我不想再听了。"他说完再次走出厨房。我发了一会儿呆，然后站起来收拾盘子、碟子，拿到水槽里去洗干净。然后，我打开水壶的电源开始烧水，准备泡一壶甜姜茶。泡好之后，我端着托盘走进起居室，看见他正站在窗前，望着外面狭长的海面。我倒好茶，等他过来在我对面坐下。

这些就是我的遭遇。许多事情确实很夸张，有些事情曾经让我非常痛苦，但我希望能说出来，给我那个时代做个评判，也对我们表里不一的生活做个反思。我会说得简要一些，因为有许多事情是我努力回避不要细想的，因为我害怕本来已经所剩无几的痛苦和无奈会渐渐消失。我反思了很多年，权衡利弊，我终于想通了，既然别人也不得不忍受着难以忍受的痛苦，我平平静静地守着这些伤痕也是挺好的。

1967 年的银行国有化，是共和国总统本人通过广播用清脆的声音向我们宣布的，我收到了来自一位银行经理的传票，他供职的银行曾经是标准银行，现在是人民银行，他要求我全额还清我从他们银行借的贷款。我去银行求情也没用处，因为即使我占着理，我们签过协议，规定是在五年内还清，而那时刚刚过去了两年多一点，但那不是讲理或者讲法律的时候。我去银行请求经理谅解。国有化意味着高层人员都必须马上撤换，因为害怕原来的下属造反，原来的下属大部分是外国人。新的经理拒绝见我，一个助理跟我说没有商量的余地，必须马上结清。他们要听从相关政府部门的指示。外国人要抽走资金，在过去的几个月里，储户来提款的非常多，数额巨大，所以，放出去的贷款都必须收回来。为什么其他商户没跟我说过这种事？我问。嗯，那个助理解释说，贷款是要分批收回的，我属于第一批。我说，我没那么多钱，要还清贷款肯定是不够的。于是，银行没收了我抵押的房子。

四个星期之后，报纸上刊登公告，我通过法院和赖哲卜·舍尔邦·马哈茂德争夺的房子变成了银行的财产，我安排住在里面的房客被通知立即搬走。房子刚刚腾出来，赖哲卜·舍尔邦·马哈茂德和他的妻子阿莎就搬了回来。从此以后，他每天去工务局上班都会经过我的家具店，他已经升职了。以前，他总是垂头丧气，像斗败的公鸡，如今，他总是目光如炬地朝着我店里看。他收回了他的合法财产，而我正在为我的罪过付出代价。我养成了一看到他走近就不抬头的习惯，即使我没有抬头，我也能感觉到他走过去的时候眼睛紧紧盯着我。我很少在街上看到阿莎，尽管她已经住回老房子里去了，现在她有一辆专车供她使用，但是，我偶尔看到她的时候，看到她一言不发地走过去的时候，我觉得她的脚步更有力道了。

再过五个月后，我被叫到党部。传票是当地党支部的主席送来的，有一个星期三的早上，他来到我的店里，先喝了一杯水，然后告诉我说第二天下午我必须去一趟。他说赖哲卜·舍尔邦·马哈茂德把我给告了。他告我伪造了他姑姑玛利亚姆阿姨的遗嘱，并且在她死后非法占有了我当时住的房子，其实我跟他姑姑没有任何关系。我对主席说那不是事实，但他耸耸肩，说他没有权利发表什么意见。我可以去党部讲给他们听，看看他们怎么说。我把传票的事情告诉萨尔哈时，她绝望了。她知道我还会遭受打击，但过了几个月后，她渐渐觉得最糟糕的时候已经过去了。我害怕还有比被传去党部更糟糕的事情。我害怕难以名状的羞辱和伤害，被弄残废。有时候，在半梦半醒之间，我似乎会看见一个童年的好朋友，他的鼻子被完全切掉，所以眼睛和嘴巴中间有两个肉色的洞，直接通到他的头顶。他是因为被控强奸罪而遭受惩罚，我看见他衣衫褴褛地走在街上，遭到所有人的嘲笑和鄙视，吓得瑟瑟发抖，甚至不敢考虑报复或者为自己辩护。我害怕有比去党部更糟糕的事情，但我想到那里可能有什么在等着我就浑身发抖。

我们了解在党部举行的听证会，所谓听证会实际上是简易法庭，他们会随意制定法条。听证会主席由党的总干事担当，与会委员是任何刚好有时间的人，有时共和国总统会亲自出席，如果他刚好有心情和他的臣民一起玩玩的话，有时他的司机或警察局长也会出席。我去了党部，发现参加听证会的委员有以下几个人。我在这里列出他们的名字，是因为我希望大家都知道他们的名字，这样，如果我们遭遇什么迫害的话，就不会觉得是理所应当的。他们分别是：1. 主席是党的总干事，大家都知道他的名字；2. 发展和资源部长谢赫·阿卜杜拉·哈尔凡，他是赖哲卜·舍尔邦·马哈茂德的妻子阿莎的情人；3. 移民部长阿卜杜勒卡里姆·哈吉；4. 人民军的艾哈迈德·阿卜杜拉中尉；5. 阿齐扎·萨勒曼女士，她是个教师。他们在桌子后面坐成一长排，我坐在一把椅子上，面对着他们，那个房间很大，但很阴暗，党部大楼的背后有一个阳台。在午后不久，外面的阳光很刺眼，阴暗一些更舒服，但空气中弥漫着潮湿的地下室才有的霉味，像有什么东西腐烂了。当地党支部的主席陪我进去，然后坐在旁边，作为观众，但也要准备写一份报告，给我们那个地区的八卦工厂做原材料。

委员们轮流斥责我的罪行，我的罪行就是利用一个容易受骗的女人，骗取了一个虔诚的好人家的合法财产。发展和资源部长话不多，但他似乎对事态的进展感到很满意。移民部长阿卜杜勒卡里姆·哈吉和阿齐扎·萨勒曼女士对我最凶，他们把我当作靠掠夺妇女为生的男人的代表。在此之前，尽管我听说过他们的大名，我没有见过这个委员会的任何人。

我被迫回答一些自证其罪的问题。"你是否承认，从你爸爸娶玛利亚姆的那一刻起，你就开始觊觎她的财产？"我努力回答了这个问题。我解释说，房子是在玛利亚姆还在世的时候转到我名下的，我不是通过继承得到的。她的遗嘱没有提到这所房子，因为她做了妥善的安排，趁她还没死，就让房子成为我的合法财产，这样可以避免纠纷，避免相互指责。我没说多少话，阿齐扎·萨勒曼女士就开始骂我恬不知耻，移民部长建议委员会考虑给我增加一项罪名：将听证委员都当成傻瓜。如果不想承担这个罪名，我就闭上嘴，听他们无端谩骂，我大约听了一个多小时。然后，他们当场下了判决：阿齐扎·萨勒曼女士首先发言，后面几个人的敌意越来越强烈，最后由主席，也就是总干事本人，做了总结陈词。第二天，我必须把这所房子的房契送到部长的办公室，之后，合法所有权将归属于玛利亚姆阿姨的亲属。

我和当地党支部的主席一起走回家，他很笃定地跟我说，后面的情况可能会更恶劣，不过，我刚才不小心说了那几句话之后，没有再多说什么，这样还算好，不然就更惨了。我还有生意，不至于会饿死，谁知道真主还会给我什么？那天晚上，我们把所有能打包的东西都打了包，努胡帮忙用手推车分几趟送到了萨尔哈父母的家里和我的店里去。努胡已经不是我的伙计，但我叫他帮忙，他就来了。邻居们微微打开窗户悄悄看着我们，但没有说什么让我们感觉更难受的话，有些人轻声说了虔诚的话，哀叹我们这个时代的不公。我们避开了熙熙攘攘的大路，手推车从人家屋后的小路上走，小路上布满车辙，坎坎坷坷，手推车一路颠簸。我们叫萨尔哈的父母和我们一起过夜，这是我的主意，因为我害怕有人会来强行把我们赶出家门。第二天一早，我就把房契送去总干事的办公室，我等了好几个小时，临近中午，那个人才终于现身。得到允许后，我走进他的办公室，他坐在桌子后面，笑容可掬。他接过房契，放在桌子上，看都不看一眼。然后，他给了我一杯咖啡，让我喝了两小口，然后向办公室里的一个军官做了个手势。那个军官走到我身边，双手贴着大腿，圆滚滚的头稍微转一下，示意我离开办公室，他就跟在我后面。他把我带进一个有铁窗的小房间，然后他就出去了。我听到他出去后就把门锁上。房间里有尿骚味，有淡淡的污迹，看起来像血迹。

过了很久，到了傍晚，才有人来找我，是两个手持机关枪的年轻士兵。那时我非常想上厕所，我害怕自己会憋不住，会把自己弄脏，羞耻难当。他们搜我的身，拿走我身上仅有的一点东西，搜身的时候，他们大喊大叫，对我动手动脚，扇我耳光，这就是干这种工作的乐趣所在。然后，他们推搡着我，顺着一条走廊，走向党部的外面，外面温暖的夕阳之下有一辆带篷吉普车等着。有许多人围观，此时此刻，我不知道谁更坏，是罪犯，还是那些袖手旁观的人？除了围观者，外面还有人若无其事地走过，迈着轻松的步伐走向他们最喜欢的咖啡馆，去那里聊天，或者去看望家人或朋友。

我只在监狱里待了几个星期，和十几个人一起挤在一间小牢房里，不过，这间牢房通风还算好，光线充足。所有的牢房都有一堵半截墙，上半部分装了铁栅栏，可以看到里面的院子，或者说从院子里可以看到每一间牢房里面的情况，所以，即使是到了晚上，说不定院子里也有人在盯着你，看你在干什么或者在梦里干什么。不过，至少我们能呼吸一些新鲜的空气，可以看到其他牢房里的囚犯，所以，我感觉这里和我想象中的监狱有点不同。我们那间牢房在角落里，没有其他牢房那么通风，所以晚上蚊子特别多。院子里铺了水泥，既没有一片叶子，也没有一根草，墙上没有缝，所以也长不了小草。

　　我在里面认识了很多人，因为从独立后的第二天起，政府就已经把监狱塞满了。大家都比以前更憔悴，衣服褪了色，显然是洗过无数次了。尽管环境龌龊，物资匮乏，但大家都很讲礼节。我们说话都很客气，在一起相互礼让，在做一些必须做的事情的时候，我们都把目光移开，保持沉默，我们会相互询问有没有疼痛或者不舒服，反正无所不谈。我没什么可说的，但可以从这些人身上学到很多东西，他们有些人已经关了两三年，但对外面的情况了如指掌。我毕恭毕敬而又热切地听着他们亲切地聊天，有些讲得非常幽默，对于身陷囹圄的人来说，这是极其难得的。我们每天有两次放风时间，到院子里打扫卫生，锻炼锻炼身体，医生每周来两次。每天下午，外面的亲属都会送来一篮子食物，否则他们只能吃监狱里微薄的口粮：木薯、豆子、茶。监狱的口粮也不是不能吃，但篮子里的食物让囚犯感受到了家的温暖，囚犯之间也更容易亲近，一块面包掰成几块分着吃，那就代表着爱、关怀和祝福。每周一次，篮子里会放着换洗的衣服,一件 T 恤,一件半身筒裙。

篮子要先交给门口的警卫,亲属是不能见囚犯的。警卫会搜查篮子,确保没有通风报信的纸条或者暗藏武器。搜查后就贴上标签,然后存放在院子里,让囚犯们各自来拿。有时候警卫会偷篮子,感觉挺好笑的。进去后的第三天,我收到了一个篮子,终于松了一口气。至少她知道我的下落,这样她也会安心一些。

囚犯有时会遭到"惩戒",被殴打或者遭受形形色色的刑罚,我听说了他们看到过的一些可怕的事情,用橡胶软管、警棍抽打,被迫赤着脚在碎玻璃上行走,等等。囚犯压低嗓子,绘声绘色地描述这些事情,并交流这些事情对受害者的影响,好像这样一来他们就不用为胆怯而感到丢脸。惩戒都是在院子里进行的,而行刑的那些人至今还在街道上行走,当然,有些受害者也出去了,在街道上行动自由。在里面的时候,我常常听见惨叫、辱骂和用竹杖鞭打的声音。

我在牢里待到第三周,共和国总统进来慰问我们。他时不时地会顺道进来看看,纯粹是因为看到敌人都被关起来了。看到他们的可怜相,听到他们哀求他放他们出去,他就非常高兴。他没有在我们的牢房门口逗留,而是雄赳赳气昂昂地溜达过去,一群医生、监狱长、保镖蹑手蹑脚地跟着。他之所以没有在我们的牢房门口逗留,是因为他要去看几个人,特别是他的政敌,他会心满意足地盯着这些政敌,然后跟他们开几句玩笑。他嘱咐医生要定期给他们做检查,确保他们身体健康,如果有什么健康问题,要立即安排他们接受治疗,要让他们在未来很长一段时间里面能够继续享受监禁的滋味。

他在一间牢房前停留了很久，盯着其中一个囚犯，好像是第一次见到他，并且发现他身上有很有趣或者令人不安的地方。这个囚犯原来是小学教师，他因为在自然课上就政治权利问题发表不当言论而被捕入狱。学生家长友情提醒过他好几次，但他似乎控制不住自己，最终有一批家长向有关部门举报了他。这个人瘦高个儿，感觉弱不禁风，共和国总统一定很好奇，想知道这是个什么人，他哪来那么大的火气，能干出这么鲁莽的事情，把自己弄到这里面来。也许他很清楚那个人是谁，只是在想亚当的子孙怎么那样难以捉摸。又有谁能猜透总统的心思呢？在那里逗留的时候，他发表了一篇即兴演讲，谈到了团结和勤劳的必要性，"团结"和"勤劳"就铭刻在国徽下面，作为国家的座右铭。他告诉我们，包括关在牢里的所有人，如果我们都遵循这个崇高的座右铭，那么，我们这个国家将会变得更加强大，不断进步。行程终于结束，准备离开的时候，他在院子的门口停下来，心满意足地打量着我们，他的身体里面荡漾着隆隆的笑声。

我在里面第三个星期的最后一天，天刚黑不久，我们的牢房已经关门，准备过夜，我却被叫了出去。警卫警告我不要出声，尽管他知道所有牢房里的每个人都在看着我们，院子里有灯光，看得一清二楚。我跟着警卫出了院子的大门，进入另一个院子，那个院子比较小。我知道那里是惩戒犯人的地方，也是惩戒室，一个犯人一间，虽然那里没人知道他是谁。警卫说他在那里待过三十年，因为他在另一个国家犯了罪，就被英国人关了起来，那可能是政治上的原因。在牢里待了那么久，他的精神完全错乱了，话都说不清楚。反正，再也没有人能听懂他在说什么，除了把他留在原地别无选择。我被关进一间惩戒牢房里，里面一片漆黑，但可以闻到墙壁上湿石灰的气味。透过墙顶铁栅栏的小缝隙，我瞥见了天上的星星。我坐在光溜溜的地板上，伸开双腿，想踢踢有没有水桶，但没有踢到。有一阵子，我感到很舒服，很自在，因为里面只有我一个人。我不去想我接下去要面对什么，我入狱以来一直都在这样尝试着，我也不去想外面的亲人怎么样了。我尝试过了，但没有成功过，一次次尝试，一次次失败，只要我还有精力，就会继续尝试下去，通过接连的尝试和失败，可以抑制我的焦虑。等到我筋疲力尽，我会感到非常痛苦，蜷缩在地板上哭泣。蚊子会把我团团围住。

半夜，我听到牢房外有声音，我的心怦怦直跳。我本来已经睡着了，被声音吵醒后，有好一会儿想不起来我在哪里。我一定以为我是在家里，听到那些声音就以为有人闯进我家里来，他们想伤害我。手电筒的光照进牢房，我听到有人在笑。有人大声叫我站起来，手电筒照着我的脸，所以我看不见面前的情况。我听到其他人也在笑，两个，或者更多，大家一起哈哈大笑。我觉得有一个声音很熟悉，我很害怕。我被推搡着从后面爬进一辆有篷的吉普车，脸朝下躺在车板上。那几个人站在院子里说说笑笑，过了一会儿，有人钻进吉普车里来，靴子踩在我的脖子上。我想那是不让我趁黑夜跳车逃跑。靴子踩得我血涌上头顶，因为汽车发动机的噪音大，我听不到刚才我觉得熟悉的那个笑声。

下面的事情了结后，另一个人也上了吉普车，坐在后座，这时踩着我脖子的脚终于挪开了。最后上来的那个人很激动，因为刚才和他谈话的长官对他很关心，让他受宠若惊。"你知道他说了什么吗？他说：'我会一直记住你，年轻人。'总有一天他会成为一个大人物。他差不多已经是副……"穿靴子的那个人打断了他。那时我想他们说的肯定是发展和资源部长，大家都说他是一个大人物，前途非常光明，已经是总统的副手。那个熟悉的笑声肯定是他的，尽管我不太熟悉阿卜杜拉·哈尔凡，但我听过他的好几次演讲，熟悉他的声音，所以在黑暗中认得出来。我无法相信他会这么无所顾忌，会亲自来安排我的这一点行程，这种小事情原本是可以交给手下干的，有许多手下都想干。也许我低估了他和阿莎对我的恶意，没想到他居然要亲手落实他安在我头上的判决。我被吉普车底下的汽油味和汗味呛得不停地咳嗽，与此同时，恐惧油然而生，根本抑制不住。我知道我会被带出城去，带到海滩上去处决，传闻说有很多人就是那样被处理掉的。但是，后来我发现我不会被枪毙。吉普车停下来的时候，天已经蒙蒙亮了，我们来到了码头。我转过身去，背对着送我去那里的士兵，因为身心突然放松下来，尿再也憋不住，喷在了码头的鹅卵石上，淋湿了一大片。

我被押上一艘泊在岸边的汽艇，被带到了下面。下面还有两个人，他们的脚踝锁着铁链，铁链拴在一根贯穿汽艇的杆子上。我也被迫坐在地板上，脚链也拴在那一根杆子上。那两个人我都不认识，后来得知他们是从另一个岛上来的，我们要去同一个监狱。他们俩是兄弟，被指控毒死了他们的叔叔，而他们的叔叔一直给他们提供资助，他们还被指控是用巫术毒死叔叔的，这里的人们还相信巫术。他们当然是无辜的，这是他们说的。我刚上去，汽艇就出发了，经过几个小时的行程，我们在午后不久到达了目的地。我的两个同伴一路上都是乐乐呵呵的，聊着一些他们认识的人和好玩的事情，认为我有需要的时候，他们会补充说明必要的背景信息，并让我对他们认为怪异的行为发表意见，那就好像在百无聊赖的日子里，我们坐在村里的芒果树下天南海北地扯闲篇，或者在咖啡馆外面，一边喝着咖啡，一边聊着八卦。到达了目的地，脚链被解开，我们登上甲板，发现已经来到了一个小岛上。他们把我带到码头的时候，我就猜到目的地是这里。

　　自独立以来，政府一直把这个小岛用作集中关押犯人的地方。有阿曼血统的人，尤其是居住在本国但还留着胡子、包着头巾的，或者跟被罢黜的苏丹有关的，全家都被抓起来，押运到这个有一定距离的小岛上。他们在这里被关押了几个月，然后，阿曼政府派船来接走了成千上万的人，人实在太多了，用了几个星期才接完。据说还有一些人关押在那里。游客禁止上岛，所以，关于那里的情况，人们只能听到一些只言片语，也只看到过一张照片，那张照片是一个不知名的人随手拍的，刊登在肯尼亚的一份报纸上。照片呈现了一个似曾相识的灾难性场面，有一群人蹲在地上，有些人低着头，有些人看着镜头，目光中满是疲惫和无奈，还有些人虽然看着镜头，但小心翼翼的。男人留着胡子但没有戴帽子，显得极其憔悴，女人头上包着头巾，眼睛低垂，孩子则直勾勾地看着镜头。

负责管这个岛的官员亲自来到码头，迎接我们下船。他是个胖子，笑眯眯的，向我们喊话表示欢迎的时候，他摘下草帽，向我们挥手。好像我们是他盼望已久的客人，他终于盼到了我们，所以欢喜雀跃。这是他的习惯，他喜欢笑，他看到什么都高兴，一高兴就会大声喊出来，生活很复杂，充斥着意外，对他而言都闪烁着喜悦的光芒，直到他烦了，生气了。然后，他就变得满嘴脏话，变得很暴力。很难预测什么东西或者事情会激怒他，事实表明，他会盯上某些人，他就最喜欢折磨这些人。他带着我们三个沿着一条上坡的小路向前走，乐乐呵呵地跟我们说，这是个好地方，让人开心的地方，甚至先后用一只手搂住我们的肩膀。到了最上面，地面很平坦，有一栋带地下室的房子。那是警卫室，他带我们进去做登记，记录我们的到达时间。他的办公室有一个很大的阳台，从阳台上可以看到整个小岛的美丽风景，可以看到大海，甚至可以看到远处主岛的海滩。他坐在阳台上的一只藤椅上，靠着椅背，笑容满面地看着我们，一边慢慢来回抚摸着他的肚皮，而我们则盘腿坐在他的脚边，晒着太阳。亲切寒暄了一会儿之后，他脸上的笑容消失了，然后身体前倾，历数我们的罪行，并强调了他这个王国的规矩。

显然，我的罪行是非法持有国家文件，幸亏那些文件只涉及很小的经济利益，目的是实施欺诈，而如果我被发现拥有任何危及国家安全的东西，他作为岛屿拘留中心的长官会亲自开枪毙了我，把我扔进海里喂鲨鱼。"没错，水里有鲨鱼的。"他接着对准了那兄弟俩。我想，他看得出来，我不太可能游到岛外去追求自由，但那兄弟俩身材强壮，有那种冲动，也有那种能力。他说："巫术到底是什么鬼话？你们怎么还干出这种荒谬的事情来？真叫我们脸红。你是不是想让全世界的人都觉得我们是专门搞巫术的愚昧国家？要是让我发现你们在用山羊的肚子和青蛙的睾丸干那种蠢事，我会亲手鞭打你们。在我们现在这个国家，人们都能上学，可以攻读学位，而你们这些生活在沼泽和灌木丛里面的人还觉得可以用毒药和蝙蝠的血搞事情。你们听清楚了吗？如果我发现你们在这里干那种蠢事，我会把你们打得体无完肤。"他对我们说，我们之所以被送到这个岛上来，是因为我们既危险又愚蠢，我们要好好在那里待着，等到我们学乖了，改造好了，才有可能离开。

岛上有一座监狱，是英国人在世纪之交建造的，准备关押任何可能起义的当地人，但很少有人起义，所以没有多久就废弃了。镇上也有一所监狱，就是我待了几个星期的地方，当局一开始认为那里比较薄弱，容易遭到劫狱，如果出现暴动也扛不住，但事实证明那里是很方便、很安全的。劫狱或者暴动事件都没有发生过。后来，他们在这座岛上建了肺结核疗养院，这充分体现了英国殖民统治的特点，他们一旦占据了统治地位，就会提醒自己要实现崇高的道德目标。新设施和牢房差不多，但面向大海，每个房间都有一扇没有装铁条的门，门口是一块空地，木麻黄树遮着荫。尽管监狱里没有关押犯人，但当局还是专门派了一个专职的看守，他还要负责守护、清理十九世纪末一场灾难后埋葬在岛上的三名英国海军军官的坟墓。墓碑上写明，他们三个遭遇海上事故后都死在了岛上。那个看守原本是在这里疗养的病人，岛上的疗养院关闭后，镇上新开了一家疗养院，但他留了下来，一直住在那里。之所以关闭这个疗养院，是因为英国医疗当局（两名医生）认为肺结核病在这个领土上已经得到控制。我被送到岛上来的时候，那个看守还在，监狱也还在，尽管墙塌了好几个地方。疗养院的房间还能用，锁着，定时开门通风。他还在清理那三座坟墓，地上的杂草拔得一干二净，墓碑上也没有任何爬藤，因为要让死者的亲戚看得见，如果亲戚还记得他们或者记得他们死在哪里或者为什么牺牲的话。那个看守是个老人，身材干瘪，但精神矍铄，长着一双贼溜溜的眼睛。他过着几乎与世隔绝的生活，管理着帝国的纪念碑，而这个帝国已经撤回到了自己的安全堡垒里去，把他给忘了。

我在岛上没有受过罪。负责管这个岛的官员对我不感兴趣，他自称是指挥官，而他手下的五名警卫也对我不感兴趣。对于任何指示，我都不会反抗，我遵守所有的规矩。那兄弟俩也住得很开心，像老朋友一样和那些警卫坐在一起聊天，心甘情愿地接受他们的戏弄，有机会就偷他们的东西，他们还喜欢爬树、游泳，就像两个贪玩的小混混。指挥官开心地看着他们的恶作剧，有时候，他有几个小时没有看到他们，就叫人去把他们带到他跟前来，要看着他们，他说，但其实他是喜欢看着他们瞎胡闹。不过，我觉得他们不会在监狱里待很久。岛上还有十一个犯人，都是男的，都在等待被驱逐出境。他们没赶上来接阿曼人的船只，他们从其他的拘留所送到岛上来的时候，阿曼人的船就不来了。现在他们都滞留在岛上，但阿曼当局已经得知他们的困境，会想办法来接他们。事实上，他们和我一样，都不是阿曼人，只比我多一个在阿曼出生的祖先。他们的相貌和我们没有任何不同，差别就是有些人比较白，有些人比较黑，有些人的头发比较直，有些人的卷曲比较明显。他们的罪过是阿曼在本地区的不光彩历史，这个关系不是他们想切断就能切断的。除此之外，他们就是土著，都是土著的儿子，都是本国的公民，但是，经过不同的指挥官的手之后，他们都渴望离开，他们已经和迫害者水火不容。这些就是指挥官和他手下的警卫最关心的犯人，他们折磨的就是这些人，他们叫这些犯人无休止地干一些卑微的工作，骂他们，有时还打他们。其中一名犯人在笔记里记下了他们遭受的所有迫害，然后把这些没用的控诉撕成碎片，分散夹在他的《古兰经》里面。

　　一天早上，指挥官对我大发慈悲，他肯定是受到了这些恶棍的启发。他建议说："有船来的话，你跟他们一起走吧？我们还没有收到船什么时候来的信息，到时你可以和他们一起走。这里没有人会拦你。"我想这是不是既定的安排，把我先关在岛上，等到有船来接剩下的犯人，就顺便把我驱逐出境。"不要。"我对指挥官说，"谢谢您，但我不能这样做。我想都不敢想。我的妻子和孩子都在等着我放出去，我必须挺住，我是罪人，就应该接受惩罚，这样才能回到她们身边。她们都眼巴巴地等着我。我对任何其他地方或者任何其他生活方式都没有欲望。"我发现他上下打量着我，翻来覆去想着我刚才说的话，毫无疑问，他是感到很纳闷，我拒绝了他的好意，是虚伪吗？他应该生气吗？过了一会儿，他笑了起来，笑得大肚子上下起伏，但他的笑声里没有恶意。"女人，"他说，"好吧，我希望他们把你放出去的时候，她还在等着你。"

我在岛上没有受过罪。这座监狱有个院子，牢房就像一个长方形的三条边，中间围着这个院子，敞口对着大海，水面上搭了一个平台，作为户外厕所。户外厕所很安全，什么时候去上都很舒服，蹲在平台上，背对着大海，屁股对水面，筒裙搭在膝盖上，所以没有什么不雅观的。监狱有两层，尽管楼上的牢房都没有使用，只用了楼下五间，我一个人住一间，那兄弟俩占一间，其他犯人共用其余的三间，他们更喜欢挤在一起。牢房天黑后才上锁，白天我们可以在岛上到处走，或者下海去游泳。这是个非常小的小岛，你要找到一个自己喜欢的地方并公开宣布，让其他人知道那是你的地盘，他们才不会打那个地方的主意。每天，我都去找那个老看守，和他坐一会儿，听他讲英国人的故事，以及他们交给他的职责。警卫们睡在地下室，指挥官睡在办公室里的野营床上。他们为什么不睡在疗养院里呢？我问那个看守。老人咧着没有牙齿的嘴笑了笑，样子很顽皮，说他告诉过他们，牢房里还会传染肺结核，如果他们睡在那里，他们也会得这种病。"你为什么要让它们空着呢？"我问，"久而久之，吹着海风，墙壁一直很潮湿，会塌下来的。"

他说："不会，我每天都去开门通风，如果墙壁有任何腐蚀的迹象，我会处理干净，修补好。"

"为什么？"我问他。

他说："谁知道医生什么时候会回来。"

"先生，他们不会回来了。"我说。

他的眼睛闪烁着光芒，神秘兮兮的，但他没有说什么。

就这样过了几个月。早上，我们按要求做各种家务、打扫卫生、洗衣服、除草、翻地种菜，种出来的蔬菜警卫和犯人都吃。然后，犯人轮流做饭，也可以相互交换家务活，然后我们一起吃饭，警卫和犯人一起吃。傍晚，我坐在警卫室下面的海滩上，看着有边架的小船一艘一艘地从镇上出发，微风吹着船帆，那些船都往一边倾斜，在红色的夕阳照射下，显得美丽而脆弱。他们可能是出发去连夜捕鱼的渔民，按照指令，他们必须绕开这个小岛，但他们经常靠得很近，可以看见我们，船还会把海水推到我们脚下。那些警卫随时可能大发雷霆，天黑以后，我们就要进去关在里面了。我们可以闻到他们烧菜的香味。大约每隔两个星期，汽艇就会送补给上岛，木薯、香蕉、大米，甚至有肉，这些都是警卫的补给，必须当天烧掉吃完，因为隔天就坏了。我们吃的是米饭或蔬菜，每天只吃一顿。

有一天，我们看到汽艇跟往常一样来，但没有带来补给。是空船，来接等着被驱逐出境的人。指挥官派他手下的警卫去喊犯人来集合，然后给他们一分钟时间，回去收拾他们想要带走的东西，然后到码头排队。这是他最后一次虐待他们的机会。他们动作不够快，他很不满意，他冲着他们大喊大叫，同时对他们拳打脚踢，看着他们拼命躲避，他就哈哈大笑。他们在码头排队等候上船的时候，他找到我，叫我靠近他。"和他们一起走吧。"他皱着眉头说，那时他还在喘着粗气，流着汗，就因为他刚才和那几个阿曼犯人闹了一会儿，用力过猛了。我很担心如果我再次拒绝他的好意他会生气，但我还是摇摇头，从他身边走开。当时我三十七岁，刚到中年。我不想抛下萨尔哈，我意外爱上了她，如今只能孤零零地在黑暗中想她，害怕会因为想她而哭泣。我也不想抛下我的女儿，出去以后，我会加倍疼她。如果我走了，他们却不让她跟着我，我会非常遗憾，那是一辈子最强烈的失落感。如果她们觉得我为了自己的小命抛弃了她们，我就失去了难得的亲情，我的生活就算彻底毁了。面对未来的磨难，我会挺住的，她独自承受的痛苦，我都要承受，这样的话，有一天苦难到头的时候，我就能回到她的身边，心安理得地听她诉说她的苦难，毕竟我也是从苦难中走过来的。看到我走开，指挥官不无遗憾地朝我摇了摇头。有一阵子，我感到很害怕，起了一身鸡皮疙瘩，我猜他是不是知道了一些我不知道的内幕，他是不是知道有人想要我的命，所以他想救我。随后，他咧嘴一笑，做了一个表示绝望的手势，算是和我告别。

过了一会儿，汽艇开走了，我们看着它绕了一个大圈子，然后加快速度驶向对面的海岸。那些犯人都没有回头，至少没有和我挥手告别，虽然我一直在挥手。我站着看了很久，直到完全看不见他们。在接下来的几天里，晚上警卫不锁我们的牢门，我们甚至和他们一起坐在阳台上，分享他们的美食，和他们一起打牌。指挥官坐在旁边，听着晶体管收音机，我听到日期，惊叹不已。我已经被关起来七个月了，这段时间里面我没有听到过广播。我的头发长得很长，衣服也穿破了。身体疲惫，四肢酸疼。

"你应该和你的兄弟们一起走。"指挥官说。

"他们也是你的兄弟。"我说，但声音不大，因为我害怕惹我们的统治者不高兴，可能声音太小了，我不得不重复一遍，让他听得清楚。

"是啊，"他笑着说，"好像阿曼人刨了我们的祖坟。"

"这里是他们的家，是我的家，也是你的家。"我说。

"我们都是这块土地生养的孩子！"他阴阳怪气地说，然后又神秘兮兮地笑起来。

每天晚上，指挥官的电台都会播放一个人的演讲，都是长篇大论，虚张声势，篡改历史，占着道德制高地，为压迫和酷刑辩解。广播总是少不了这种大言不惭的说教，尽管不时也播报一些新闻，虽然他们播报的都是歪曲、扭曲和裁剪过的新闻，但还是很受欢迎，因为这些新闻更贴近生活，更有生命的气息。新闻说尼日利亚正处于战争的边缘，而我们是非洲唯一，也许是全世界唯一承认比夫拉的国家。播音员很喜欢比夫拉领导人奥朱库上校的名字，每次提到这个名字，他都会先稍微停顿一下，然后张大嘴巴，再说出"奥朱库上校"五个字。我们的身后乃至我们的四周都是海浪拍岸的声音。有时我们可以感觉到水花溅到身上。我们点了一盏小煤油灯，放在我们牌桌中间。在没有月亮的几个夜晚，几乎看不见坐在阳台那一边的指挥官，只是他坐的地方稍微暗一点，他在抽烟的时候，我们就俨然看到了一只愤怒的眼睛。从阳台上看，只能看到大海和星星。夜晚，仿佛没有天空，只有一团密密麻麻的星星。大海泛着泡沫，不停地起起落落，映射着星星点点的光芒，叹息着、拍打着、冲击着背风面的岩石。远处，镇上的灯光汇聚成一道光芒，就像海洋边缘的极光一样清晰可见。

有几个晚上，回到牢房后，我听到从树梢上传来了歌声，歌声在那里盘旋着，虚无缥缈，像是有人在空中低语。我以为是那个老人在自言自语，因为疗养院在岛的另一边，和这里正好隔着杂树丛，但是，我问过他，他说不是他。他说岛上有一条蛇，藏在坑里的水塘附近，晚上会出来吃青蛙。它时不时地会离开水塘，到处爬，也许我听到的声音是它弄出来的动静。他说，有一次，他看到一阵浪花冲过海面，一直到了岛上。他走过去看看究竟，看到了一个巨大的黑影，是一个精灵，精灵睡在一棵树下，头的旁边有一个大箱子。箱子敞开着，里面有一个女人，她抚摸着头发，自顾自地唱着歌，然后一根接一根地舔着她戴着珠宝的手指，好像手指上还留有甜蜜的味道。有可能我听到的就是她的歌声，他说。一些可怜的生物被那个黑精灵抓走，关在那个箱子里供他享乐。你知道她为什么要舔戴着珠宝的手指吗？他问我。因为趁精灵在睡觉的时候，她会勾引附近的男人，并拿走一枚戒指。所以，当她舔手指的时候，她是在回味她所勾引过的所有男人。这时我明白了，在老人的眼里，岛上的生活丰富多彩，除了英国的海军军官、英国的医生和疗养病人，还有蛇和被关在箱子里的女人会在夜空中歌唱，还有黑色的精灵跨过大海来到了岛上，而这个无休止地搞恶作剧的精灵也要休息。

一天早上，就在阿曼犯人被接走之后几天，有船来接我们了。我们所有人都被带上船，离开了这个岛。警卫似乎不着急离开，等到所有人都上了船，已经是下午了。我到处找那个老人，想和他告别，但找不到他，他好像已经消失了，就像他说的那些被精灵施了魔法的生物一样。在那么小的小岛上，很难想象他会藏在哪里，绕了两圈后，我就放弃了，害怕我这样找他会让他感到不安。也许他是担心我们会把他带走，他把自己变成了一阵浪花，悄悄地跑到大海中间，等着我们离开。我们到达镇上的时候，天已经黑了，码头空无一人，一片寂静。四周看起来和往常没什么两样，离家门口那么近却不能回去，是一件很痛苦的事。我根本不敢奢望会被释放。我按命令上了一辆吉普车，车开了几分钟，又按命令下车。直到我上了渡船，和大约三十名犯人在一起，说是要去大陆，我才意识到我来不及和那两个好兄弟说再见了。

　　渡船在夜幕中离开，当晚到达大陆，但我们在船上待到夜里才下船。然后，我们分别上了两辆卡车，他们喊我们的名字，喊到名字就上车。我认出了一些名字。出发的时候，两辆卡车朝不同的方向行驶，我们这辆车的警卫说，我们正在朝南走。我教导自己不要谈论随后的岁月，尽管我从来没有忘记这些岁月。岁月是用身体语言来书写的，嘴上说不清楚。有时候，我会看到一些照片，照片中那些人悲惨和痛苦的场面一直在我的身体里面回旋，看着照片，我自己也感到疼痛。这些照片也让我知道了要把心态放平，别总是想着自己遭到迫害，毕竟我在这里挺好的，真主才知道其他的人在哪里。最近，我看到了一张那样的照片，一张老照片。有三个犹太男子跪在地上，一个人穿着深色的西装，打着领带，另外两个人穿着长袖衬衫，其中一个人卷起了袖子。他们拿着刷子在擦洗维也纳的人行道。人行道上，在他们的四周，在他们的身前和身后，站着许多维也纳人，他们咧着嘴，笑嘻嘻地看着那三个犹太人干脏活。那些人年龄各异，有妈妈和爸爸，有爷爷和小孩，有些人依靠着自行车，有些人拿着购物袋，笑容可掬，样子都像是很文明、体面的人，而他们面前的那三个人则低三下四。照片里看不到卐字，只有普通人在嘲笑三个犹太人。真主才知道那三个人遭遇了什么情况。

我先后在三个不同的拘留营里关过，由警卫看着，只是偶尔遭受暴力惩戒。警卫会突然爆发，说爆发就爆发，不可预知，他们会用恐怖和暴力征服我们。我们的生活环境很阴暗，很不舒服。我们自己种地，种粮食，种蔬菜，自己建厕所、打扫厕所，给警卫洗衣服，编篮子，因为营养不良，经常生病，心情郁闷，我们的身体很虚弱。被昆虫叮咬之后，伤口会变成疮，会腐烂，久久难以愈合。肠胃也无时无刻不在折磨着我们，不是饥饿就是因为每天都吃淀粉和豆类食物而便秘或者因为喝的水不干净而腹泻。我被肠胃折磨得很惨，整天就折腾肠胃的事情。我们白天干活，到了晚上就无所事事。有时候，我们会听到外面的一些消息，经常是关于有人被暗杀和有人被逮捕的流言蜚语，也会听说即将要大赦，但总是未能实现，战争和政变是家常便饭。我们不能听收音机，也不能看书。有时候，我感到我的心头之恨难以用语言来形容。心里火特别大的时候，我会浑身颤抖，盛怒之下，我完全可能失去理智，跳进火坑里烧死，或者跳下悬崖摔死，或者用尖刀把自己捅死。

然而，我们每天都祈祷，顺从真主的命令，每天做五次礼拜。他盯着我们所有人，包括最坏的人和最好的人。我们严格按传统规定的时间节点做礼拜，不会迟一点，不会推到第二天，更不会彻底不做，跟我们平常过日子一样，不问为什么。晨礼的时间是从东方初现晨光到日出之前，这个时间段比想象中的更短。晌礼是在日正刚过，例如在地上垂直插一根棍子，就是棍子的影子消失的那一刻，也是太阳从头顶经过的那一刻。等到棍子的影子拉长到和棍子一样长，我们又开始默默祈祷，那是晡礼。接下去是昏礼，时间是从日落直至西方天边的红霞全消为止。晚上，我们从夜幕降临后开始做最后一次礼拜，这是宵礼，做完就躺在垫子上睡觉了。除了每天做五次礼拜，我们还要背诵《古兰经》，各自能记住多少就背诵多少。这样，我们的日子就有了秩序和目标，可以承受原本难以想象的煎熬。我们也轮流讲故事，有些故事记得住，有些故事明显是杜撰的，讲故事的时候嬉皮笑脸，大家好像都回到了爱听故事的小时候。

我被转移了两次，一次是因为我得了疟疾，很严重，我开始咯血了。看到我吐的血色变黑，我的狱友们很害怕，就在我面前诵经，请求真主保佑。那时我已经晕过去了，但我知道我的狱友们竭尽所能，到处打听治疗疟疾的办法，终于把我从死神身边拉了回来。我绵软无力，有几天不能动弹，但我活了下来。得知他们尽力救我的事迹后，我心里的感激和幸福感简直难以形容。康复后，根据医生的指示，我被转移到了阿鲁沙。医生和他的两个助手出人意料地坐着白色吉普车来了。医生是一个穿着棕色短裤和白色衬衫的瑞典男人，脸色红红的，一头金发被太阳晒成了深金色。我们排队检查身体的时候，他肥厚的嘴唇向下翻，露出疲倦、厌恶的表情。他来干什么？是谁叫他来的？我不知道他为什么下命令把我转移走，而且要转移到那么远的地方。也许，这是要对我们面临不人道的待遇表示抗议，想为我们中间的某一个人做点什么。也有可能他是想在我们这样的国家行使欧洲医生所拥有的权威。反正，他们开着白色的吉普车把我带走了，用一条散发着消毒药水气味又让人觉得体面的红毯子盖住我衣衫褴褛的身体。他们把我送到几英里外的一个军营，此前，我们对那个地方一无所知。然后，一辆军用吉普车把我送到了阿鲁沙。

我是被单独转移走的，那边都是完全陌生的人，一开始感到很孤独，但是，后来我学会了种植蔬菜和水果，我出乎意料地获得了很强的成就感。在那里，我非常冷静，每一天、每一分钟都有目标。后来有两个犯人死于霍乱，我就被送走了，我们都被送到了西北部的一个营地，也许是想让我们自生自灭，不给别人造成不便。那是我关过的第三个地方。但是，后来没有人染上霍乱死亡，所以，我们不久就被分别送到了其他的拘留所，我被送回南边那个待过三年的地方，我在那里又待了四年，然后被释放了。在那段时间里，我们大多数人都生过病，有两个狱友死了，但其他的都没什么变化。警卫有流动，这样解决了一些问题，但没有显著改善我们的处境。医疗队每隔几个月来一次，可能是那个瑞典人的缘故，有时，附近的居民会远远地看着我们，夜里就来突袭我们的菜地。我们向警卫投诉，警卫告诉我们说那一定是畜生闹的。

1979年大赦，我在党部被捕十一年后终于获释。大赦的范围扩大到服满一半刑期的犯人，但不包括犯叛国或谋杀罪的人，犯叛国罪的人按规定要驱逐出境。这次大赦是为了庆祝乌干达武装部队推翻了伊迪·阿明的残暴独裁统治。那辆卡车在那个漆黑的夜晚从船上接走的所有犯人都要放了，也就是所有活下来的犯人都要释放，一共有十一个人。大多数人的释放条件是接受立即出境签证，意味着他们要被驱逐出境。换言之，我的大多数狱友都是因叛国罪被捕的，尽管这一帮人怎么看都不像是叛国者。被关了这么久，最终却要变成难民，这要不是悲剧的话，就是个笑话。大家都没有想到会被释放，也没有人和其他国家联系过，但是，要在这个条件下释放，犯人都要先获得入境签证。在监狱里，他们是没办法申请入境签证的，没有签证就不可能释放，但他们可以让亲属帮他们申请签证。所以，这根本不是真的释放，我们三个没有收到驱逐令的人选择留下来，先不出去，等到那些被驱逐的人也被释放了，才一起出去。虽然我们不知道完整的刑期是多久，但我们知道我们已经服了一半的刑期。

后来，联合国难民署的官员介入，事情就简单化了，被释放的犯人都获得了阿拉伯联合酋长国的难民资格。所以，1980 年 1 月的一天，我们拿到了释放证明，被卡车带回到首都，我们在首都分手，难民由联合国官员带走，两个狱友被住在首都的亲戚接走，我则前往港口。我终于能够猜想萨尔哈可能有多么大的变化，我的女儿鲁凯亚长到了多高。我坐船回去，从港口走回家，好久好久以前，我和爸爸也从港口走回了家。没有人和我打招呼，也没有人认出我，有人靠近的时候，我一直低着头，眼睛盯着地上。许多房屋倒塌了，商店里空无一人。快到我原来的家具店的时候，我看到了几张熟悉的面孔，但我不想停下来打招呼，不想耽搁，这时似乎仍然没有人认出我来。我在家具店门前停下脚步，店面用木板封起来，用挂锁锁住，很奇怪的是，我觉得十分眼熟，好像我一两个月前才看见过。我感到有一只手搭在我的胳膊肘上，转身过去，看到了一个风烛残年的老人，他正是多年前马路对面咖啡店的老板，他的生意是被我毁掉的。他告诉我萨尔哈已经死了，愿真主保佑她的灵魂！他说我的女儿鲁凯亚，我的女儿莱娅也死了，比萨尔哈还早几天，愿真主保佑她的灵魂！我入狱后的第一年，她们俩就都死了。我被捕后，萨尔哈就和她的爸爸妈妈住在一起，后来，她的爸爸妈妈都出国了。咖啡店老板不知道他们去了哪里，不过可能有人知道。关于这一点，我就不多说了，反正她们母女俩都染了病，人们认为是伤寒病，不久就死了。那个咖啡店老板，当然他早就不是老板了，他带我去见当地党支部的主席，这个主席不是我被捕前一天陪我去党部的那个人。征得党支部主席的允许后，我们撬开了家具店的锁。店里没有多少变化，还是我和努胡收拾过的样子，只是布满了灰尘，结了许多蜘蛛网，天花板上有些石膏掉了下来。邻居们纷纷闻讯赶来，为我的回归欢欣鼓舞，许多人给我送来了食物，对我表达了善意。回来后的几个星期里，我收到的善意简直无法形容。我住在店里面，然后收拾了一间后屋搬进去，这样就可以重新做生意，尽管现在做生意的环境不一样了。我卖掉了手上有价值的东西，进了水果和蔬菜来卖，并逐渐增加了其他小商品，包括火柴、肥皂、鱼罐头等。没人问我牢里的情况。

许多人都要么离开了，要么被驱逐了，要么已经死了。剩下来的人也都遭遇了无数的邪恶和苦难，没有哪个人大包大揽，也没有哪个人能逃脱。于是，我做着小生意，过着平静的生活，对于一定要说的话，语气之中也不带任何仇恨，听着人们诉说苦难的经历，我的心态非常平稳，这是我们大家共同的命运。在人们的眼中，我坐过牢，经历过生死离别，是最凄惨的人，所以，他们和我说话的时候非常亲切，富有同情心，我则报以感激和无区别的善意。然后，到了黑夜，我独自一人住在摇摇欲坠的店里，我一想起逝去的亲人，就会伤心落泪，随着伤感日渐减轻，我转而因为碌碌无为而悲伤。

是的，如今赖哲卜·舍尔邦·马哈茂德住在我以前住过的房子里。平时我都绕开那个地方，而他每天会从我的店门口走过，当他走过店门口的时候，我会低下头，让他想怎么看我就怎么看，他目光里的仇恨丝毫没有减少。他变了很多，像一个苦行僧，也像精神错乱的样子，衣服破旧，还脏兮兮的。有时候，我会产生一种幻觉，觉得是他进了监狱，而不是我，因为不管外表看起来怎么样，我的内心非常坚定，能够平平静静地过一辈子，哪怕碌碌无为，我能够规避进一步的耻辱，即使再遭遇不体面的事情，也会默默承受。我担心在别人眼里我变成了一个虔诚而神圣的人，但在监狱里面，我确实有足够的时间来反思，而且学会了感恩。在坐牢的那些年里，我不再关心房子的事情，也把赖哲卜·舍尔邦·马哈茂德忘了，他走过店门口的时候，用充满仇恨的目光盯着我，但我没有反抗，也没有示弱或者屈服。

他的妻子阿莎已经死了。她的情人，就是那个发展和资源部长，在1972年的一次野蛮的流血事件中倒下了，我们在监狱里听说过这个事件。党的总干事，也就是那次听证会的主席，在参加另一次听证会的时候遭到暗杀，在随后的报复行动中，前部长被逮捕了，但他设法保住了性命，然后逃亡海外，现在据说在斯堪的纳维亚，在幕后策划我们的解放运动。有人告诉我，阿卜杜拉·哈尔凡倒下后，赖哲卜·舍尔邦·马哈茂德欢欣雀跃，跑到街上来，宣泄这么多年来戴绿帽子的憋屈，把自己弄得像个小丑，此前，他对这件事似乎没有任何想法。那时，阿莎和赖哲卜·舍尔邦·马哈茂德住在我们的老房子里。几年后她就死了，当时她还住在那里，就在我放出来前一年左右，没有人告诉我她是怎么死的，只是说她死了。

多年来，我一直过着这样的生活，跟大家一样贫困，一样战战兢兢，竖起耳朵，留心我们的统治者最近有什么恶意或者报复行动，尽管在过去十年里我们的状况有所缓解。不，我从未想过离开。去哪里？去干什么？我的生意足以养活自己，我算是丰衣足食的，我渐渐过上了安全而舒适的生活。几十年前，我从即将撤离的殖民官员手里收到了一些书，这些书都还在，有一部分被蟑螂啃破了。我慢慢地读着这些书。有人劝我去要回那所房子。很多人都索回了他们的财产。我没有被法庭定过罪，那些审判我的人要么已经下台了，要么已经死了，所以不可能再对我的主张指手画脚。房契上写着我的名字，到登记处肯定能查到，这样就能确认我的合法所有权。但我对房子没有兴趣，也没有战斗的力气和欲望，对于他们的好意，我微笑着表示感谢，就让这件事过去了。

赖哲卜·舍尔邦·马哈茂德是 1994 年死的。他一个人住在那栋房子里，总是门窗紧闭，他死后两三天才被发现，因为他好几天没有去清真寺。邻居强行打开窗户，发现他躺在床上，已经开始腐烂。愿真主宽恕他的灵魂！我去参加殡礼，很多邻居也去了，但我待在清真寺的院子里，怕人家看到我不高兴。

几个月后，就在去年，哈桑不知从哪里冒出来，他回来了。是的，哈桑回来了。是一个顾客告诉我的，他感叹说，真主爱的人即使是去世，也会给人间带来一些好处。因为虔诚的爸爸的死，促成了他心爱的儿子的回归。是的，哈桑回来了，回来继承他爸爸的房子。是的，他走了三十四年，如今却回来面对那堆破砖头以及蕴藏其中的不幸，而事先并没有告知他的爸爸。他是一个有钱人，一个见过大世面的人，他身材高大，留着胡子，穿着得体，丝毫看不出他年轻的时候居然任性到跟人家私奔。回来之后的第一天，他穿着海湾风格的衣服，康祖长袍是用金银线织成的料子，口袋里装着皮夹子和活页记事本，鼓鼓囊囊的，头上戴着一顶小帽子，脸上包裹着反光的太阳镜。谁看到他都啧啧称奇，他就像辛巴达刚刚结束第一次航行回来，笑容灿烂，使劲分发礼物和施舍穷人。

我说到这里的时候，我们正在海边散步，拉蒂夫·马哈茂德停下脚步，听得全神贯注，眼睛直直地盯着我。"这么说他终于回来了！"他笑着说，笑里藏着伤感，接着皱起眉头，生气了。"我问过你有没有他的消息，你说没有。你是在故弄玄虚吧？"

"不，不是故弄玄虚。我是想让你好好回味他回来的那一刻。我希望你能明白那一刻意味着什么。"我说。

"他到底去哪里了？你知道吗？"

我耸了耸肩说："我不知道。从他的穿着来看，应该是去了海湾地区吧，沙特阿拉伯，也有可能去了中国。他没有跟我说过话，跟我说话的人都避免提到他，因为他对你爸爸很无情。他看上去是个见过大世面的人，哈桑他见多识广，在外面发了财、见过世面之后衣锦还乡了。走路的时候，他随意甩动双臂，俨然准备拥抱这个世界。他已经不是原来那个神秘兮兮的年轻人，那年信风转向的时候，那个年轻人就和侯赛因一起私奔了。"

"是啊。他怎么样？"拉蒂夫·马哈茂德问。听他的语气，我觉得他有些害怕或者焦虑，尽管我无法想象他在害怕什么。

"我不知道。"我说。

"告诉我吧。"他皱着眉头说，同时，他很努力在克制，避免把我逼得太狠。"你知道的，对吧？告诉我吧。"

"我不知道，"我说，"我只知道你的哥哥哈桑继承了他的遗产，尽管他还有别的继承人，他有亲戚和子嗣。哈桑的派头有点像侯赛因。你爸爸看到他那个样子会很自豪的。"

"我爸爸，是的，好可怕啊。我不知道他去年才去世。我原以为他们都已经去世很多年了。也许是我在做梦，也许是幻觉。也许只是我的愿望，而我希望一切都如我所愿。那样说听起来很不现实，超出了自然规律。有时我觉得是我的罪过，我盼着他们死，他们就死了，所以是我杀死了他们。但是，他们根本没有死，他们活得好好的。你知道，我没有给他们写过信。"拉蒂夫·马哈茂德说。我们刚才说着说着就迈开了脚步，这时他又停了下来，转过身来看着我，脸色憔悴，满脸不屑。"从东德逃出来以后，我就没有再给他们写过信，我猜想他们并不希望知道我在哪里，所以他们就永远不用给我写信。我不想和他们有任何瓜葛，他们的怨恨都跟我没有关系。他们之间有怨气，让他整天喃喃自语，最后陷入了腐蚀性的沉默。我知道不应该这样说自己的父母，但是，我能够从东德逃出来，过上平静的日子，甚至改了名字，摆脱掉他们，那是需要一点运气的。重新开始是一种幻想，你知道吗？"

"但人们知道你在哪里啊。"我小心翼翼地说，我不想增加他的痛苦。"我们听说过你的情况。"

"好像是。"尽管很沮丧，他还是微笑着说，"这么说，哈桑回来了……回来继承遗产。"

拉蒂夫·马哈茂德对爸爸妈妈的怨气让我感到很惊讶，不是说他们隔着那么远，他的怨气来得不明不白，毕竟久不联系，亲情自然会衰减的，而是因为我想他肯定为反常的胜利付出了沉重的代价，而他不可避免的伤感和内疚会让他感到很痛苦。他的痛苦是自找的，对他憔悴的脸色和闷闷不乐，我并不那么感到惊讶。

"他的遗产里面有一半是你的。"我看到他有点畏缩，就说了这句话，这多少有点挑拨的意思。"你爸爸没有留下遗嘱，根据法律规定，他的遗产要在男性后代之间平分。"

"你是建议我也回去吗？回去主张我的继承权？"他问，脸上带着不屑的笑容。

我耸了耸肩说："我只是说，哈桑继承了遗产，但房子有一半是你的。不过，这里面还有些问题。我去登记处查过，房子还记在我的名下。我亲手把房契送到了部长办公室，但后来不见了，所以，你爸爸对这所房子没有合法的所有权。哈桑回来后，他就住在房子里，可是他把我当成了他拥有全部财产的障碍。因此，他试图把多年前党部的裁决合法化，就是说犯有欺诈罪等等。回来后，他结交了一些有权有势的人，因为大家都把他看作凯旋的英雄，所以，很有可能民心会偏向他这一边。有一天，他来到了我店里，我的店是卖蔬菜、糖、刮胡刀片的小杂货店，不是原来灯光通明卖昂贵家具的商场。我这么说，是为了让你能够想象它是什么样子的。他要了一杯水，喝了一小口，完成了必要的客套之后，他向我索要与房子有关的文书。我告诉他我没有，好多年前我已经按照要求交给了党的总干事，尽管那个人已经死了，在1972年的流血事件中被暗杀了，我相信他肯定知道这件事。然后他告诉我，就让法律说话吧，他还会提起诉讼，追讨我欠他侯赛因叔叔的钱。不，不，我告诉他，是侯赛因欠我钱。我有文件可以证明。他说要看看那些文件，但我不给。他告诉我，他继承了侯赛因叔叔的遗产，其中有一部分是我欠他的钱。他也有文件证明我欠了这笔钱，侯赛因几年前在巴林做过宣誓，他的宣誓书就算是证明，也有证人可以作证，他们在 1960 年的信风季在这里见证了这笔交易。我不知道为什么他们俩，侯赛因和哈桑，对我有这么大的恶意，我如实跟你哥哥说了这句话。他笑了，哈哈大笑，街上的人都能听得见，他灿烂的笑容几乎掩盖了他脸上的仇恨和决绝。我环顾了一下我的小店，我想让他也看看，这个小店不值什么钱，我还告诉他我没有钱给他，即使他有办法让法律站在他这边。"等着瞧吧。"他咬牙切齿地说，因为愤怒，嘴唇在不停地颤抖。然后，他走到店门口，当着街上众多路人的面，肆无忌惮地辱骂我，你爸爸以前也经常这样。他重复了刚才的指控，然后威胁我说，如果他赢了官司，我一定会被关进监狱，甚至更糟。我坐在柜台的后面，像一只被鞭打过的动物，而他还在门口又蹦又跳，大呼小叫，门口聚集了一群人，嘻嘻哈哈地看着热闹。我以为我要完蛋了，直到最后有个人上前叫他要自重，这个人还把他带走，免得他继续丢人现眼。我对我们国家的法律体系没有信心，也没有精力再折腾了，所以，我收拾好沉香木盒子，然后就离开了。"

这时海风很大，我可能有点站不住，身体有点摇晃，因为拉蒂夫·马哈茂德抓住了我的胳膊肘，然后拉着我从海边转进一条小巷，回到镇中心。"你既然决定要离开，为什么要用他的名字？"他问。这时，我们已经走了一段路，过了几个红绿灯，穿过了拥挤的人行道，我感到很累，真希望他能再次抓住我的胳膊肘，把我带到刚才路过的一家咖啡馆，进去找一张桌子坐下，说我们先喝一杯咖啡，喝完再继续走。但是，他向前走了半步，然后停下来盯着我，似乎是硬要拉着我走。"我上次来的时候也问过你这个问题。好像很久了。当时我的态度不是很好，因为我担心你是在嘲讽他，幸灾乐祸……因为你收了他的房子，打败了他。我不知道你被捕入狱的事，不知道你妻子萨尔哈阿姨的事，对你的女儿鲁凯亚，你的女儿莱娅，我也都不知道情况。现在我都知道了，但是，既然如此，你还要用他的名字，这似乎更加奇怪了。"

"这个故事有点荒诞，但也有美好的一面。"我说，"我获得赦免的条件之一是不能持有护照。我想他们是认为没有护照我就不会去国外祸害人家，尽管我怀疑这是在刁难我。你爸爸把房子交给我的时候，把那些零零碎碎的家具物件也都留下了，说你们不要了，我不想要这些家具，我只想要房子的所有权。反正，我怎么说也说不明白，我越辩解，就越像一个充满罪恶感的老人在请求原谅。因为轻率和虚荣，我确实伤害过你和你们家的人。他留下来的东西里面有一个盒子，盒子里装着一些文件，包括他的出生证明。除此之外，其他东西都没有任何价值，旧账单、旧信件、一些传单和说明书等等。当时我就注意到了那份出生证明，特地藏了起来，算是恶作剧吧，认为你爸爸丢了出生证明，日后会碰到一些麻烦的。我把其他都扔了。我不想和你们留下的东西有任何瓜葛。我只留下了出生证明和乌木桌子，你知道我留着那张桌子。那张漂亮的小桌子我一直留着，在后来的岁月里，它每天都在提醒我，我曾经因为虚荣而遭受灾祸。哈桑来我店里的时候，我想他应该看到了那张桌子，因为侯赛因当年买了那张桌子就是要送给他的，但他没有多看它一眼。"

　　拉蒂夫·马哈茂德迟疑了一下，几乎停下脚步。"我记得你挑了一些出来，其余的都送去拍卖。我有一张照片。"他说，"我跟着大车从我们家出来，我记得你在一堆东西里面走来走去，挑你想要的东西。"

　　我惊讶地盯着他。"不，这不可能！"听到这个新的指控，我说话的声音开始颤抖起来。我怀疑我会因为年迈体衰和经受不住责备而倒下。我指着还有几步远的一家咖啡馆，说我们去那里坐一下。"你们搬出去以后，我听说有些家具留在里面，我派人去告诉你爸爸，让他来拿走，但他回答说，那些东西就给我们了，他不要了。于是，我叫努胡把东西都搬走卖掉，把钱给你爸爸送去。你爸爸和妈妈都不要这些钱，所以我叫努胡把钱送人，他爱给谁给谁，我不想看到它，不想跟它有任何关系。处理完家具后，努胡带回来那个盒子，还有那张桌子，他在店里干活，记得那张桌子。他告诉我说其他的东西不值多少钱，我也不想多去过问。"

　　"那块博克拉地毯呢？那块地毯那么大，那么漂亮。你怎么能说不值钱呢？"

　　"对不起。"我说。

　　"我记得很清楚，我看到你在那一堆家具的周围走来走去。"他好像一直转不过弯来，一定要问个明白。他点了咖啡和蛋糕，我们在等待的时候，他看着别的地方，而没有看着我，我想他是在记忆里搜索当时的情景，他怀疑我是在骗他，或者是我因为心里有愧，所以故意遗忘了这个片段。"也许那也是我的幻觉。"他最后这样说，但仍然显得很困惑，仍然在怀疑。"是我一个自我满足的幻想，把你想象成一个恶毒的人，你毕竟占了我们充满仇恨的房子。也许我看到的是'犀牛'。暂且说那是我想象出来的吧……但是，居然有那么一张照片，似乎是挺奇怪的。话说回来，你一直在强调自重、礼节、宽恕之类的。这些东西都没有任何意义，嘴上说说而已。我想，如果我们相互有一点善意，就算我们运气不错了。这是我的真心话。那些大话都是自欺欺人的，口是心非的说法，用来掩盖生活中的虚无。对了，你刚才提到出生证明，你接着说吧，虽然我想我能猜到接下来的故事。"

"出狱回家以后，我发现那张出生证明还在，就留着它，没有什么想法。当我开始考虑离开的时候，我把它交给了一个办这种事情的人。他会买已经死亡的人的出生证明，通常是已经死亡的孩子，如果有人要办假护照，他就找一份年龄相近的，也就是说如果孩子还活着，到那个时候年龄可能和客户差不多的，用那个名字申请护照。我手里刚好有那份出生证明，所以，我就成了你的爸爸，以他的名义申请到了护照。然后，我取出一部分银行存款，叫人家帮我安排机票，然后我就来到这里寻求庇护。"

那个星期天，他在我家待到很晚，最后，我叫他在起居室里将就一晚，他在地板上放了几个垫子，就在那里睡了。这么多年来，我已经习惯了一个人的生活，突然有一个人睡在旁边，感觉有些别扭。我感觉更年轻了。地方那么小，我能听到他在隔壁房间里的动静，这让我想起了老房子，也有一点住在监狱里的感觉，尽管在监狱里总是难以入睡，那天晚上，我没有多想就睡着了。

第二天早上，我比他先起床，我觉得这让他很失望。那是我自己瞎想的。他是个守时、说到做到的人。也许他不想让我觉得他是一个任性、放纵的人，作为一个不速之客，他不应该睡到那么晚。我本可以安慰他说人老了，想睡懒觉都难，我之所以起得这么早，是因为躺在床上太累了。他喝了一点咖啡就准备离开，咖啡没放糖，苦的，我平时都是这样喝的，没想到他也要喝。他喝了一口，抿了一下嘴巴，太苦了！我看到他这个样子就笑了。

"你一定要装电话。"他站在门边说，一只胳膊靠在门框上。

"我不急。"我说。我看到他笑了。我应该知道他在想什么。他肯定是等着我说："我宁可不装。"但我一直记得瑞秋说过的话，我要再读一遍《抄写员巴特比》，然后才去模仿那个受人钦佩的亡命之徒说话的腔调。

他说："那么，下周末我又只能搞突然袭击了。"

下一个周末，他果然来突然袭击，瑞秋开车带我们去了一个叫水谷的地方，那里的人们去湖里游泳，有人在玩一种水车，有人穿上翼服，从山谷的陡坡上向唐斯滑翔。然后，瑞秋带我们回她家吃饭。第二天，我收拾了几件衣服，和拉蒂夫去伦敦，准备和他一起待两天。他说，我在英国住了九个月（其实只有七个月，但他执意要多说两个月），距离伦敦只有一个小时的车程，却没有去过伦敦，那就是在犯罪。好吧，那么我就去和他一起待几天。他会带我参观这座城市，去每个游客都想去看看的地方，还有一些我没听说过但可能比大富翁游戏地图上的那些站点更值得看的地方。不过，大富翁游戏地图上的站点也都是具有巨大影响力的建筑物和纪念碑。等到我看够了，他会把我送上火车，瑞秋会在另一头接我，仿佛我是他们俩年纪老迈的爸爸。

　　走进他住的公寓时，我想起了我店里的那个小房间，我在那里住了十五年，每天晚上，我都一个人睡在里面。那个房间也散发着孤独和虚度光阴的气息，肯定长时间没有过什么动静。起居室的灯太亮了。墙上光秃秃的，没有挂画，没有装饰，甚至没有钟。除了电视机前的一张大沙发，其他家具都是便宜货，也没有多少家具。电视上放着一个烟灰缸，烟灰缸里有一层厚厚的烟灰，烟灰上有一堆过滤嘴烟头。旁边有一只酒杯，还沾着红酒渣。"我应该提前收拾干净的。"他说着拿起酒杯和烟灰缸，拿到厨房里去。他从厨房回来，收了还没读过的报纸、书、一件皱巴巴的开衫、一件闻起来好像需要洗一洗的晨衣，扔到房间的一个角落里，堆成一堆。然后，他站在那堆东西旁边，双手放在屁股上，很高兴的样子，他终于对那些乱七八糟的东西下手了。然后，他收起几个水杯和一个脏盘子进去厨房，然后打开窗户，点了一支烟。然后他看了看冰箱，不好意思地说他马上去杂货店买点东西回来吃，我是不是喜欢吃外卖？我耸耸肩说我听从他的安排，客随主便。尽管我在英国待了几个月，但我还没有吃过外卖，所以我更希望他买外卖。我算是被迫吃到英国的名菜。这件事还没来得及说好，电话铃声就响了，是瑞秋的电话，她打过来问情况，他们俩聊了二十分钟，笑得前仰后合，在我的想象中，人们刚开始伟大友谊的时候，都是这样子的。我在公寓里瞎转悠，每个角落和缝隙都看过，所有的橱柜和门都打开过，还试着开窗户，看看是否能够打开，找到了他工作和写作的地方，我去寻找他可能让我睡觉的地方，找到以后，我就开始琢磨晚上有没有干净的床单，能不能盖得暖和。我结束所有行程的时候，拉蒂夫还在打电话。但是，通过小心翼翼的调查，我并没有发现干净的床单，一点踪迹也没有发现。闻着这里面的气味，就知道不可能有干净的床单。我想，他聊得那么高兴，那么兴奋，从他的声音我就听得出来，他是否还记得去街角买外卖。到头来，我只吃了一顿很寡淡的晚餐，另外，我还带着阿方索的毛巾，所以无论如何都能凑合。

译后记

    《海边》是 2021 年度诺贝尔文学奖获得者坦桑尼亚作家阿卜杜勒拉扎克·古尔纳于 2001 年创作的小说。古尔纳 1948 年出生于现隶属坦桑尼亚的桑给巴尔，1960 年代作为难民移居英国。桑给巴尔是个群岛，由主岛桑给巴尔岛和二十几个小岛组成。因此，古尔纳说他的故乡是个海边的小镇，而小说的主角萨利赫·奥马尔偷渡到英国避难后，被安排暂住在海边的小镇，他觉得既熟悉又陌生，在小说里，他说："眼下，我住在一个海边小镇，我一辈子都住在海边……海边的小镇！是的，我会喜欢的，我想。"

    古尔纳的母语是斯瓦希里语，虽然很小就离开了故乡，他使用英语创作小说，但是，在小说中，他时不时地会穿插一些斯瓦希里语。很巧的是，"斯瓦希里"（Swahili）一词出自阿拉伯语，意思是"沿海的"。由此可见《海边》这个题目的象征意义。

    《海边》讲述的故事是萨利赫·奥马尔逃离故乡桑给巴尔去英国"避难"，和他的其他许多小说相似，印证了诺贝尔文学奖委员会给阿卜杜勒拉扎克·古尔纳的颁奖词："因为他对殖民主义文学的影响，以及对身处于不同文化夹缝中难民处境毫不妥协且富有同情心的洞察"。小说采用倒叙、插叙结合的手法，讲述萨利赫·奥马尔背井离乡的原因，由此引出种种记忆，小到两家人的恩怨，大到桑给巴尔被外来势力轮流统治的历史，最后将萨利赫·奥马尔出走的历史背景设置在1963年脱离英国殖民统治的解放之后。所以，诺贝尔文学奖委员会称："记忆，永远是古尔纳笔下重要的主题"。

小说的叙述方式有点复杂，在倒叙的框架下穿插各个事件、各个人物，相互交织在一起，剪不断、理还乱，而且小说的叙述角度不断变化。因此，为了方便读者阅读，在此分别介绍其中的主要人物。

萨利赫·奥马尔

萨利赫·奥马尔是小说的第一主角，故事就是从他到英国避难说起的，也以他和"仇家"的儿子拉蒂夫和解结束。

萨利赫·奥马尔的爸爸曾经经营一家哈尔瓦店，后来娶了赖哲卜的姑姑玛利亚姆为妻，玛利亚姆成为萨利赫·奥马尔的继母。正因如此，萨利赫·奥马尔继承了玛利亚姆的遗产。爸爸去世后，萨利赫·奥马尔继承了爸爸的生意，但不久就把哈尔瓦店改成家具店，保留了原来的伙计努胡，然后在家具店里结识了巴林商人侯赛因，侯赛因送给了萨利赫·奥马尔一盒沉香，也给他后来经历的风波埋下了伏笔。侯赛因向萨利赫·奥马尔借钱，使用拉蒂夫的父亲赖哲卜·舍尔邦的房产抵押借款协议作为担保，后来侯赛因一去不返，萨利赫·奥马尔被迫收了拉蒂夫家的房子，因此两家结下了仇恨。

后来，在结婚后不久，日子正过得甜蜜的时候，桑给巴尔独立，拉蒂夫妈妈的高官情人获得实权，萨利赫·奥马尔被诬陷骗取玛利亚姆的遗产，被逮捕并关进监狱，遭受了各种折磨，幸亏碰到大赦出狱，不久就决定变卖家产，逃亡英国。

侯赛因

侯赛因是萨利赫·奥马尔的朋友，巴林的波斯人，每年信风季节会到桑给巴尔做生意，他的身世都是他自己讲给萨利赫·奥马尔听的，无从考证。

据侯赛因自己说，他的爷爷加法尔·穆萨在马来亚做生意，风生水起，建立了商业帝国，后来欧洲人介入，尤其是英国人，生意面临威胁。"加法尔·穆萨趁着英国人的贪婪还没有膨胀到难以克服的地步，就开始小心、悄悄地撤离马来亚。"可惜他爷爷突发心梗而死。他爸爸雷扎保住了一部分生意，在巴林又开了一家公司，从暹罗和马来亚以及更遥远的东方进口香水、香炉和布料。侯赛因长大以后，爸爸雷扎经常带着他到处见世面。所以，在萨利赫·奥马尔的眼里，侯赛因不仅有钱，还见过了大世面，特别是送了一张地图给萨利赫·奥马尔。

侯赛因信风季节来桑给巴尔做生意的时候，一般都住在赖哲卜·舍尔邦·马哈茂德的家里，但给赖哲卜的家里造成了巨大的灾难。人们传言说他在追求赖哲卜的漂亮妻子阿莎，其实他是在勾引赖哲卜的大儿子哈桑，也就是拉蒂夫的哥哥。为讨好哈桑，侯赛因到萨利赫·奥马尔的家具店里买了一张小乌木桌子送给哈桑，后来将哈桑拐到了巴林。

赖哲卜·舍尔邦·马哈茂德

赖哲卜·舍尔邦·马哈茂德是殖民政府工务局的官员，萨利赫·奥马尔到英国避难，就冒用了他的名字。赖哲卜的爸爸是舍尔邦，"舍尔邦"也表示一年之中的第八个月，"先是赖哲卜月，接着是舍尔邦月，再接着是赖买丹月，这三个月都是神圣的月份。"这相当于爸爸是八月，儿子却叫七月，这个玩笑当然很好笑，但体现了这一家人的虔诚。可惜的是，虔诚的人会生出邪恶的孩子，舍尔邦的爷爷马哈茂德是一个神圣的人，舍尔邦·马哈茂德却做着罪恶的事情，而且毫无羞耻心。赖哲卜受到影响，有时偷偷饮酒，最后却变成一个虔诚的人。

赖哲卜是个不幸的人，妻子阿莎与发展和资源部长阿卜杜拉·哈尔凡通奸，他却无可奈何，默默戴着绿帽子，他的大儿子哈桑被商人侯赛因拐走，而且，侯赛因以合伙做生意为名，用他的房子做抵押借钱，最后血本无归，房子也被萨利赫·奥马尔收走了。后来，赖哲卜仰仗妻子情人的势力，诬陷萨利赫·奥马尔，不仅收回了自己的房子，还占有了萨利赫·奥马尔继母也就是他姑姑玛利亚姆的遗产。最终，他的下场是很凄惨的。

拉蒂夫

拉蒂夫原名叫做伊斯梅尔·赖哲卜·舍尔邦·马哈茂德，是赖哲卜的小儿子，因为他爸爸的姑姑玛利亚姆嫁给了萨利赫·奥马尔的爸爸，所以他们之间有亲戚关系。无巧不成书，萨利赫·奥马尔以赖哲卜·舍尔邦的名义到英国避难，但假装不懂英语，所以难民事务官员瑞秋想帮他找一个翻译，而这个翻译就是亲戚、仇人的儿子拉蒂夫。

拉蒂夫通过妈妈的情人政府部长的关系，获得了民主德国（东德）的留学奖学金，被派遣去东德学牙科。在非洲的时候，拉蒂夫和几个外国人交了笔友，其中有一个就在东德，叫做艾莱克，是个女性的名字。所以，到了东德之后，拉蒂夫就去德累斯顿找这个笔友，结果发现艾莱克是个男性。后来，在"艾莱克"妈妈的鼓励下，拉蒂夫和"艾莱克"双双逃离东德，拉蒂夫来到了英国，并站稳脚跟，成为伦敦一所大学里的教授，是大学者。

得知有个难民的名字和他爸爸一样，而且需要他的帮忙，在犹豫了一段时间之后，他去找了这个难民，也就是萨利赫·奥马尔。他们俩经过几次见面，共同回忆两家的恩怨，终于和解了。他们相互和解，也和过去和解。

除了上述四个主要人物之外，瑞秋是英国的难民署官员，萨利赫·奥马尔后来把她当成女儿看待；玛利亚姆是萨利赫·奥马尔的继母、拉蒂夫的姑婆，而她的前任丈夫纳索尔船长也有传奇的色彩；此外，萨利赫·奥马尔念念不忘他的妻子萨尔哈和夭折的女儿鲁凯亚，说到这个女儿，他本想给她取名莱娅，"公民"的意思，后来因为妻子不同意，就用了先知和原配妻子生的女儿的名字鲁凯亚。

至此，希望上述的人物谱系分析有助于读者理解小说，作为跳板，帮助读者更深入领会古尔纳希望传递的美感和思想。

黄协安

附　录

2021 年诺贝尔文学奖得主
阿卜杜勒拉扎克·古尔纳获奖演说

写　作

　　写作向来是一种乐趣。当年我还是个小男生的时候，课程表上的所有科目当中，我最期盼的就是上写作课，写一个故事，或是写我们的老师认为能激发我们兴趣的任何东西。这时所有人都会安静下来，伏在课桌上面，努力从记忆中或是想象中提取一些值得讲述的东西来。在这些青涩的作品中，我们并不渴望诉说什么特别的事情，或是回忆某段难忘的经历，或是表达个人坚信的观点，或是一诉心中的愤懑苦情。这些作品也不需要任何别的读者，只是写给催生它们的那位老师一个人看的，作为一种提高我们漫谈技巧的练习。我写作，因为老师让我写作，因为我在这样的练习中找到了如此多的乐趣。

　　多年以后，等到我自己也成了一名教师，我又重演了这段经历，只是角色颠倒了过来：我会坐在一间安静的教室里面，学生们则在伏案奋笔。这让我想起了 D. H. 劳伦斯的一首诗，我现在就想引用其中的几句：

引自《最好的校园时光》

我坐在课堂的岸边，独自一人，
看着身穿夏日短衫的男孩们
在写作，他们的圆脑袋忙碌地低垂着：
然后一个接着一个他们抬起
脸来看向我，
十分安静地沉思着，
视，而不见。

接着那一张张脸便又扭开，带着小小的、喜悦的
创作兴奋从我身上扭开，
找到了想要的，得到了应得的。

我所描述的以及这首诗所回忆的写作课，并非日后写作
将会呈现在我眼前的模样。它不像后者那样被驱动，被指
引，被回炉，被不断地重组。在这些青涩的作品中，我的写
作是一条直线，可以这么说吧，没有太多犹豫和修改，有的
只是纯真。写作之外我还如饥似渴地阅读，同样没有任何方
向指引，当时我还不知道这两者之间有着怎样密切的联系。
有时候，如果第二天不需要早起上学，我就会读书读到深
夜，我的父亲——他自己也算是个失眠症患者了——都不得
不来我的房间，命令我熄灯。哪怕你有这胆子，你也不能对
他说，既然他也没睡，凭什么你不行呢，因为你不能这样子
和父亲说话。再者说，他是在黑暗中失眠的，灯也关了，为

的是不打扰母亲，所以熄灯令依然有效。

　　与我年轻时那种随性的体验相比，日后我所从事的阅读与写作可谓有条不紊，但其中的快乐从来没有消失过，我也很少感到过吃力。不过，渐渐地，快乐的性质发生了改变。直到我移居英格兰以后，我才充分认识到了这一点。正是在那里，饱受思乡之苦与他乡生活之痛，我才开始深思此前我从未考虑过的许多事情。也正是在这一时期，在长期的贫穷与格格不入之中，我开始进行一种截然不同的写作。我渐渐认清了有一些东西是我需要说的，有一个任务是我需要完成的，有一些悔恨和愤懑是我需要挖掘和推敲的。

　　起初，我思考的是，在不顾一切地逃离家园的过程中，有什么东西是被我丢下的。1960 年代中期，我们的生活突然遭遇了一场巨大的混乱，其是非对错早已被伴随着 1964 年革命巨变的种种暴行所遮蔽了：监禁，处决，驱逐，无休无止，大大小小的侮辱与压迫。在这些事件的漩涡当中，一个少年的头脑是不可能想清楚眼下之事的历史与未来影响的。

　　直到我移居英格兰后的最初那几年，我才能够深思这些问题，琢磨我们竟能对彼此施加何等丑恶的伤害，回首我们聊以自慰的种种谎言与幻想。我们的历史是偏颇的，对于许多的残酷行径保持沉默。我们的政治是种族化的，直接导致了紧随革命而来的种种迫害：父亲在自己的孩子面前被屠杀，女儿在自己的母亲面前被侵犯。身居英格兰的我，远离所有这些事件，同时却又在精神上深深地为它们所困扰——这样的处境，比起继续同那些依然承受着事件后果的人一起生活，或许反倒使得我更加无力抵抗这种记忆的威力。但我同时还被另一些与这类事件无关的记忆所困扰：父母对子女犯下的残酷行径，人们因为社会与性别教条而被剥夺充分表达的权利，以及种种容忍贫困与依附关系的不平等。这些问题普遍存在于所有人类的生活中，并不为我们所特有，但它们并不会时时挂在你的心头，除非个人境遇迫使你认识到它们的存在。我猜这就是逃亡者所不得不背负的重担之一——他们逃离了创伤，自己找到了安全的生活，远离那些被他们抛在身后的人。最终我开始将一部分这样的反思付诸笔端，不是以一种有序的或是系统的方式，当时还没有，只是为了能够稍稍澄清一点心头的困惑与迷茫，并从中获得慰藉。

不过，假以时日，我渐渐认清了还有一件令人深感不安的事情正在发生。一种新的、简化的历史正在构建中，改变甚至抹除实际发生的事件，将其重组，以适应当下的真理。这种新的、简化的历史不仅是胜利者的一项必不可少的工程（他们总是可以随心所欲地构建一种他们所选择的叙事），它也同样适合某些评论家、学者，甚至是作家——这些人并不真正关注我们，或者只是通过某种与他们的世界观相符的框架观察我们，需要的是他们所熟悉的一种解放与进步的叙事。

如此，拒绝这样一种历史就很有必要了，这种历史不尊重上一个时代的实物见证，不尊重那些建筑、那些成就，还有那些使得生活成为可能的温情。许多年后，我走过我成长的那座小镇的街道，目睹了镇上物、所、人之衰颓，而那些两鬓斑白、牙齿掉光的人依然继续着生活，唯恐失去对于过去的记忆。我有必要努力保存那种记忆，书写那里有过什么，找回人们赖以生活，并借此认知自我的那些时刻与故事。同样必要的还有写下那种种迫害与残酷行径——那些正是我们的统治者试图用自吹自擂从我们的记忆中抹去的。

另一种对于历史的认识同样需要面对——这种认识是我在移居英格兰，接近其源头之后才渐渐看清的，比我在桑给巴尔接受殖民教育的时候看得更清。我们这一辈人，都是殖民主义的孩子，而在这一点上我们的父辈和我们的晚辈则并非如此，至少和我们不一样。我这话的意思并不是说我们对于父辈所珍视的那些东西感到生疏，也不是说我们的晚辈就摆脱了殖民主义的影响。我想说的是，我们是在帝国主义高度自信的那段时间里长大成人并接受的教育，至少在我们所处的世界区域是那样，当时的殖民统治使用委婉的话术伪装自我，而我们也认可了那套说辞。我指的那段时间，是在整个区域的去殖民化运动开始步入正轨并让我们睁眼看到殖民统治所造成的掠夺破坏之前。我们的晚辈有他们的后殖民失望要面对，也有他们自己的自我欺骗来聊以自慰，所以有一件事他们也许并不能看得很清，或是达不到足够的深度，那就是：殖民史彻底改变了我们的生活，我们的腐败和暴政从某种程度上讲也是殖民遗产的一部分。

这些问题中的一些我在来到英国后看得愈发清楚了，不是因为我遇到了什么人能在对话中或是课堂上帮助我澄清，而是因为我得以更好地认识到，在他们的某些自我叙事中——既有文字，也有闲侃——在电视上还有别的地方的种族主义笑话所收获的哄堂大笑中，在我每天进商店、上办公室、乘公交车时所遭遇的那种自然流露的敌意中，像我这样的人扮演着怎样的角色。我对于这样的待遇无能为力，但就在我学会如何读懂更多的同时，一种写作的渴望也在我心中生长：我要驳斥那些鄙视我们、轻蔑我们的人做出的那些个自信满满的总结归纳。

但写作不可能仅仅着眼于战斗与论争，无论那样做是多么的振奋人心，给人慰藉。写作不是只着眼于一件事情，不是为了这个问题或那个问题，这个关切点或那个关切点；写作关心的是人类生活的方方面面，因此或迟或早，残酷、爱与软弱就会成为其主题。我相信写作还必须揭示什么是可以改变的，什么是冷酷专横的眼睛所看不见的，什么让看似无足轻重的人能够不顾他人的鄙夷而保持自信。我认为这些同样也有书写的必要，而且要忠实地书写，那样丑陋与美德才能显露真容，人类才能冲破简化与刻板印象，现出真身。做到了这一点，从中便会生出某种美来。

而那样的视角给脆弱与软弱、残酷中的温柔，还有从意想不到的源泉中涌现善良的能力全都留出了空间。正是出于这些原因，写作对我而言才是我人生中一个很有价值且十分有趣的组成部分。当然，我的人生还有其他部分，但那些不是我们此刻所要关注的。经历了这几十年的人生岁月，我演讲开头所提到的那种青涩的写作乐趣如今依然没有消失，堪称一个小小的奇迹。

最后，让我向瑞典文学院表达我最深切的谢意，感谢他们将这一莫大的荣誉授予我和我的作品。我感激不尽。

（宋金　译）

Abdulrazak Gurnah
BY THE SEA
Copyright ⓒ Abdulrazak Gurnah, 2001
This edition arranged with ROGERS, COLERIDGE & WHITE LTD（RCW）
Through Big Apple Agency, Inc., Labuan, Malaysia.
Simplified Chinese edition copyright：
2022 Shanghai Translation Publishing House（STPH）
All rights reserved.

古尔纳获奖演说已获 The Nobel Foundation 授权使用
Nobel Lecture
Writing
By Abdulrazak Gurnah
Copyright ⓒ The Nobel Foundation 2021

图字：09－2022－186 号

图书在版编目（CIP）数据

　　海边／（英）阿卜杜勒拉扎克·古尔纳
（Abdulrazak Gurnah）著；黄协安译. —上海：上海
译文出版社，2022.8
　　（古尔纳作品）
　　书名原文：By the Sea
　　ISBN 978－7－5327－9090－6

　　Ⅰ.①海… Ⅱ.①阿… ②黄… Ⅲ.①长篇小说—英
国—现代 Ⅳ.①I561.45

　　中国版本图书馆 CIP 数据核字（2022）第 104210 号

海边
［英］阿卜杜勒拉扎克·古尔纳 著 黄协安 译
策划/冯 涛 责任编辑/宋 玲 装帧设计/张志全工作室

上海译文出版社有限公司出版、发行
网址：www.yiwen.com.cn
201101 上海市闵行区号景路 159 弄 B 座
苏州市越洋印刷有限公司印刷

开本 889×1194 1/32 印张 9.5 插页 6 字数 177,000
2022 年 9 月第 1 版 2022 年 9 月第 1 次印刷
印数：00,001—50,000 册

ISBN 978－7－5327－9090－6/I·5645
定价：78.00 元